Manuela Inusa
Hortensientage

Manuela Inusa

HORTENSIEN TAGE

Roman

dtv

Deutsche Erstausgabe
© 2024 dtv Verlagsgesellschaft mbH & Co. KG, München
Das Werk ist urheberrechtlich geschützt.
Jede Verwertung ist nur mit Zustimmung des Verlages zulässig.
Das gilt insbesondere für Vervielfältigungen, Übersetzungen und
die Einspeicherung und Verarbeitung in elektronischen Systemen.
Umschlaggestaltung: Johannes Wiebel | punchdesign, München
Umschlagmotive: Adobe Stock / Bonbonny
Redaktion: Daniela Bühl
Satz: Greiner & Reichel, Köln
Gesetzt aus der DTL Documenta und der Rotis
Druck und Bindung: GGP Media GmbH, Pößneck
Printed in Germany · ISBN 978-3-423-26400-6

Für Oma Lisa und Opa Werner
Ich weiß, ihr schaut vom Himmel herab
und lächelt

Man lebt zweimal:
das erste Mal in der Wirklichkeit,
das zweite Mal
in der Erinnerung.

Balzac

HEUTE

Sommer 2024

Es ist ein warmer, sonniger Tag in Hamburg. Ich bin auf dem Weg zu meinem veganen Lieblingsrestaurant in der Langen Reihe, um dort eine gute Freundin zu treffen. Wir wollen die Veröffentlichung meines neuen Romans feiern, den ich frisch gedruckt in meiner Handtasche trage. Es ist ein ganz besonderer Roman, und allein die Tatsache, dass er nach all den Jahren nun endlich erschienen ist, erwärmt mein Herz und zaubert mir ein breites Lächeln aufs Gesicht.

Als ich gleich hinterm Hauptbahnhof das neue Ohnsorg-Theater mit der bronzenen Statue von Heidi Kabel davor passiere, muss ich natürlich an meine Oma Lisa denken, die nicht nur viele Jahrzehnte lang mit Begeisterung das alte Ohnsorg-Theater besucht hat, sondern die auch eine große Liebhaberin von Heidi Kabel, ihrer Schauspielkunst und ihren Liedern war.

Doch eigentlich benötige ich gar keine Statue, um an meine Oma zu denken, denn das tue ich sowieso tagtäglich. Es braucht nur eine bestimmte Melodie, den Duft von Nelken, den Geschmack von Mandarinen oder ein Sprichwort, das sie gerne benutzt hat – und schon ist sie wieder allgegenwärtig.

Ich schreite voran und bin ganz nostalgisch wegen all

der Erinnerungen, und ich denke wieder an das Buch, das ich dabeihabe. Meine Oma wäre stolz auf mich, dass ich es wirklich geschafft habe, mit meinen Werken bei einigen der renommiertesten deutschen Verlage unterzukommen. Und dass sie nun in allen Buchhandlungen ausliegen, für jedermann sichtbar und erhältlich. Sie hat sich immer gewünscht, dass meine Geschichten in die Welt hinausgehen und von vielen Menschen gelesen werden. Ich bin traurig, dass sie nicht hier sein kann, um meine Erfolge mit mir zu feiern. Doch ich bin auch glücklich, weil ich jemanden hatte, der an mich geglaubt hat, und zwar mit ganzem Herzen. Jemanden, der mich gelehrt hat, was im Leben wirklich wichtig ist und dass man an seinen Träumen festhalten soll. Dass sie eines Tages wahr werden können, wenn man nur daran glaubt.

Ich habe nie aufgehört zu träumen und zu glauben – und zu lieben. Weil am Ende die Liebe doch das Wichtigste ist.

Das haben meine Großeltern mich gelehrt. Meine Oma Lisa und mein Opa Werner.

Die beiden waren zwei ganz besondere Menschen, ein Liebespaar, das seinesgleichen suchte. Wie zauberhaft sie zueinander waren, wie wundervoll ihre Liebesgeschichte. Viel besser noch als viele, die man aus Romanen oder Filmen kennt.

Ich liebe meine Großeltern an jedem Tag und möchte ihnen danken für jedes weise Wort, für ihre Wärme und Güte. Dafür, dass sie mich die kleinen Dinge schätzen gelehrt haben und dass sie immer für mich da waren, aufmerksam und geduldig. Ich möchte meiner Oma dafür danken, dass sie mir das Marmeladekochen beigebracht hat und mit mir in Paris war, und dass sie stets so viel mehr gegeben als genommen hat. Und meinem Opa danke ich dafür, dass er mit mir gesungen und mir das Gärtnern beigebracht hat, und dass er mir immer das Gefühl von Geborgenheit vermittelt hat.

Ich sehe die beiden noch immer in ihrem Schrebergarten. Meine Oma auf ihrem Sonnenstuhl und meinen Opa mit einer Schaufel in der Hand, weil er wieder einmal ein paar Blumen pflanzt. Ich höre die beiden bei Festen lauthals ihre Lieblingslieder singen. Und ich höre sie Geschichten erzählen. Geschichten von früher, als sie noch jung waren und das ganze Leben vor sich hatten. Sie waren wahre Geschichtenerzähler, und ich glaube, ich habe das von ihnen. Und deshalb fand ich, dass ich nun endlich einmal eine Geschichte über die beiden erzählen sollte, über meine Oma Lisa und meinen Opa Werner, die nicht nur das Leben, sondern auch ihre Heimatstadt Hamburg geliebt haben. Die es verdient haben, dass die Welt von ihnen erfährt. Die niemals in Vergessenheit geraten sollen.

Vielleicht wird es keine Statue am Hamburger Hauptbahnhof von meinen Großeltern geben, aber es gibt dieses Buch, und ich weiß, es hätte sie glücklich gemacht.

HEIMTAGE

Sommer 2012

Es ist Mittwochvormittag, und ich besuche meine Oma. Ich besuche sie nicht nur mittwochs, aber es hat seit meiner Jugend kaum einen Mittwoch gegeben, an dem ich nicht bei ihr war.

Die Tür steht halb offen, und als ich ihr Zimmer betrete, finde ich sie auf ihrem Bett sitzend an. Sie betrachtet das Bild an der Wand, das meine Tochter für sie gemalt hat. Darauf sind die beiden zu sehen, wie sie Hand in Hand in Omas Schrebergarten stehen, von bunten Blumen umgeben. Der Apfelbaum ist auch mit drauf, und sofort fällt mir das alte Lied ein, das meine Großeltern so oft mit mir gesungen haben, als ich ein kleines Mädchen war.

»Klaun, klaun, Äppel wüllt wi klaun, ruck zuck övern Zaun, ein jeder aber kann dat nich, denn er muss aus Hamburg sein...«

Ein Lächeln breitet sich auf meinem Gesicht aus. Die guten alten Zeiten...

Ich trete zu ihr. »Hallo, Oma«, sage ich.

»Ela. Wie schön, dass du da bist.«

Oma nennt mich seit jeher Ela, genau wie der Rest meiner Familie. Als ich noch ganz klein war, konnte ich meinen eigenen Namen – Manuela – nur schwer aussprechen und habe mir diese Abkürzung anscheinend selbst einfallen lassen. Zumindest haben mir das meine Eltern und Großeltern immer so erzählt. Tja, und irgendwie ist das wohl bei allen hängen geblieben.

Meine Oma sieht zu mir hoch und lächelt zurück. Sie freut sich, mich zu sehen. Sie freut sich immer.

Als Nächstes schüttelt sie mir die Hand, wie sie es meistens tut, und ich gebe ihr einen Kuss auf die Wange. Dann setze ich mich zu ihr aufs Bett und bedaure wie so oft, dass sie jetzt hier sein muss. Dass sie ihr Zuhause aufgeben musste. Den Ort, an dem sie so viele Jahre mit meinem Opa glücklich war. Aber es gab keine andere Lösung. Nachdem sie zweimal schwer gefallen war, konnten wir sie nicht länger allein leben lassen. Ich hätte sie so gerne zu mir geholt, aber wir wohnen zu viert in einer viel zu kleinen Wohnung, noch dazu im dritten Stock ohne Fahrstuhl. Es wäre nicht gegangen. Und dennoch tut es mir leid, obwohl es das eigentlich gar nicht müsste. Weil meine Oma sich hier wohlfühlt, sehr sogar. Und das erleichtert mich ungemein.

»Wie geht es dir?«, erkundige ich mich.

»Wunderbar«, sagt Oma. Das sagt sie fast immer. »Und dir?«

»Auch gut.« Ich sehe zum Bett von Omas Zimmernachbarin Lotti hinüber, das leer ist. Sie wird wohl im Gang sitzen, vielleicht auch beim Friseur. Auf jeden Fall haben wir das Zimmer für uns.

»Was machen deine Bücher?«, möchte Oma wissen.

Ich seufze leicht. »Die laufen ganz gut«, antworte ich.

Ich bin Autorin, oder wenigstens versuche ich, eine zu sein. Ich habe bereits einige Kurzgeschichten in verschiedenen Anthologien veröffentlicht, dazu ein Kinderbuch und ein paar Kurzromane im Selbstverlag. Mein großer Traum ist aber ein richtiger Roman, einer, der bei einem bekannten Verlag unterkommt und viele Leser erreicht. Während ich die letzten Jahre darauf hingearbeitet habe, habe ich mich mit Gelegenheitsjobs über Wasser gehalten. Ich habe zwar eine schulische Ausbildung zur Fremdsprachenkorrespondentin absolviert, finde aber nichts ohne Berufserfahrung und in Teilzeit. Also habe ich stattdessen alles Mögliche gemacht: in einem Callcenter gearbeitet, beim Bäcker Brötchen verkauft, in verschiedenen Unternehmen Kleidung ausgepackt und Hygieneprodukte verpackt. Es war nie das Wahre, aber ich habe mich damit getröstet, dass es nur übergangsweise ist. Bis ich es eines Tages als Autorin schaffe. Und nun bin ich endlich so weit, mit meinen Veröffentlichungen einigermaßen über die Runden zu kommen, keine lästigen Nebenjobs mehr machen zu müssen und mich ganz aufs Schreiben konzentrieren zu können.

»Das klingt aber nicht so toll«, sagt Oma, der mein Seufzer anscheinend nicht entgangen ist.

»Es läuft wirklich ganz gut, keine Sorge. Es ist nur so, dass ich einfach nicht diese eine perfekte Idee finde, nach der ich schon eine ganze Weile suche.«

»Ach, die wird schon noch kommen«, redet Oma mir gut zu. »Manchmal muss man nur die Augen weit offen halten und findet das, was man sucht, ganz unverhofft.«

Ich lächle Oma an. »Ich kann's ja mal versuchen.«

»Ich bin mir sicher, es wird dir gelingen«, sagt sie und streicht sich durch ihr weißes Haar, das immer noch voll ist. Dann erkundigt sie sich nach meinem Mann und meinen Kindern.

»Denen geht's bestens. Ich soll dich von ihnen grüßen.«

Meine Oma lächelt mich an, einfach nur das. Und ich bin dankbar. Dass sie noch da ist. Dass sie sich von dem letzten

Sturz und dem leichten Herzinfarkt erholt hat. Dass ich noch weitere dieser Momente mit ihr haben darf.

»Ich musste gerade an das alte Lied denken, das du und Opa früher immer mit mir gesungen habt«, sage ich.

»Welches denn?« Es waren viele.

»Das vom Äpfelklauen.«

Omas Augen fangen an zu funkeln. »Aaah. *An de Eck steiht'n Jung mit'n Tüdelband*«, sagt sie.

»Genau das.«

»Das hat auch mal Heidi Kabel gesungen«, erzählt sie mir.

»Ja, ich weiß.« Natürlich, denn sie hat es mir schon mehr als einmal erzählt.

Oma summt die Melodie und schwankt dabei leicht hin und her. Ich wünschte, sie könnte tanzen wie früher.

»Was gibt es Neues?«, frage ich sie, als sie mit Summen fertig ist.

»Nicht viel. Inge ging es die letzten Tage nicht so gut.«

Inge ist nur eine der vielen Heimbewohnerinnen, die meine Oma ins Herz geschlossen hat. Sie hatte noch nie Probleme damit, neue Leute kennenzulernen und Freundschaften zu schließen. Sie ist ein so viel offenerer Mensch, als ich es jemals war.

»Das tut mir leid«, sage ich und rufe mir Inge ins Gedächtnis, die die meiste Zeit über in ihrem Rollstuhl im Gang sitzt. Sie spricht nie, ich glaube nicht, dass sie es noch kann.

»Sie wird schon wieder«, sagt Oma.

Ich hole die Schokolade aus meiner Handtasche, die ich Oma mitgebracht habe, und sie freut sich darüber und bittet mich, sie in ihr Fach zu legen.

»Ich hab auch die Bilder von der Einschulung dabei«, sage ich und reiche Oma einen Umschlag.

Mein Sohn Kimmy, der eigentlich Hakim heißt, ist jetzt

ein Erstklässler. Und meine Tochter Leila wurde ebenfalls eingeschult, sie ist aufs Gymnasium gekommen. Die beiden haben wie ich ein ganz besonderes und enges Verhältnis zu Oma Lisa, die sie auch nur Oma nennen statt Uroma. Ich freue mich so sehr, sie im Leben meiner Kinder zu wissen, mit ihrer Weisheit, ihrem Humor und ihrem großen Herzen.

Oma sieht sich die Fotos an, von ihrem Urenkel mit seiner riesigen blauen *Spiderman*-Schultüte, und von ihrer Urenkelin in ihrem hübschen lila Kleid, den neuen *Hannah-Montana*-Rucksack auf dem Rücken.

»Toll«, sagt sie. »Die werde ich später Lotti zeigen.« Sie legt die Bilder auf den Beistelltisch und sieht mich an. »Du, Ela, ich wollte gleich mal raus in den Gang, gucken, was da so los ist heute. Kommst du mit?«

»Klar«, erwidere ich und stehe auf. Oma tut es mir gleich, wenn auch sehr viel langsamer. Ich schiebe ihr den Rollator hin, und sie hält sich mit beiden Händen daran fest. Dann navigiert sie ihn vor sich her, nach draußen, während ich die Tür aufhalte und ihr folge. In die Welt außerhalb ihres Zimmers, in der sich nun ihr geselliges Leben abspielt. Die sie sogar in Jogginghose und Hausschuhen betreten kann. Das Heim verlässt sie nicht sehr häufig, und das braucht sie auch gar nicht, weil es hier alles gibt: einen Friseur, ein Café, den Gang, in dem immer ein paar Freunde anzutreffen sind.

»Hallo, Lisa«, ruft Gerda ihr zu. Sie ist auch eine Freundin meiner Oma, vielleicht ihre beste Freundin hier. Gerda ist um die achtzig und hat bräunlich gefärbte Haare. Sie ist eine ganz Liebe, ich mag sie sehr und bin froh, dass Oma sie hat. Hier im Heim, wo sie eigentlich nie hinwollte, wo sie sich aber inzwischen so zu Hause fühlt, auch dank Menschen wie Gerda.

»Hallo, Gerda«, erwidert Oma. »Guck mal, meine Enkelin ist zu Besuch.«

Gerda lächelt mir freundlich zu, ich lächle zurück und grüße sie.

»Wie geht es dir, Gerda?«, fragt Oma, nachdem sie sich auf den freien Stuhl neben sie gesetzt hat. »Ich bin mir zwar nicht sicher, ob ich dich das beim Frühstück schon gefragt habe, aber wie sagt man so schön: Doppelt hält besser!«

Ich setze mich ebenfalls dazu und lausche dem Gespräch.

»Mein Knie tut weh«, sagt Gerda. »Ich soll morgen abgeholt und zur Untersuchung ins Krankenhaus gebracht werden.«

»Ach herrje«, sagt Oma. »Ich hoffe, es ist nicht so schlimm, dass du noch mal unters Messer musst.«

»Ja, das hoffe ich auch.«

»Ich drück die Daumen«, sagt Oma und blickt sich im Gang um.

Ich weiß, hier sitzt sie gerne. Es ist nicht weit von ihrem Zimmer, und sie ist mitten im Geschehen und bekommt mit, was um sie herum passiert. Wer Besuch bekommt. Wer was Neues zu berichten hat. Wer sich für immer verabschiedet hat. Es waren viele in letzter Zeit.

»Hallo, Marie!«, ruft Oma Marie zu, als diese den Gang entlanggelaufen kommt. Sie läuft ihn immer wieder auf und ab, als würde eines Tages am Ende etwas anderes auf sie warten.

Marie sagt nichts, sie lächelt nur. Dann ist sie auch schon wieder weg.

Ich sehe der zierlichen kleinen Person nach. Marie ist schon neunundneunzig und noch ganz ohne Gehhilfe unterwegs, was ich wirklich bewundernswert finde. Sie hat eine Tochter, die ebenfalls hier im Heim wohnt und mit der sie sich ein Zimmer teilt. Diese ist Mitte siebzig und heißt Rosi. Rosi trägt die gleiche schlichte Kurzhaarfrisur wie ihre Mutter und ist ein wenig mollig, weil sie Süßigkeiten über alles liebt. Sie fragt immer nach Bonbons, auch jetzt kommt sie wieder herbei.

»Hast du Bonbons?«, fragt sie mich.

Ich weiß, in meiner großen schwarzen Handtasche habe ich noch eine halbe Packung Kaubonbons von den Kindern, an diesem Tag habe ich jedoch nur die kleine braune dabei.

»Nein, Rosi, heute leider nicht. Aber beim nächsten Mal bringe ich dir wieder welche mit, ja?«

»Na gut«, sagt Rosi und geht den Nächsten fragen.

»Also, Gerda, was gibt es Neues?«, erkundigt Oma sich bei ihrer Freundin und sieht sich dabei neugierig im Gang um.

»Ach, nur das Übliche. Gisela erzählt immer noch allen, dass sie eine Gräfin sei.« Sie deutet hinüber zu der eleganten Frau, die erst seit zwei Monaten bei ihnen ist und die ihr Butterbrot mit Messer und Gabel isst. Das hat zumindest Oma mir erzählt.

Oma schaut ebenfalls zu ihr und zuckt die Schultern. »Na, wenn es sie glücklich macht.«

»Ansonsten kommt meine Tochter gleich zu Besuch. Wir wollen uns vor dem Mittagessen noch ein bisschen ins Café setzen«, fährt Gerda fort.

»Oh, das ist ja schön«, sage ich, und das finde ich wirklich. Denn ich weiß, nicht jeder hier kriegt Besuch.

»Ja, ich freue mich für dich«, sagt Oma.

»Kommt doch gerne mit«, schlägt Gerda vor, doch Oma schüttelt gleich den Kopf.

»Nein, nein, geht nur allein. Vielleicht beim nächsten Mal.«

»Wie du willst«, sagt Gerda, und ich glaube, sie ist ein bisschen erleichtert. Ich kann mir gut vorstellen, dass sie die wenigen Stunden, die sie mit ihrer Tochter hat, allein mit ihr verbringen möchte. Und ich bin mir ziemlich sicher, dass Oma ihr Angebot deshalb abgelehnt hat. Sie würde ihr das niemals nehmen wollen.

In dem Moment wird Inge in den Gang geschoben. Olga, die Pflegerin, stellt sie neben dem offenen Zimmer für das Pflegepersonal ab, und ich kann Omas Augen strahlen sehen. Inge ist ihr die Liebste von allen. Ich habe nie genau verstanden, wieso, aber schon seit Omas erster Woche hier scheint die beiden etwas Besonderes zu verbinden, das nur Oma und Inge kennen.

»Oh, da ist meine Tochter auch schon«, sagt Gerda und fängt an zu winken. »Huhu, Erika!«

Gerdas Tochter kommt auf sie zu, umarmt sie herzlich und begrüßt uns flüchtig. Dann gehen die beiden davon, und Oma steht ebenfalls auf. »Einen Moment, Ela«, sagt sie, bevor sie ihren Rollator rüber zu Inge schiebt.

»Hallo, meine Süße«, sagt sie kurz darauf zu ihrer Freundin und streichelt deren Wange. Mir wird ganz warm ums Herz.

Inge starrt vor sich hin, wie sie es immer tut.

Oma zieht sich mühsam einen Stuhl heran, und ich eile ihr zu Hilfe. Während Oma sich zu Inge setzt, gehe ich zu meinem Platz zurück und beobachte die beiden.

»Wie geht es dir heute?«, erkundigt Oma sich bei Inge.

Inge ist still, wie sie es immer ist. Doch das macht Oma nichts aus. Weil sie weiß, dass Inge sie hört und sich über ihre Gesellschaft freut.

»Heute habe ich leider keine Banane für dich dabei«, sagt Oma bedauernd.

Inge liebt Bananen, sie sind das Einzige, was sie überhaupt ein wenig aus der Reserve lockt.

»Aber ich habe ein paar Minuten für dich, vielleicht freust du dich ja darüber genauso.«

Inge schweigt weiter, während Marie noch immer den Gang auf und ab läuft. Sie scheint überhaupt nie müde zu werden.

Ich beobachte die Menschen und frage mich, was sie wohl alles erlebt haben. Was ihnen in ihrem langen Leben widerfahren ist, das Gute wie das Schlechte. Sie sind alle mindestens siebzig oder achtzig, Oma ist bereits siebenundachtzig, und sie hat viel durchgemacht.

Als sie noch ein kleines Mädchen war, wurde sie von ihrer Mutter in ein Kinderheim gegeben, weil diese überfordert war. Ihren Vater hat sie nie gekannt. Das hat Oma mir erzählt, ohne dabei sehr emotional zu werden. Vielleicht, weil sie sich nach all den Jahren damit abgefunden hat, vielleicht aber auch, weil es ihr letztendlich zu einem besseren Leben verholfen hat. Denn zum Glück wurde sie nach nicht allzu langer Zeit von einem Ehepaar aufgenommen, das sie behandelte, als wäre sie die eigene Tochter. Das Paar hatte schon drei Kinder, und so wuchs Oma mit zwei Brüdern, Artur und Walter, und einer Schwester, Annemarie, auf. Damals wohnten sie in Hamburg-Billstedt auf einem ziemlich großen Stück Land, auf dem sie Kartoffeln und jede Menge Gemüse anbauten und sogar ein paar Hühner und Kaninchen hielten. Sie hatten auch einen wunderschönen Blumengarten, in dem Rosen und Hortensien blühten. Ihr Pflegevater Johannes war Schaffner bei der Straßenbahn, ihre Pflegemutter Anna Wäscherin, Oma hat mir oft von ihnen erzählt. Sie hat mir allgemein sehr viele Geschichten aus ihrer Kindheit und auch aus ihren jungen Erwachsenenjahren erzählt. Ich glaube, es gibt nur wenige Enkelkinder, die so viel über ihre Großeltern wissen wie ich, und ich habe es immer als Segen empfunden, so ein inniges und vertrautes Verhältnis zu ihnen zu haben. Mein Opa Werner war genauso ein Geschichtenerzähler. Als Kind habe ich seine Geschichten oft sogar noch lieber gemocht, weil sie frecher und abenteuerlicher waren. Opa war derjenige von beiden, der immer etwas mit mir unternommen hat. Der im Urlaub mit mir auf Erkundungstour gegangen ist, während Oma sich lieber am Ostseestrand gesonnt hat. Der mit mir *Hoppe, hoppe, Reiter* gespielt hat, bis ich vor Lachen nicht mehr konnte. Der mich stundenlang auf meinem Schlitten durch den Schnee hinter sich hergezogen hat, bis mir die Füße eingefroren waren. Ich denke so gerne an diese Zeiten zurück und vermisse meinen Opa ganz schrecklich. Und ich weiß, Oma geht es genauso.

Nach ein paar Minuten kommt sie zurück zu mir, setzt sich und atmet schwer aus.

»Alles gut?«, frage ich.

»Ach, weißt du, der Tag ist nicht mal halb rum, und doch bin ich schon erschöpft. Wenn man älter wird, erschöpft einen das Leben, so ist das nun mal.«

Ja, das kann ich mir vorstellen. Um Oma auf andere Gedanken zu bringen, frage ich sie: »Magst du mir nicht von früher erzählen? Das fände ich wirklich schön.«

Ihr Gesicht erhellt sich, und alle Erschöpfung scheint von ihr zu weichen. Denn meine Oma liebt es, mir *von früher* zu erzählen, wie sie es immer nur nennt, und ich tue das auch. Es ist eine meiner schönsten Erinnerungen, wie ich als kleines Mädchen mit Oma in der Küche oder im Garten saß und sie mir von ihrer eigenen Kindheit, von ihren Geschwistern, Freundinnen oder meinem Opa erzählt hat.

Manchmal auch von meinem Vater, als er noch ein kleiner Junge war, von ihrer Arbeit im Schuhladen oder von den Reisen, die sie unternommen hat. All diese Geschichten sind sehr fröhlich, oftmals richtig humorvoll, und sie haben mich schon immer aufgeheitert. Und Oma auch.

»Von meiner Kindheit?«, fragt sie.

Ich nicke. »Wenn du möchtest.«

»Na gut«, sagt sie und schließt für einen Moment die Augen. Und ich weiß, dass sie sich in eine andere Zeit versetzt. In eine Zeit, in der sie jung und das Leben unbeschwert war.

SALMIS

Sommer 1935

»Was wollen wir heute machen?«, fragte ich meine beste Freundin Uschi eines Tages nach der Schule.

Wir waren zehn Jahre alt, gingen auf eine reine Mädchenschule und verbrachten die Nachmittage meistens damit, uns nach Jungs umzusehen. In unserer Nachbarschaft gab es Gott sei Dank genügend davon.

»Wollen wir den Heinrich-Jungen einen Streich spielen?«, schlug Uschi vor.

»Ich würde lieber ein bisschen Geld verdienen«, entgegnete ich. »Ich hab so Lust auf eine Tüte Salmis.« Die gab es für fünf Pfennig im Gemischtwarenladen. Wir hatten nicht oft das Vergnügen, etwas Süßes zu naschen, selbst in unserem Nikolausstiefel befanden sich meist nicht mehr als eine Apfelsine und ein Dauerlutscher, dabei hätte ich sterben können für eine Handvoll Himbeerbonbons, Pfefferminzbruch oder eine Schaumzuckermaus. Aber Salmis – die mochte ich am allerliebsten.

»Woran hast du gedacht? Willst du wieder Alteisen sammeln?«, fragte Uschi.

Das taten wir ab und zu, der Alteisenhändler gab uns immer ein paar Pfennig dafür. Doch es war auch gefährlich. Der Horst hatte sich kürzlich eine Infektion durch den Rost geholt, hatten wir gehört.

Ich spielte mit einer Strähne meines blonden, zu einem Bob geschnittenen Haares. »Ich dachte da eher an Pferdeäpfel«, teilte ich meiner Freundin mit.

Die hatten wir zwar bisher noch nicht selbst gesammelt, aber ich wusste von anderen Kindern, dass man so ganze zwanzig Pfennig von den Landwirten bekommen konnte, die die Pferdescheiße als Dünger einsetzten. Es hieß, dass dadurch die Kohlköpfe doppelt so groß und die Rettiche doppelt so lang wurden. Soviel ich wusste, hatte mein Vater diese Art des Düngens bisher noch nicht ausprobiert, aber vielleicht konnten wir ihn ja davon überzeugen, dass auch die Kartoffeln fünfmal so groß würden.

»Iiih, Lisa, das ist eklig! Ich fasse doch keine Pferdeäpfel an!«, sagte Uschi entsetzt.

»Na, anfassen sollst du sie ja auch nicht. Wir holen uns zwei Schaufeln aus dem Schuppen, heben sie damit auf und tun sie in einen Eimer. Was hältst du davon?«

»Hmmm ... Auf Salmis hätte ich schon auch Lust«, sagte Uschi und musste nicht lange überlegen. »Na gut, lass es uns tun. Aber wenn meine Mutter mich später ausschimpft, weil ich nach Pferdemist rieche, bist du schuld!«

»Ich nehme alle Schuld auf mich«, sagte ich lachend, und wir liefen die Straße hinunter und zu unserem Hof.

Bepackt mit Eimern und Schaufeln, machten wir uns auf die Suche. Schnell hatten wir hier und da ein paar Pferdeäpfel entdeckt, die die Tiere auf der Straße abgelassen hatten, und sie in unsere Eimer manövriert, die immer schwerer wurden. Weshalb wir uns mit nur halbvollen Eimern auf zu meinem Vater machten, der uns aber nur auslachte.

Also versuchten wir es beim Nachbarn, Herrn Rothschild, der Gurken anbaute. Er lachte ebenfalls und hielt sich die Nase zu, als wir bei ihm ankamen und unsere Engelsgesichter

aufsetzten. Doch er war gütig und gab uns jeder ein Fünf-
pfennigstück, mit dem wir uns gleich auf den Weg zum Gemischtwarenladen machten. Dort kauften wir uns jeder ein
Tütchen Salmis, diese leckeren, kleinen, salzigen Lakritzen in
Karo-Form, die wir uns sofort mit Spucke auf die Handrücken
klebten, um die nächste halbe Stunde immer mal wieder daran zu lecken und besonders lange etwas davon zu haben.

Ein paar Jungs kamen herbei. Sie sangen das plattdeutsche
Lied *An de Eck steiht'n Jung mit'n Tüdelband*, in dem es darum ging, Äpfel zu klauen.

Es konnte sich nur um Werner Peinemann und seine Freunde handeln, die nämlich wirklich gerne die Äpfel der Nachbarn klauten. Erst vor ein paar Tagen hatte ich gehört, dass
Werner eine Tracht Prügel von seinem Vater bekommen hatte,
weil er wieder welche stibitzt hatte.

»Habt ihr da Salmis?«, fragte Werner, der uns jetzt neidisch
beäugte. Er war ein Jahr älter als wir, auch wenn er nicht viel
größer war.

»Haben wir«, sagte Uschi schnippisch.

»Bekommen wir welche ab?«, fragte Werners Freund Karl.
Der Horst war ebenfalls mit dabei, er schien seine Infektion
überstanden zu haben.

»Geht doch selber Pferdeäpfel sammeln!«, meinte Uschi
und leckte provozierend an ihren Salmis.

Dass Werner sich vor Scheiße nicht ekelte, wussten wir
beide. Jeder kannte die Geschichte, wie er in eine Zeitung
gekackt, alles schön verschnürt und dieses Paket dann einer
Frau beim Gang über die Brücke von unten in den Einkaufs-
korb geworfen hatte. Ihr Gesicht beim Auspacken mochte ich
mir nicht einmal vorstellen.

Doch ich musste nur für eine Sekunde in Werners blaue
Augen schauen – und er hatte mich!

»Na gut, aber jeder nur einen«, sagte ich und gab jedem der drei Jungen genau einen Salmi.

»Danke, Lisa.« Werner lächelte mich strahlend an. »Hast was gut bei mir.«

»Das merke ich mir«, sagte ich und schlenderte zusammen mit Uschi davon. Dabei sangen nun wir: *»Klaun, klaun, Äppel wüllt wi klaun ...«*

Und die Welt war in Ordnung.

BLUMEN

Bei meinem nächsten Besuch ist die Tür zu Omas Zimmer zu. Ich klopfe an und warte, dass jemand »Herein!« ruft. Nachdem dies geschehen ist, trete ich ein. Oma und Lotti liegen beide in ihren Betten.

»Oh, ist alles in Ordnung?«, frage ich und hoffe, dass keine von ihnen krank ist. Heute ist so ein schöner Sommertag, nicht zu heiß, aber dennoch sonnig und wolkenlos. Eigentlich hatte ich vor, Oma zu einem Spaziergang zu überreden. Ich beuge mich zu ihr runter und gebe ihr einen Kuss.

»Uns geht's gut«, beruhigt Oma mich sogleich. »Wir haben uns nur ein bisschen ausgeruht und unterhalten.«

»Ach so. Ich hoffe, ich störe nicht?« Das hoffe ich wirklich, denn gerade heute brauche ich ein bisschen Oma-Time. Ich stecke ein wenig in der Krise, würde ich sagen, und ich hoffe, dass meine Oma mir vielleicht mit einem guten Ratschlag oder auch einfach nur mit ihrer Nähe weiterhelfen kann.

»Nein, nein, Ela. Du störst doch nie«, sagt sie, und ich bin erleichtert. »Außerdem ging es um gar nichts Wichtiges. Wir haben nur über die leckeren Kartoffelpuffer von gestern geredet und darüber, dass wir uns freuen würden, wenn es öfter welche gäbe.«

Ich weiß, meine Oma liebt Kartoffelpuffer. Das hat sie

schon immer. Als sie noch ein Kind war, hat ihre Pflegemutter Anna sie oft gemacht. Sie waren billig, denn die Familie baute ja Kartoffeln an. Und auch später hat Oma sie noch gerne gegessen. Fast jedes Mal, wenn wir zusammen auf dem *Hamburger Dom*, dem größten Volksfest des Nordens, waren, hat sie sich welche gekauft. Drei Stück mit Apfelmus, schön kross mochte sie sie am liebsten.

»Gab es dazu Apfelmus?«, frage ich, und Oma nickt.

»Oh ja.«

»Sie hat sich löffelweise was davon auf die Puffer gehäuft«, verrät Lotti lachend. »Die halbe Schüssel war leer.«

Ich muss auch lachen. Ja, das klingt nach meiner Oma. Wenn sie sonst auch äußerst bescheiden ist, kann sie bei diesem Gericht einfach nicht widerstehen.

»Ich hab dir Blumen mitgebracht«, sage ich und halte Oma die Nelken entgegen.

»Oh, wie hübsch. Nelken mag ich gerne. Ich hab auch welche in meinem Garten gehabt, einmal um das ganze Blumenbeet herum«, erzählt sie Lotti, während ich die verwelkten Sommerastern entsorge, die Vase neu mit Wasser befülle und die Nelken hineinstelle.

»Ich mag am liebsten rote Rosen«, erzählt Lotti.

»Die hatte ich auch. Gleich neben meiner Eingangstür.«

»Dein Garten muss ja wirklich schön gewesen sein.«

»Oh ja, das war er«, erwidert Oma und sieht dabei ein bisschen traurig aus, wie immer, wenn sie von ihrem Garten spricht, der nun wie so vieles andere nur noch eine Erinnerung ist.

Ich platziere die Blumen auf ihrem Beistelltisch, und Oma rückt die Füße ein bisschen zur Seite, um mir Platz am Ende ihres Bettes zu machen. Ich hätte auch einen der Stühle nehmen können, die am Fenster um den runden Tisch herum stehen, begnüge mich aber mit dem Bett. Vielleicht möchte Oma nicht, dass ich so weit weg sitze.

»Mögen Sie Kartoffelpuffer auch so gerne?«, fragt Lotti mich dann. Ah, wir sind also wieder zurück bei diesem Thema.

Obwohl Kartoffelpuffer nicht zu meinen Leibspeisen gehören, antworte ich: »Klar, wer mag die nicht?«

»Gisela!«, informiert Oma mich. Die Gräfin.

»Oh, ehrlich?«

»Sie hat gemeint, das sei ein Arme-Leute-Essen«, sagt Oma, und Lotti verdreht die Augen.

»Ich habe die hübschen Bilder von der Einschulung gesehen«, sagt Lotti dann. »Und von der Schultüte mit dem lustigen Spinnenmann.«

Ich muss schmunzeln. »Ja, mein Kleiner hatte sich so eine gewünscht, er liebt den Spinnenmann«, erzähle ich.

»Ja? Und was mag er noch?«

Da muss ich nicht lange überlegen. »Am allerliebsten mag Kimmy Fußball. Er spielt seit Kurzem auch in einer Mannschaft.«

»In unserer Familie mögen alle Männer Fußball«, unterrichtet Oma ihre Mitbewohnerin. »Das war schon immer so.«

»Und das wird sich auch nicht ändern«, sage ich, weil ich an meinen fußballverrückten Vater denke und an meinen Mann, der ebenfalls ein Fan ist. Mein fast fünf Jahre jüngerer Bruder Christian ist zwar nicht wirklich fußballbegeistert, aber das machen die anderen mit ihrer Leidenschaft locker wett. Mir graut es schon ein bisschen vor der nächsten WM, wenn die drei wieder einen ganzen Monat lang nichts als Fußball im Kopf haben werden.

»Was habt ihr denn jetzt Schönes vor?«, fragt Lotti dann. »Es sind noch zwei Stunden bis zum Mittagessen.«

»Ich wollte Oma eigentlich fragen, ob sie Lust auf einen Spaziergang hat«, sage ich.

Aber Oma scheint nicht allzu enthusiastisch. Vielleicht ist sie heute doch ein bisschen schlapp, nicht, dass sie es zugeben würde. Die meiste Zeit über gibt sie sich nämlich äußerst tapfer, egal, welche Gebrechen sie gerade begleiten.

»Können wir uns nicht einfach draußen auf die Bank setzen?«, fragt sie.

»Na sicher, das können wir auch machen.«

Ich hole Omas Rollator, helfe ihr aus ihren festen Hausschuhen und in die Straßenschuhe, und überlege, ob sie eine leichte Jacke überziehen sollte. Ich beschließe, dass es besser ist, ausziehen kann sie sie immer noch. Also nehme ich die hellblaue Strickjacke aus dem Schrank und helfe ihr auch da hinein.

»Viel Spaß euch!«, wünscht Lotti, und ein bisschen tut es mir leid, dass wir sie zurücklassen müssen. Aber sie sitzt im Rollstuhl und hat einige Krankheiten, weshalb ich mir nicht zutraue, sie mitzunehmen. Wahrscheinlich hätte man mich auch gar nicht gelassen.

Oma und ich biegen im Gang nach rechts ab. Auf dem Weg zum Fahrstuhl grüßt sie etliche Bewohner. Wir fahren nach unten, treten aus der Tür und gehen die paar Meter bis zur nächsten freien Bank. Oma wirkt erschöpft. Das Laufen fällt ihr immer schwerer. Ohne Rollator geht es gar nicht mehr. Dabei ist sie vor wenigen Jahren noch Fahrrad gefahren. Und sie hat sich um ihren Schrebergarten gekümmert, wo sie stets den ganzen Sommer verbracht hat. Oma hat ihren Garten geliebt und hätte sich niemals davon abhalten lassen, in jedem Jahr von Mai bis Oktober in das kleine Gartenhaus zu ziehen. Manchmal auch schon im April, wenn das Wetter mitspielte. Je eher, desto besser, Hauptsache, sie konnte wieder in die Sonne, zu ihren Blumen und zu ihren Gartenfreunden, mit denen sie Feste gefeiert, Lieder gesungen und auch mal einen gehoben hat. Viele Jahre war sie Mitglied in einem Seniorenverein, fuhr mit auf Ausflüge und Reisen, und jeden Montagnachmittag ging sie zur fröhlichen Seniorenrunde. Bis sie nicht mehr konnte. Bis sie ihre Leichtigkeit verlor und manchmal auch vergaß, dass Montag war.

Ich weiß, wie sehr ihr das alles fehlt, und ich spreche sie deshalb nicht sehr häufig darauf an. Doch hin und wieder tut sie das von selbst, heute sogar schon zum zweiten Mal.

»Guck mal, Ela, all die Blumen!«, sagt sie und zeigt zu den Hortensien, die in der Nähe der Bänke gepflanzt sind. »Wir hatten im Garten ja auch Hortensien. In Blau und in Rosa.«

»Ja, ich erinnere mich.« Ich sehe sie noch vor mir.

»Ich vermisse meinen Garten«, sagt Oma betrübt, und ich nehme ihre Hand.

»Ich vermisse ihn auch.«

Ich bin in diesem Garten groß geworden. Habe unzählige Tage und Nächte dort verbracht. Als meine Mutter damals nach meiner Geburt wieder arbeiten gehen wollte, hat sie eine Einigung mit meiner Oma getroffen. Sie würden beide drei Tage die Woche arbeiten, und die jeweils andere würde mich dann an diesen Tagen betreuen. Wenn meine Mutter also ins Büro fuhr, war ich bei meiner Oma. Im Winter in ihrer Zweizimmerwohnung in Hamburg-Hamm, im Sommer im Schrebergarten auf der Billerhuder Insel. Es waren schöne Tage, ich denke unglaublich gerne daran zurück.

»Wer wohl noch alles da ist?«, fragt Oma.

»Das weiß ich leider nicht.« Ich kann mir aber vorstellen, dass es nicht viele sind. Als Oma im letzten Jahr ihren

Garten endgültig aufgegeben hat, waren die meisten ihrer Freunde bereits verstorben. Ich weiß noch, dass sie ein Adressbuch hatte und nach und nach immer mehr Namen durchstreichen musste. Es war unglaublich traurig, das mit anzusehen.

Omas Blick ruht auf den lila Hortensien. »Kennst du eigentlich das Lied von Marlene Dietrich?«, fragt sie. »*Sag mir, wo die Blumen sind?*«

Ich muss überlegen. Mein ganzes Leben habe ich immer, wenn ich bei meiner Oma war, den Radiosender *NDR 1 Welle Nord* mitgehört, auf dem sie hauptsächlich Schlager spielten, hin und wieder auch Volksmusik, einen Evergreen oder einen deutschen Popsong. »Ich glaube schon«, sage ich.

Und plötzlich fängt Oma ganz unverhofft zu singen an. Und ich höre ihr zu.

»*Sag mir, wo die Blumen sind, wo sind sie geblieben? Sag mir, wo die Blumen sind, was ist geschehen? . . .*«

Sie singt immer weiter, und das Lied wird mit jeder Strophe tragischer. In der dritten geht es darum, wo die Männer sind – sie sind in den Krieg gezogen –, und in der vierten darum, dass sie dort gefallen sind. Es ist herzzerreißend. Ich weiß jetzt, dass ich es kenne, aber noch nie auf den Text geachtet habe.

»Das ist so traurig«, sage ich, als Oma mit Singen fertig ist.

»Der Krieg war ja auch traurig«, erwidert sie.

»Unglaublich, dass du ihn miterlebt hast.«

»Ja, es waren harte Zeiten.« Mehr sagt Oma nicht. Sie mag es nicht, über den Krieg zu reden. Und vor allem nicht darüber, was den Juden und anderen Verfolgten damals widerfahren ist. Immer, wenn ich sie als Jugendliche darauf angesprochen habe, ist sie dem Thema ausgewichen. Hat gesagt, dass sie das alles damals gar nicht so mitbekommen hätten. Ich vermute, es ist eine Art Schutzhaltung, die viele Menschen dieser Generation sich zugelegt haben. Denn zuzugeben, dass sie sehr wohl mitbekommen haben, wie etliche ihrer Mitschüler, Kollegen und vielleicht sogar Freunde verschwanden, wäre kaum zu ertragen gewesen. Sie wollten die Schuld nicht auf sich nehmen, da war es leichter, die Augen zu verschließen.

Ich nehme es Oma nicht übel. Ich habe diese Zeiten nicht miterlebt und will mir nicht anmaßen, über irgendwen zu urteilen. Im Grunde kann ich doch nicht einmal ansatzweise nachvollziehen, welche Schmerzen dieser Krieg verursacht hat.

»Lass uns über was Fröhlicheres reden«, sage ich und erzähle ihr von Kimmy, der am Wochenende ein Fußballspiel hatte.

»Schön, dass es ihm Spaß macht«, sagt Oma. »Vielleicht wird er ja der nächste Klinsmann oder Matthäus.«

Ich muss lächeln. Klar, dass Oma die aktuellen Fußballspieler nicht kennt. »Ja, er träumt jetzt schon von einer großen Karriere.«

»Und was macht Leila?«, erkundigt sich Oma. Meine Tochter wird im November elf.

»Die trifft sich am liebsten mit ihren Freundinnen, hört Musik, guckt Fernsehen oder beklagt sich über die nervigen Jungs.«

Oma schmunzelt. »Musik und Jungs. Da hat sich also seit damals nicht viel verändert, was?«

»Wahrscheinlich nicht«, sage ich, da ich ja Omas Jugendgeschichten kenne. Wir reden noch ein bisschen über meine Kinder, dann fragt Oma nach meinen Büchern.

»Woran schreibst du denn gerade?«, möchte sie wissen. Oma ist immer so interessiert an dem, was ich tue, was ich einfach wundervoll finde. Und sie ist sehr stolz auf mich, zeigt meine schmalen Werke all ihren Heimfreundinnen und sogar den Pflegerinnen und erzählt ihnen, dass ihre Enkelin Schriftstellerin ist.

»Ich schreibe gerade an einer Geschichte für die diesjährige Weihnachtsanthologie vom piepmatz-Verlag«, erzähle ich. Ich war auch schon in der letztjährigen mit dabei. Der piepmatz-Verlag ist ein sehr kleiner Verlag, aber es ist eine gute Gelegenheit, dazuzulernen und mich schreibtechnisch weiterzuentwickeln.

Oma lacht. »Wir haben doch August!«

»Ja, ich weiß. Aber so ist das nun mal. Die Geschichten müssen frühzeitig geschrieben werden, um dann pünktlich zu Weihnachten zu erscheinen.«

»Na, andererseits ist wieder Nikolaus, bevor man sich's versieht«, sagt Oma. Und ich weiß, sie freut sich jetzt schon auf die Lebkuchen. Sie sieht mich an. »Und? Was ist mit der einen großen Idee? Hast du sie schon gehabt?«

Ich schüttle den Kopf. »Nein, leider nicht. Und ich weiß nicht, ob ich sie jemals haben werde.«

»Nun lass mal den Kopf nicht hängen, Ela. Irgendwann wird sie dir schon kommen.«

Ich sehe nun selbst zu den Hortensien, weiß nicht, wie ich Oma das fragen soll, was ich sie gern fragen möchte. Nämlich, ob sie mir nicht weiterhelfen kann. Immerhin hat sie so ein langes, erfülltes Leben hinter sich, ist so vielen Menschen begegnet und hat selbst die eine große Liebe gekannt. Und das ist es, worüber ich schreiben möchte. Ich würde so gerne eine wunderschöne Lovestory zu Papier bringen, mit der ich es endlich mal ein bisschen weiter schaffe als nur auf die Verkaufsseite eines Onlineanbieters. Mein allergrößter Traum ist es, eines Tages in eine Buchhandlung zu gehen und dort mein Buch liegen zu sehen. Ich glaube, ich würde vor Stolz platzen und selbst alle vorrätigen Bücher kaufen. Aber nein, nein, die sollen doch von anderen Menschen gelesen werden. Das ist es ja, was ich unbedingt möchte, das ist es, worauf ich an jedem einzelnen Tag hinarbeite.

Ich überlege noch immer, wie ich Oma um Hilfe bitten soll, als sie anfängt, von Gerda zu erzählen. Ich habe den Moment verpasst. Aber das ist okay, denn im Grunde weiß ich ja, dass ich es selbst schaffen muss. Nur ich allein kann mir aus dieser Krise heraushelfen.

»Wie geht es denn Gerda?«, frage ich also. »Muss ihr Knie nun operiert werden?«

»Ja, leider. Sie hat ein bisschen Angst davor.«

»Das kann ich mir vorstellen, die Arme.«

Oma berichtet mir auch noch von ihren anderen Heimfreundinnen, dann sagt sie, dass sie mal auf die Toilette muss. »Meine Blase ist nicht mehr die beste, das weißt du ja. Aber das geht uns allen hier so. Die meisten müssen sogar schon Windeln tragen.«

Ich frage mich, wie es mir mit siebenundachtzig ergehen wird, falls ich überhaupt so lange lebe. Ob ich noch so agil sein werde wie meine Oma und so voller Erinnerungen. Ob ich zurückblicken und sagen kann, dass ich mein Leben auf die bestmögliche Weise gelebt habe. Und ich frage mich plötzlich, ob Oma das sagen kann oder ob es da Dinge gibt, die sie gern anders gemacht hätte, Dinge, die sie vielleicht sogar bereut. Sosehr ich ihre fröhlichen Geschichten mag, habe ich in letzter Zeit oft das Gefühl, als gäbe es da noch viel mehr. Diese andere Art von Erinnerungen, die Oma sicher auch begleiten, Geschichten, die sie mir nie erzählt hat. Und da sie nun mal schon auf die neunzig zugeht, weiß ich auch, dass die Zeit langsam knapp wird. Vielleicht werde ich sie demnächst mal bitten, mir etwas zu erzählen, das ich noch nicht kenne, aber gerade ist nicht der richtige Moment dafür, denn die Toilette ruft.

»Dann lass uns reingehen«, sage ich und erhebe mich. Ich gehe neben Oma her, und mein Blick fällt auf ein Centstück, das am Boden liegt. Natürlich hebe ich es auf, denn mein Opa hat immer gesagt: »Wer den Pfennig nicht ehrt, ist des Talers nicht wert.«

Oma lächelt mich an. Wahrscheinlich hat sie gerade dasselbe gedacht.

Wir steuern auf die Toilette zu, die sich unten im Gebäude in der Nähe des Eingangs und des Cafés befindet. Während Oma kurz verschwindet, gehe ich zu dem Bücherregal rüber. Es hat seinen Platz neben der Leseecke, die aus mehreren Sofas besteht und fast immer leer ist. Aber Bücher werden öfter mal welche mitgenommen, die Bewohner können sie sich ausleihen und wieder zurückstellen, wann immer sie wollen. Hin und wieder kommen auch ein paar neue hinzu, Spenden von Verwandten oder vom Heimpersonal. Es haben sich wieder welche dazugesellt, wie ich jetzt sehe. Ich nehme eins von Nicholas Sparks in die Hand, das ich bereits gelesen habe. Er ist einer meiner absoluten Lieblingsautoren, ich habe alle seine Bücher im Regal stehen. Wie sehr wünschte ich, ich könnte schreiben wie er. Große Liebesgeschichten, die Menschen auf der ganzen Welt berühren.

Als Oma zurückkommt und mich bei den Büchern findet, sagt sie: »Vielleicht steht da ja auch mal ein Buch von dir.«

»Ja, das wäre schön«, sage ich und versuche, mir nicht anmerken zu lassen, wie betrübt ich gerade mal wieder bin.

Oma sieht mich aufmunternd an. »Du wirst es schaffen, da bin ich mir ganz sicher. Eines Tages wird ganz Deutschland deine Geschichten lesen.«

»Glaubst du das wirklich?«, frage ich.

Oma nickt. »Ich bin fest davon überzeugt.«

»Ich hoffe, du hast recht«, sage ich und senke ein wenig verlegen meine Stimme, weil gerade jemand vorbeikommt und das Ganze mit angehört haben könnte.

»Du musst mehr Vertrauen in dich haben«, sagt Oma, als der Mann mit seinem Rollator ein paar Schritte weitergegangen ist. »Also, ich habe es.«

Ich drücke meine Oma sachte. »Danke, Oma.«

»Ach, wofür denn?«, sagt sie, und im nächsten Moment: »Gehen wir hoch? Ich will mal gucken, was im Gang so los ist.«

»Na klar«, entgegne ich, weil ich weiß, wie sehr sie sich auf neuen Tratsch freut.

ZITRONENEIS

Mein Kleiner rennt zu Omas Tür und in ihr Zimmer, bevor ich ihn aufhalten kann. Als ich reinkomme, sehe ich, wie er Oma so fest drückt, dass ich Angst habe, er könnte ihr wehtun. Leila geht ein wenig behutsamer vor.

»Hallo, Oma«, sagt sie.

»Hallo, ihr Süßen! Wie schön, dass ihr da seid!« Oma strahlt übers ganze Gesicht. Sie freut sich immer so, wenn ich die Kinder dabeihabe. Sie verbringt gerne Zeit mit ihnen, ist an ihrem Leben interessiert, freut sich, wenn sie davon erzählen. Und sie erzählt ihnen im Austausch dieselben Geschichten, die sie mir damals erzählt hat.

Früher, als sie noch in ihrer Wohnung beziehungsweise im Schrebergarten gewohnt hat, haben wir sie jeden Mittwochnachmittag besucht. Jetzt kommen wir meist am Wochenende, oft zusammen mit meinem Vater und manchmal mit meinem Mann. Da aber heute Mittwoch ist, und ich es vormittags wegen eines Termins nicht geschafft habe, sind wir also jetzt hier. Ich habe Oma gestern auf ihrem Handy angerufen, um sie darüber zu informieren.

Lotti liegt in ihrem Bett und schläft, weshalb ich die Kinder bitte, leise zu sein.

»Wie geht es dir, Oma?«, frage ich, nachdem auch ich sie begrüßt habe.

»Na, wunderbar, jetzt, wo ihr da seid«, antwortet sie.

»Wir haben dir Hamburger Speck mitgebracht«, sage ich und hole ein Tütchen mit den süßen rot-weißen Schaumzuckerquadraten hervor, die sie als Kind schon so geliebt hat.

»Oh, da freu ich mich aber.« Oma nimmt ihn entgegen. »Wart ihr auf dem *Dom*?«, erkundigt sie sich.

Ich nicke. »Ja, am Samstag. Papa war auch mit dabei.«

Oma wirkt ein wenig bedrückt, wahrscheinlich weil sie selbst nicht mehr zum *Hamburger Dom* mitkommen kann, der heute dreimal jährlich stattfindet – immer einen ganzen Monat lang. Vor ein paar Jahren noch hat sie uns jedes Mal begleitet. Dann hat sie dabei zugesehen, wie die Kinder Karussell gefahren sind, hat sich ein Fischbrötchen, Kartoffelpuffer oder Schmalzkuchen gekauft und jedes Mal auch einen Berliner, Hamburger Speck und eine saure Gurke aus dem Fass zum Mitnehmen. Die sauren Gurken mochte sie zu gerne.

»Und Ali?«, fragt sie. Ali ist mein Mann, er ist Küchenchef und hat meistens nur sonntags frei. Sein eigentlicher Name ist Sibah, doch Oma nennt ihn bei seinem Spitznamen, so, wie seine Mutter es getan hat, und so, wie ich es tue. Oma ist ganz vernarrt in Ali, weil er hilfsbereit ist und freundlich, und weil er, obwohl er ein eher ruhiger Geselle ist, manchmal auch echt gute Geschichten auf Lager hat.

»Der musste leider arbeiten. Er lässt dich übrigens lieb grüßen.«

»Danke. Grüß zurück.«

»Das mache ich.«

Oma zieht Kimmy zu sich heran. »Na, mein Großer, wie gefällt dir denn die Schule?«

»Die ist cool«, antwortet Kimmy und lässt sich von Oma über sein gelocktes dunkles Haar streichen.

Ich sehe wieder zu Lotti rüber und finde wirklich, wir sollten sie schlafen lassen. »Also, Oma«, sage ich deshalb, »hast du Lust, runter ins Café zu gehen?« Das tun wir in letzter Zeit sehr oft, wenn ich die Kinder mitbringe. Sie haben dort Eisbecher mit frischen Erdbeeren und Sahne, die nicht nur meine Kleinen sehr mögen.

Oma sieht von Kimmy zu Leila. »Heute ist doch so schönes Wetter«, sagt sie dann. »Wollen wir nicht auf den Spielplatz gehen?« Nur ein Stück den Parkweg runter liegt einer.

Kimmy jubelt, ihm scheint ihr Vorschlag zu gefallen.

»Fühlst du dich dazu auch fit genug?«, frage ich ein wenig besorgt.

»Aber klar!«, entgegnet Oma.

Sie würde, wie schon erwähnt, nie zugeben, wenn sie es nicht wäre. Erst vor Kurzem war jemand da, um ihre Pflegestufe zu überprüfen. Sie ist hier mit ihrem Rollator das Zimmer auf und ab geflitzt, so schnell sie konnte. Am Ende haben sie sie dennoch auf Stufe zwei hochgestuft. Ich frage mich, wo sie gelandet wäre, wenn sie nicht geflitzt wäre.

»Na gut, Oma, wenn du möchtest«, sage ich und helfe ihr in ihre Straßenschuhe, während Kimmy schon aufgeregt an der Tür steht.

Leila ist sicher nicht ganz so begeistert von der Vorstellung, die nächste Stunde auf einem Kinderspielplatz zu verbringen, aber sie kommt ohne Widerworte mit.

Kimmy läuft voran, und ich muss hinterherlaufen, damit er nicht verloren geht. Leila bleibt an Omas Seite. Als die beiden den Fahrstuhl erreichen, wo mein Kleiner und ich schon warten, erzählt sie Oma gerade vom Gymnasium und dass sie viele Englischvokabeln lernen müssen.

»Weißt du, wir hatten damals kein Englisch in der Schule«, sagt Oma. »Wir haben dafür Plattdeutsch gelernt.«

»Echt? Also kannst du gar kein Englisch?«, fragt Leila.

»Doch, doch«, sagt Oma und grinst. »Ich kann *My Bonnie Lies Over the Ocean* mitsingen. Kennst du das?«

Leila lacht. »Nein.«

»Das haben auch mal die Beatles gesungen. Kennst du die?«

»Ja. Mama hat ein T-Shirt mit denen drauf und eine CD.« Der Fahrstuhl kommt, und wir steigen ein.

»Früher waren die jungen Frauen ja alle ganz wild auf die Beatles«, erzählt Oma. »Auf Paul McCartney und John Lennon. Der wurde ja erschossen, ich glaube, das war in dem Jahr, als deine Mama geboren wurde.«

»Ein Jahr davor«, sage ich und muss an *Strawberry Fields* denken, die Gedenkstätte in New York, die ich vor einer Weile besucht habe.

»Warst du auch ganz wild auf die Beatles, Oma?«, fragt Leila schmunzelnd.

»Nee. Die hatten mir viel zu lange Haare. Wusstest du, dass dein Opa Jürgen in den Siebzigerjahren auch mal lange Haare hatte? Er wollte wohl so aussehen wie die Beatles und all die hübschen Mädels abbekommen.« Oma lacht.

Leila lacht mit. »Echt?« Sie sieht mich an, und ich nicke.

»Ich hab zu Hause ein Foto von Opa mit langen Haaren. Ich suche es später raus und zeige es dir.«

Meine Tochter lächelt. »Cool.«

Wir spazieren den Parkweg entlang, ganz langsam, damit Oma auch mitkommt. Kimmy rennt schon wieder vor, und ich lasse ihn, weil ich ihn von hier aus gut im Auge behalten kann. Er hüpft auf eine Schaukel und nimmt Anschwung. Oma, Leila und ich setzen uns auf eine der Bänke und sehen ihm dabei zu. Ich weiß, für diese Momente lebt Oma, und ich hoffe, wir können ihr noch viele davon schenken.

»Ist es okay, wenn ich kurz zu Penny laufe und mir ein Eis hole?«, fragt Leila.

»Aber natürlich. Bringst du mir auch eins mit?«, bittet Oma sie und holt ihr Portemonnaie aus der Handtasche, die sich wie immer im Korb ihres Rollators befindet. Sie gibt Leila einen Fünfeuroschein, und ich halte sie nicht auf, weil ich weiß, dass sie zwar wenig hat, aber dennoch gerne mal was ausgeben möchte.

»Bring uns doch allen eins mit«, sage ich, und Leila läuft los.

Ich bleibe mit Oma auf der Bank zurück. Kimmy hat jetzt genug vom Schaukeln und läuft zur Rutsche.

»Was gibt es Neues im Heim?«, frage ich. »Was machen Gerda, Inge und die Gräfin?«

Oma lacht. »Die behauptet immer noch, eine zu sein.«

»Vielleicht ist sie das ja tatsächlich?«

»Wer weiß?« Oma zuckt die Schultern. »Danke für den Hamburger Speck«, sagt sie noch einmal. »Ich freu mich schon darauf, ihn später zu verputzen, und ich werde ihn mit niemandem teilen, nicht einmal mit Rosi.«

»Ach, Oma, den haben wir dir doch gerne mitgebracht. Brauchst du denn sonst irgendwas?«

»Kannst du vielleicht beim nächsten Mal Bonbons mitbringen?«

»Wegen Rosi?« Ich grinse schief, und Oma lacht.

»Nicht nur wegen ihr. Ich lutsche auch gerne mal einen Salbeibonbon, das weißt du doch.«

»Ja, das weiß ich. Ich bring dir nächstes Mal welche mit. Falls dir sonst noch was einfällt...«

»Ich könnte neue Unterhosen gebrauchen«, sagt Oma.

»Alles klar. Ich kaufe welche.« Die von C & A, die mag sie am liebsten. Früher war ich oft mit Oma in dem Geschäft, und sie hat mir hübsche Kleidchen, einen rosa Pyjama und sogar meinen ersten BH gekauft. Dass es jetzt andersherum ist und ich ihr Dinge kaufen muss, nimmt sie so hin. Ich glaube, es macht ihr nichts aus, sie ist froh, dass sie jemanden hat, der sich darum kümmert.

»Und hebst du mir bitte ein bisschen Geld ab? Ich habe nicht mehr viel im Portemonnaie.«

Ich kümmere mich auch um Omas Finanzen, und zwar seit sie im Heim lebt. Sie war seit über einem Jahr nicht selbst bei der Sparkasse.

»Natürlich, Oma. Reicht es noch? Sonst kann ich dir auch jetzt was geben.«

»Nein, nicht nötig. Ein bisschen was hab ich noch, und mein nächster Friseurtermin ist noch eine Weile hin.«

»Okay, wie du willst.«

Ich hake mich sachte bei ihr ein und lege meinen Kopf an ihre Schulter. Ich hab sie so lieb. Und ich möchte für sie da sein, wie sie es mein ganzes Leben lang für mich war. Ich hoffe, es ist genug.

Leila kommt zurück und hat das Eis dabei. Eine ganze Packung mit diesem leckeren Zitroneneis in der Waffel.

»Oh, wie toll, das hab ich schon immer gerne gemocht!«, ruft Oma aus.

Ich lächle Leila zu. Das wusste sie und hat sich wahrscheinlich deshalb für diese Sorte entschieden.

Ich erinnere mich an viele sonnige Nachmittage in Omas Garten, an denen sie mit solch einem Eis im Schatten saß und sich am Duft der Blumen und am Gezwitscher der Vögel erfreut hat.

Es scheint so lange her.

Leila will Oma das Restgeld wiedergeben, doch sie sagt, sie kann es behalten. Dann verteilt meine Tochter das Eis,

Kimmy holt sich auch eins ab, und ich sage ihm, er soll so lange auf der Bank sitzen bleiben, bis er es aufgegessen hat. Er kuschelt sich an mich und beginnt zu schlecken.

Ich beobachte Oma dabei, wie sie langsam das Papier abwickelt und schließlich auch an der weiß-gelben Creme leckt.

»Ist das gut! Ich fühl mich wie im Himmel«, sagt sie und genießt ihr Eis in vollen Zügen.

»Hast du als Kind auch schon Zitroneneis gemocht?«, fragt Leila sie.

»Oh ja. Und den Hamburger Speck vom *Dom*, den ihr mir mitgebracht habt.«

»Echt? Gab es den *Dom* damals schon?« Leila macht große Augen, und auch Kimmy spitzt neugierig die Ohren.

»Aber natürlich. Wenn ihr wollt, erzähle ich euch davon.«

Beide Kinder nicken, und auch ich freue mich darauf, diese Geschichte zu hören. Ich kenne sie zwar schon, aber Omas Jugendgeschichten könnte ich mir immer wieder anhören. Weil ich es so schön finde, wie sehr meine Oma darin aufgeht, sie nun meinen Kindern zu erzählen. Weil ich so froh bin, dass diese Erinnerungen noch da sind, um sie mit ihnen zu teilen. Und dass sie noch immer so lebendig sind, dass man fast das Gefühl hat, man wäre dabei gewesen.

HAMBURGER DOM

Winter 1938

»Wie viel Geld hast du dabei?«, fragte Uschi.

Wir waren zusammen auf dem *Hamburger Dom*, es war Dezember, und es war kalt. Wir hatten unsere dicken Mäntel und gefütterte Stiefel an. Um uns herum waren Karussells, Attraktionen, Fressbuden und mehr Menschen, als man zählen konnte.

»Ich hab zwei Reichsmark«, sagte ich. Die hatte ich mit Mühe zusammengespart. »Und wie viel hast du?«

»Fünf Reichsmark. Das Geburtstagsgeschenk meines Onkels.«

»Wie toll! Wollen wir uns Schmalzkuchen teilen?«

»Ja gerne, Lisa«, sagte meine beste Freundin.

Wir liefen zum nächsten Schmalzkuchenstand, der neben den kleinen, in Fett ausgebackenen und mit Puderzucker bestreuten Hefeteigstückchen auch noch Berliner und Spritzkuchen verkaufte, und holten uns eine große Tüte.

Genüsslich steckten wir uns ein noch viel zu heißes Stück in den Mund und pusteten sofort los. Sogen kalte Winterluft in unsere Münder, dachten aber nicht im Traum daran, das köstliche Gebäck wieder auszuspucken.

»Das ist sooo lecker«, sagte ich, noch immer ein wenig kleiner und zierlicher als Uschi und der Rest meiner Freundinnen.

Da halfen auch die Märsche und Wanderungen nicht, die wir mit dem Jungmädelbund durchführten und die uns auf den Ernst des Lebens vorbereiten sollten.

Weil ich so klein und dünn war, war ich schon zweimal in den Ferien verschickt worden. Zwei Sommer hatte ich mit anderen zierlichen Mädchen am Großensee in Schleswig-Holstein verbracht, 1933 und 1936. Dort waren wir mit viel Bewegung, gutem Essen, Spiel und Gesang aufgepäppelt worden, und ich hatte tatsächlich ein paar Pfund zugelegt, was meine Mutter sehr freute.

Ich stopfte mir ein weiteres Stückchen Schmalzkuchen in den Mund und schmatzte laut und genussvoll.

»Du führst dich auf wie ein Pferd, Lisa«, sagte Uschi, die der Meinung war, dreizehnjährige Mädchen sollten sich so langsam mal wie junge Damen benehmen.

Aber ich lachte nur. »Ja und? Dann bin ich eben eins.«

Ich ahmte die Geräusche eines Pferdes nach, wieherte los und lachte nur noch mehr, womit ich Uschi schließlich ansteckte.

»Was macht ihr denn hier?«, fragte plötzlich jemand hinter mir.

Als ich mich umdrehte, blickte ich ihm mitten ins Gesicht: Werner, dem wir ausgerechnet hier unter all den Menschen begegnen sollten.

Er sah mich belustigt an.

»Ich bin ein Pferd«, erklärte ich. »Der Meinung ist zumindest meine liebe Freundin.« Ich stieß Uschi mit dem Ellbogen an.

»Aua!«

»Ich mag Pferde«, erwiderte Werner und grinste. »Wart ihr schon in der Achterbahn?«

»Nee«, sagte ich. »Da traut Uschi sich nicht rein.«

»Lisa!«, schimpfte meine Freundin.

»Na, ist doch wahr! Warst du schon drin?«, wollte ich von Werner wissen.

»Nee. Ich hab leider nicht genug Geld. Ich war am Schießstand, und jetzt bin ich blank.«

»Na, das ist ärgerlich.«

»Ich kann mir nicht mal was zu essen leisten«, sagte Werner und stierte in unsere Schmalzkuchentüte.

»Ich kann dich doch nicht immer durchfüttern, Werner Peinemann!«, sagte ich.

»Eines Tages zahle ich dir alles zurück. Versprochen!«

»Na gut, aber nur eins.«

Ich hielt ihm die Tüte hin, und er nahm sich zwei Stückchen, woraufhin Uschi ausrief: »Dafür kriegst du aber zwei weniger, Lisa!«

»Ja, ist ja schon gut«, sagte ich und sah Werner herausfordernd an. »Ich nehme dich beim Wort. Eines Tages zahlst du alles zurück.«

Er starrte mich an, betrachtete mein Haar, das ich inzwischen zu zwei langen Zöpfen geflochten trug, und grinste schief.

»Mal sehen«, sagte er und lief lachend davon.

»Dieser Werner ist ein echtes Schlitzohr«, sagte Uschi. »Ich habe gehört, er hat in der Schule ständig eins mit dem Rohrstock verpasst gekriegt, weil er so viel Unfug angestellt hat.«

Dachte Uschi wirklich, das würde mich abschrecken?

Ich zuckte die Schultern. »Na ja, die Schule hat er ja jetzt hinter sich. Er macht eine Lehre zum Bäcker.« Das hatte ich irgendwo aufgeschnappt.

»Ich weiß nicht, was du an ihm findest.« Uschi schüttelte enttäuscht den Kopf. Sie selbst war auf einen Mann mit Geld aus oder wenigstens einen mit einem hohen Ansehen. Werner kam aber aus armem Hause, sein Vater war Kohlehändler, seine polnische Mutter Näherin.

Ich dagegen wusste schon, warum ich Werner so mochte. Er war der tollste Junge, den ich kannte. Er traute sich Sachen, die kein anderer sich traute, und er hatte eine Stupsnase, die es mir angetan hatte. Manchmal träumte ich davon, ihn zu heiraten, so, wie mein Bruder Artur seine Grete geheiratet hatte. Ja, ich konnte es mir gut vorstellen, eines Tages vielleicht ...

»Komm, wir gehen den jungen Männern da vorne zugucken«, sagte ich und zeigte auf den Hau-den-Lukas-Stand.

Die nächste halbe Stunde feuerten wir die starken Kerle dabei an, wie sie den Hammer hart auf den gefederten Kopf schlugen. Wenn der Metallkörper das obere Ende mit genügend Wucht erreichte, klingelte es laut.

Ein junger Matrose schaffte es beim ersten Versuch, gewann eine Plastikrose und schenkte sie seiner Liebsten.

»Wie romantisch«, sagte Uschi, die schon immer etwas für Matrosen übrig gehabt hatte, und für Piloten. Uschi wurde bei Uniformen offensichtlich schwach.

Wir verbrachten noch ein paar Stunden auf dem *Dom*.

Hier wurde schon alles mit elektrischem Strom betrieben, während wir zu Hause noch den Kohleofen und Petroleumlampen benutzten.

Wir fuhren mit dem Kettenkarussell, aßen eine Wurst mit viel Senf und kauften uns Hamburger Speck, für den ich sterben könnte. Dann war unser Geld alle, und wir fuhren zurück nach Billstedt.

»Holst du mich morgen früh ab?«, fragte Uschi.

»Tue ich das nicht jeden Morgen?«, fragte ich meinerseits und umarmte meine Freundin.

Es war unser letztes Schuljahr, wir gingen in die achte Klasse der Volksschule. Bald würde sich alles ändern. Wir würden beide eine Lehre beginnen und uns nicht mehr so häufig sehen können. Aber unsere Freundschaft würde Bestand haben, da war ich mir ganz sicher. Denn Uschi war die beste Freundin, die ich mir nur vorstellen konnte.

*

Noch als ich an diesem Abend die Kinder ins Bett bringe, muss ich an die Geschichte meiner Oma denken. Sie hat sie mir ja schon oft erzählt, aber erst jetzt wird mir so richtig bewusst, dass Lisa schon mit dreizehn Jahren sah, dass Werner der Richtige für sie war. In so jungem Alter! Und dann ist etwas ganz Wundervolles daraus entstanden. Ich finde das wahnsinnig romantisch, und ich erkenne auf einmal, dass ich gar nicht weitersuchen muss, um Inspiration zu finden. Denn die beste Quelle ist so nah. Ich muss es nur schaffen, noch ein bisschen mehr aus Oma herauszubekommen. Mehr über ihre einzigartige Liebesgeschichte. Und vielleicht wird mir das ja endlich den perfekten Ansatz für die große Lovestory geben, die ich so gerne schreiben möchte.

Ich überlege, ob ich mich jetzt noch an meinen Schreibtisch setzen soll, wie ich es so oft noch spätabends tue, oder ob ich lieber *Stolz und Vorurteil* von Jane Austen weiterlesen soll. Doch heute ist mir eigentlich mehr nach einem Film, und ich weiß auch schon genau, welcher es sein soll. Ich nehme die DVD aus der Hülle und lege *Wie ein einziger Tag* in den Player, eine Romanverfilmung von Nicholas Sparks und der wahrscheinlich schönste Liebesfilm, den es gibt. Er spielt ebenfalls in Vorkriegszeiten, der junge Noah lernt die junge Allie kennen, und die beiden verlieben sich unsterblich ineinander. Doch familiäre Widerstände und letztlich der Krieg meinen es nicht gut mit ihnen und trennen sie voneinander. Jahre später treffen sie sich wieder, und die Liebe ist noch da wie am ersten Tag.

Während ich mir mit einer Tafel Schokolade den Film anschaue, frage ich mich, wie das wohl damals bei meinen Großeltern war. Als der Krieg sie entzweite. Wie gerne würde ich mehr davon erfahren, aber ich weiß ja, dass Oma nicht über diese Zeiten reden mag. Ich überlege gerade, wie ich es anstellen könnte, sie doch dazu zu bewegen, als Ali von der Arbeit kommt. Er gibt mir einen Kuss und setzt sich zu mir auf die Couch. »Was guckst du da?«

»*Wie ein einziger Tag.*«

»Ein Liebesfilm?« Mein Mann kennt den Film nicht, zusammen sehen wir uns meistens Thriller an. Aber es ist eindeutig, der Titel und nur ein Blick auf den Fernsehbildschirm sagen alles.

Ich nicke und merke jetzt erst, dass ich Tränen in den Augen habe. Auch Ali bemerkt es.

»Ist er so traurig?«

Ich nicke wieder. »Ja. Und ich musste gerade an Oma und Opa denken und daran, wie sie damals jung und verliebt waren, und wie der Krieg sie auseinanderriss.«

»Aber sie haben eine zweite Chance bekommen«, sagt er.

»Ja, das haben sie. Zum Glück. Sonst gäbe es weder meinen Vater noch mich.«

Mein Mann nimmt mich in seine starken Arme. »Dann bin ich umso glücklicher, dass sie wieder zusammengefunden haben.«

Ja, das bin ich auch. Das bin ich auch.

KREUZWORTRÄTSEL

Heute ist zwar nicht Mittwoch, sondern Montag, aber ich habe das Bedürfnis, meine Oma zu sehen und sie ganz fest zu drücken.

Alis Vater ist vor einigen Tagen von uns gegangen, und es ist einfach nur schrecklich, wenn ein geliebter Mensch plötzlich nicht mehr da ist. Ich bin froh, dass mein Mann diesen Sommer für einen Monat in Ghana war, um noch ein bisschen Zeit mit ihm zu verbringen, und ich bin auch froh, dass Kimmy mit war. So konnte er seinen Opa ein bisschen besser kennenlernen und wird ihn hoffentlich in Erinnerung behalten.

Als ich heute durch die Tür trete, sitzt Oma an dem Tisch in ihrem Zimmer und löst ein Kreuzworträtsel. Ich gehe zu ihr und umarme sie lange und innig. Dann lasse ich mir von ihr die Hand drücken, gebe ihr einen Kuss auf die Wange und setze mich dazu.

»Wie geht es Ali?«, fragt sie. Ich habe ihr die schlimme Nachricht bereits am Telefon verkündet.

Sofort habe ich Tränen in den Augen. »Er ist natürlich sehr traurig, auch wenn er es nicht so zeigt.«

»Und wie kommen die Kinder damit klar?«

»Die sind auch traurig.« Und ich bin es ebenso. Ich war natürlich schon mit in Ghana, habe meinen Schwiegervater aber nicht allzu gut gekannt. Doch ich habe ihn bei meinen

Besuchen als sehr freundlichen und angenehmen Mann wahrgenommen und finde es sehr schade, dass ich ihn nun nicht mehr wiedersehen werde. Dass ich von ihm keine Geschichten aus der Vergangenheit hören werde. Und wieder einmal wird mir bewusst, wie schnell es vorbei sein kann. Wie schnell geliebte Menschen manchmal von einem gehen und nichts zurückbleibt als die Erinnerung.

Es gibt noch so vieles, das ich von Oma wissen möchte, bevor sie geht. Denn ja, sie hat mir allerhand erzählt, Dinge aus ihrem Leben mit mir geteilt, aber da muss doch noch weit mehr sein. Wieder muss ich an die Kriegszeiten denken und an die Trennung von ihrem Werner. An schlimme Zeiten voller Angst und Ungewissheit. Ich weiß, dass sie einiges bewusst zurückhält, und ich bin mir nicht sicher, ob ich sie je dazu bewegen kann, mir diese Dinge zu offenbaren, aber ich möchte es wenigstens versuchen. Weil es so vieles gibt, worüber ich so gut wie gar nichts weiß, und ich hoffe, ich bekomme die Gelegenheit, mit ihr darüber zu sprechen, bevor es eines Tages zu spät ist. Das hoffe ich wirklich.

Ich betrachte meine Oma, die ein paar Buchstaben in die leeren Kästchen schreibt, und mir wird ganz warm ums Herz, weil es so ein altvertrauter Anblick ist.

»Na, kommst du voran?«, frage ich und deute auf das Kreuzworträtsel. Eine unsinnige Frage, weil Oma schon immer jedes Kreuzworträtsel gelöst hat. Früher hat sie stets das riesige Samstagsrätsel in der BILD-Zeitung ausgefüllt und telefonisch das Lösungswort durchgegeben. Einmal erhielt sie Nachricht, dass sie als Siegerin ausgelost worden war. Sie hat fünftausend Euro gewonnen und mit dem Geld ihren 80. Geburtstag groß gefeiert.

»Ja klar!«, sagt sie und trägt weiter Buchstaben ein. Diese

sehen nicht mehr ganz so deutlich aus, weil sie seit Jahren unter Arthrose in den Fingern leidet und nicht mehr sehr gut schreiben kann, aber sie selbst erkennt alles, und das ist die Hauptsache.

Ich sehe ihr ein paar Minuten lang zu, dann legt sie den Stift hin, nimmt die Lesebrille ab und lehnt sich im Stuhl zurück.

»Wo ist Lotti?«, frage ich.

»Sie haben sie zum Arzt gefahren.«

Ich nicke, dann sage ich: »Ich musste gerade an damals denken, als du bei dem Gewinnspiel der BILD-Zeitung gewonnen hast.«

»Oh, war das nicht toll?«

»Ja, das war es.«

»Erinnerst du dich noch an das leckere Essen auf meiner Geburtstagsfeier?«, fragt Oma.

»Natürlich! Ich habe nie eine bessere Petersiliencremesuppe gegessen«, sage ich. Nicht, dass ich in meinem Leben allzu oft welche gegessen hätte.

»Und auch der Nachtisch war einmalig«, sagt Oma.

»Ja, das stimmt.«

Ich denke an die Feier zurück. Oma hatte einen kleinen Festsaal im Hotel Böttcherhof gemietet und die Familie und ihre engsten Freundinnen eingeladen. Es gab einen Sektempfang und ein Vier-Gänge-Menü, das aus Entenbrust an Blattspinat, einer Petersiliencremesuppe, Schweinefilet im Blätterteigmantel und dem »einmaligen« Nachtisch, gefüllten Crêpes mit Haselnusscreme, Pistazieneis und Karamellsauce, bestand. Es war ein Fest! Und Oma genoss es, von allen gefeiert zu werden.

Alle beschenkten sie. Ich fertigte ihr eine Mappe mit einer Auflistung wichtiger Ereignisse, die entweder in ihrem Geburtsjahr 1925 oder an ihrem Geburtstag, dem 14. März, stattgefunden hatten. Vieles davon wusste Oma bereits, aber auch für mich war es interessant. Denn ich erfuhr nicht nur, dass Albert Einstein am selben Tag Geburtstag feierte wie meine Oma Lisa, sondern auch, dass in dem Jahr, in dem sie das Licht der Welt erblickte, dies ebenfalls Tony Curtis, Jack Lemmon und Paul Newman taten. Außerdem lernten wir alle noch etwas dazu: 1925 wurde in Hamburg die erste elektrisch gesteuerte Ampel Deutschlands aufgestellt.

Ich hatte zusätzlich eine kleine Rede vorbereitet, beziehungsweise ein Gedicht über meine Oma, das ich ihr und den anderen vortragen wollte. Auch wenn es mir nicht leichtfiel, da es mir schon immer unangenehm war, vor Publikum zu sprechen. Damals in der Schule bin ich immer fast im Erdboden versunken, wenn ich mich vor die Klasse stellen und ein Referat halten sollte. Aber für meine Oma wollte ich es dennoch tun. Ich begab mich also in meiner neuen roten Bluse nach vorne, nahm meine Zettel in die Hand und begann: »Liebe Oma, an einem Samstag vor achtzig Jahren erblicktest du das ...«

»Mama, ich muss mal!«, rief plötzlich Leila in den Raum, und alle lachten los.

Mir war das Ganze unglaublich peinlich, ich entschuldigte mich und brachte meine damals dreijährige Tochter auf die Toilette, während alle weiterlachten.

Als wir zurück waren, nahm ich einen neuen Anlauf, und diesmal ging alles gut. Das Gedicht rührte Oma sehr, ich konnte sehen, wie sie sich freute, dass ich mir solche Mühe gegeben und mich dazu noch überwunden hatte, mich in den Mittelpunkt zu stellen. Oma wusste, ich war nicht wie sie, die überhaupt kein Problem damit hatte. Die sogar gerne im Rampenlicht stand und einen Witz oder eine lustige Geschichte erzählte. Die freudig in sich hineingrinste, wenn alle lachten und jubelten.

Ich war froh, dass das Augenmerk nun wieder auf Oma lag und ich mich setzen konnte.

Oma war total in ihrem Element. Ich habe sie selten so glücklich gesehen. Wir feierten, bis alle pappsatt und die meisten Gäste angeheitert waren. Und ich hoffte so sehr, dass meine Oma sich an diesem Tag, wenn sie zurück in ihre leere Wohnung kam, nicht allein fühlte. Sondern dass sie wissen würde, wie sehr sie geliebt wurde.

Ich hole die neuen Unterhosen heraus, die ich Oma mitgebracht habe, und lege sie auf ihr Bett. Sie müssen erst noch mit ihrem Namen versehen werden, das übernimmt meist Olga.

»Danke, Ela«, sagt Oma.

»Aber gerne doch«, erwidere ich und reiche ihr die gewünschte Packung Salbeibonbons.

»Hast du mir auch Geld abgehoben?«

»Ja natürlich. Du hattest mich doch darum gebeten, und ich weiß, dass du diese Woche noch zum Friseur willst.«

»Gut, danke. Kannst du es mir ins Portemonnaie tun?«

Ich nehme es aus ihrer Handtasche, die wie immer im Rollatorkorb steht. Nachdem das erledigt ist, und ich das Portemonnaie wieder zurücklegen will, entdecke ich etwas. Im nächsten Moment hole ich ein paar dieser kleinen in Plastik verpackten Marmeladenportionen aus der Tasche, die Oma so gerne einsteckt. Ich halte sie ihr hin. »Wozu nimmst du die eigentlich mit, Oma?«

»Na, beim Frühstück haben sie immer mehr als genug, und da stecke ich halt hin und wieder welche ein. Man weiß ja nie, wann wieder schlechte Zeiten kommen.«

Ich seufze innerlich. Warum frage ich eigentlich? Meine Oma hat seit jeher gerne was beiseitegelegt – für schlechte Zeiten. Schon als ich ein Kind war, hat sie jede Menge Marmelade, Obst und Gemüse eingemacht und gehortet, damit auch ja genug da war, wenn der nächste Krieg ausbrach. Als sie ins Heim gezogen ist, und wir ihre Wohnung ausgeräumt haben, habe ich in ihren Küchenschränken Packungen mit Nudeln und Erbsen und Gelierzucker gefunden, die bereits seit über zehn Jahren abgelaufen waren.

So ist diese Generation. Sie wirft nichts weg. Und ich kann es ja verstehen.

»Du kannst die Marmelade haben«, sagt Oma jetzt. »Und nimm dir auch gerne noch welche aus dem Tisch raus.«

Eigentlich will ich sagen, dass die Kinder, Ali und ich gar keine Marmeladenesser sind, und selbst wenn wir es wären, dass Oma dann ganz bestimmt keine für uns sammeln müsste, weil wir uns für 99 Cent ein Glas bei Aldi kaufen könnten – aber das tue ich nicht. Weil es sie gekränkt hätte. Weil sie doch so gerne gibt.

»Okay«, sage ich also und gehe hinüber zu dem rollbaren Beistelltisch neben ihrem Bett, dessen Platte man nicht nur ausziehen kann, sondern der dazu auch noch eine Schublade und zwei hinter einer Tür versteckte Fächer hat. Ich ziehe die Schublade heraus und entdecke, dass sie halb voll mit Marmelade ist. Ich sehe mir ein paar der Portionsschälchen an. Aprikose und Pflaume, ich bezweifle, dass ich sie je essen werde. Vielleicht mag Papa sie ja, wenn er zum Frühstück zu uns kommt. Mein Blick verweilt kurz auf dem gerahmten Bild von meinem Opa, das auf dem Rolltisch steht, und mir wird bewusst, dass mein Vater ihm immer ähnlicher sieht.

Natürlich fällt mir dabei gleich wieder mein verstorbener

Schwiegervater ein. Ich könnte weinen, doch ich tue es nicht, stattdessen stecke ich die Marmelade in die Handtasche, setze mich zu Oma und schenke ihr ein Lächeln. »Danke, Oma.«

»Gern geschehen.« Oma lächelt zufrieden zurück. Dann betrachtet sie mich eingehend. »Was machen denn deine Bücher?«

»Der Kurzroman mit der Busfahrt, den ich diesen Sommer veröffentlicht habe, verkauft sich wirklich gut«, berichte ich. Das E-Book sogar schon über tausendmal, aber das lasse ich weg, weil Oma nicht weiß, was ein E-Book ist. Genauso wenig, wie sie versteht, was Selfpublishing oder Onlineanbieter sind. Aber das Büchlein steht bereits bei den anderen in ihrem Regal, und das ist alles, was zählt. Es trägt den Titel *Busfahrt in den 7. Himmel* und handelt von zwei jungen Menschen, die sich in einem Fernbus kennenlernen und verlieben. Es ist sehr humorvoll, hat knapp hundert Seiten, und ich habe es wie alle meine bisherigen Werke unter Pseudonym veröffentlicht – als Ashley Bloom. Warum, weiß ich gar nicht so genau. Vielleicht, weil ich mir denke, dass ein amerikanischer Name besser ankommt. Vielleicht aber auch, weil ich noch immer nicht so richtig an mich selbst glaube.

»Das ist ja wunderbar.« Oma streicht sich ein paar weiße Haare aus der Stirn. »Und wie sieht es mit der großen Liebesgeschichte aus? Ist dir schon was eingefallen?«

»Nun ja, ich bin auf dem besten Weg, würde ich sagen.« Und ich denke: *Wenn nicht jetzt, dann nie.* »Du, Oma, darf ich dich etwas fragen?«

»Aber natürlich.«

»Du und Opa, ihr habt doch damals den Krieg miterlebt...«

Omas Gesicht verfinstert sich ein wenig, aber ich fahre fort.

»Würdest du mir vielleicht ein bisschen was davon erzählen?«

»Ach, das ist doch schon so lange her«, erwidert sie gleich abwehrend.

»Ja klar. Aber ich weiß leider nur sehr wenig darüber. Du erzählst mir immer so viele fröhliche Geschichten von früher, aber ehrlich gesagt würde ich auch gerne mal die anderen hören.«

»Die willst du bestimmt nicht hören«, sagt sie.

»Doch, Oma, will ich.«

Oma nimmt ihren Stift in die Hand, beugt sich nach vorn, als würde sie mit dem Kreuzworträtsel weitermachen wollen, legt den Stift dann aber wieder ab. »Ach, warum denn? Da gibt es gar nicht viel zu erzählen. Der Krieg kam und ging auch wieder vorüber«, sagt sie und starrt dabei auf das Rätsel.

Ich seufze innerlich. Ich glaube, das wird nichts. Nicht heute. Vielleicht nie.

»Schade, Oma. Ich hätte wirklich gerne mehr erfahren.«

Oma schüttelt den Kopf. »Nein, nein, Ela, einige Dinge sollte man besser ruhen lassen.«

Ich nicke. Na gut, wenn sie partout nicht möchte. Ich denke trotzdem, dass es vieles gibt, das erzählenswert wäre. Das Einzige, was ich von ihr über den Krieg weiß, ist, dass es schwere Zeiten waren und dass sie nur wenig zu essen hatten. Von meinem Opa weiß ich auch ein bisschen was, zum Beispiel, dass er in Norwegen stationiert war und es dort sehr kalt war. Ich denke aber, dass es noch viel, viel mehr zu erzählen gäbe. Ich kann mir nämlich nicht vorstellen, dass solch ein jahrelanger Krieg nicht mehr mit sich gebracht hat und dass er vor allem keine Spuren hinterlassen hat, auch noch Jahre später.

Nun, vielleicht muss ich anders an die Sache herangehen, auf andere Weise ergründen, was damals geschehen ist. Ich weiß noch nicht wie, aber ich werde nicht so leicht lockerlassen. Schließlich ist das meine Familiengeschichte, und mal davon abgesehen, dass sie mir Inspiration für einen Roman sein könnte, möchte ich einfach wissen, was sich damals ereignet hat. Für mich, und um es meinen Kindern erzählen zu können, wenn sie mich eines Tages danach fragen.

Ich sehe Oma an und merke, wie gerne sie das Thema wechseln würde. Also tue ich ihr den Gefallen.

»Was gibt es denn bei dir Neues?«, erkundige ich mich und versuche, dabei nicht allzu enttäuscht zu klingen.

»Silke hat angerufen«, erzählt Oma. »Ich soll dich von ihr grüßen.« Silke ist eine von Omas ältesten Freundinnen, sie haben viele Jahre lang zusammengearbeitet.

»Das ist ja nett. Wie geht es ihr?«

»Es geht ihr ganz gut, aber ihr Mann ist immer noch ein alter Stinkstiefel.«

Ich muss trotz allem schmunzeln. Ja, dass der gerne mal nörgelt, hat Oma mir schon häufiger erzählt. Und auch jetzt gibt sie ein bisschen was wieder. Bis die Tür aufgeht, und Olga hereinkommt.

Die nette, etwas kräftigere Pflegerin bringt neues Toilettenpapier und dicke Einlagen, die Oma genauso wie alle anderen benötigt.

»Oh, Sie haben ja Besuch, Lisa«, sagt Olga.

»Ja, meine Enkelin leistet mir ein bisschen Gesellschaft.«

»Wie schön.« Olga geht kurz ins Bad und tritt dann näher zu uns heran. »Was machen Sie denn da, Lisa? Kreuzworträtsel?«

»Ja, vorhin, um meinen Geist jung zu halten.«

»So ist es richtig.« Olga lächelt und schaut zum Bett. »Sie haben neue Unterwäsche?«

»Die habe ich ihr mitgebracht«, sage ich. »Könnten Sie bitte dafür sorgen, dass da Namensschilder drankommen?«

»Ja natürlich«, sagt Olga und fragt noch kurz nach, ob Oma sonst etwas braucht.

»Nein, danke, ich brauche nichts. Aber Sie vielleicht?« Oma grinst Olga an.

»Meinen Sie etwa...«

Das scheint etwas zwischen den beiden zu sein, das ich noch nicht kenne. Ich bin gespannt.

»Ganz genau, einen Witz! Haben Sie noch Zeit für einen?«

Na klar! Ich hätte es mir denken können. Oma hat schon immer alle mit ihren Witzen erfreut. Ich bin froh, dass sie wieder besserer Laune und sogar für Späße zu haben ist. Denn ich habe sie ehrlich nicht traurig machen wollen und bin erleichtert, dass sie darüber schon hinweg zu sein scheint.

»Ich habe *immer* Zeit für einen Ihrer Witze, Lisa«, sagt Olga, und Oma freut sich.

»Na, dann hören Sie mal zu!« Oma holt tief Luft und legt los. »Zwei alte Freunde treffen sich. Der eine jammert über seine Gebrechen und sagt: ›Ich fühle mich so alt. Das Kreuz tut weh und die Knie auch, ja, eigentlich tut mir alles weh.‹ Daraufhin sagt der andere: ›Also, ich fühle mich ganz jung. Wie ein Baby! Ich habe keine Zähne im Mund und keine Haare auf dem Kopf, und in die Hose geschissen hab ich heute auch schon.‹«

Olga lacht laut auf, und auch ich kann nicht anders. Ich kenne den Witz zwar schon, weil Oma ihn mir mindestens schon zweimal erzählt hat, aber er ist jedes Mal wieder lustig. Außerdem geht für Oma die Sonne auf, wenn man über ihre Witze lacht.

»Den muss ich gleich weitererzählen«, sagt Olga und ist schon weg, die neuen Unterhosen unter den Arm geklemmt, und noch immer lachend.

»Ich hoffe nur, sie erzählt ihn nicht zu vielen Leuten«, sagt Oma, »und wenn, dann nur denen, die Demenz haben und sich morgen nicht mehr daran erinnern können.«

Ich traue mich nicht, auch darüber zu lachen, weil es so makaber ist. Aber eigentlich ist es nur die Wahrheit. Viele der Heimbewohner leiden unter Altersdemenz und einige sogar unter Alzheimer. Ich hoffe so sehr, dass Oma davon verschont bleibt. Für sie – und für mich.

»Olga ist wirklich nett«, sage ich, denn ich mag sie sehr. Sie kümmert sich gut um meine Oma, ist immer freundlich, auch wenn sie gestresst ist.

»Ja, das ist sie. Das sind sie alle. Sie haben hier aber so viel zu tun«, erzählt Oma mir, als wäre ich das erste Mal zu Besuch und hätte es nicht selbst schon mitbekommen.

»Ja, ein harter Job.«

»Oh ja. Da war meiner angenehmer«, sagt Oma und bekommt diesen verträumten Blick. Ich weiß, sie denkt an früher. An die guten alten Zeiten. An die fröhlichen Zeiten. Und ich weiß auch, sie will mir gerne mehr davon erzählen. Tja, und da das im Moment alles zu sein scheint, was ich von ihr bekomme, nehme ich es nur allzu gerne an.

»Wie war das so im Schuhgeschäft?«, frage ich. Denn meine Oma war ihr ganzes Arbeitsleben lang Schuhverkäuferin – mit Leidenschaft.

»Haben wir noch ein bisschen Zeit?«, fragt sie.

»Aber natürlich. Mittagessen gibt es erst in einer Stunde.«

In Omas Augen taucht dieser gewisse Glanz auf. Sie sieht

in Richtung Fenster und scheint alles um sich herum zu vergessen. Dieses Zimmer, diesen Ort, die neuen Unterhosen und die Einlagen, die festen Hausschuhe an ihren Füßen und den Rollator, ohne den sie nicht mehr laufen kann. Und mich.

Sie ist jetzt ganz weit fort, an einem wunderbaren, glücklichen Ort.

SCHUHE

Frühjahr 1939

Der Ernst des Lebens begann.

Ich war gerade vierzehn, als ich die Schule beendete und mit der Ausbildung zur Schuhverkäuferin anfing. Meine Tage hatte ich noch immer nicht bekommen, aber ich musste nun jeden Morgen mit der Straßenbahn in die Stadt fahren und arbeiten wie eine Erwachsene.

Das Schuhhaus Werner befand sich am Steindamm, ganz in der Nähe des Hauptbahnhofs. Dass es denselben Namen trug wie der Junge, den ich anhimmelte, wollte ich als gutes Zeichen sehen. Ich mochte die Arbeit. Es machte mir Spaß, die Kunden zu beraten, ihnen die passenden Schuhe herauszusuchen und ihnen hineinzuhelfen. Ich glaube, ich war gut in dem, was ich tat. Mein Chef lobte mich sogar hin und wieder, und mit den Kolleginnen verstand ich mich bestens. Manchmal ging ich in meiner Mittagspause an der Alster spazieren.

Als ich einmal nach der Arbeit nach Hause kam, stand das Abendbrot schon auf dem Tisch, und mein Vater war guter Laune. Er hatte ein großes Lächeln im Gesicht, und er hatte Schweinskopfsülze besorgt. Die mochte ich nicht so gerne, aber meine Brüder stürzten sich darauf.

»Warum bist du denn so heiter, Papa?«, fragte meine Schwester Annemarie, die ich Annemie nannte.

»Ach, es war einfach ein guter Tag. Ein sehr abwechslungs-reicher.« Er schmunzelte vor sich hin.

Meine Mutter schloss sich ihm an. »Nun erzähl es ihnen schon, Hannes!«

Mein Vater betrachtete uns, einen nach dem anderen, als würde er überlegen, ob es schon für unsere jungen Ohren ge-eignet war. Dann aber lachte er nur umso lauter und beschloss anscheinend, dass wir alt genug waren.

»Heute habe ich ein junges Pärchen beim Herumturteln er-wischt. Mitten in unserem Kartoffelacker.«

Mein Bruder Walter prustete los und musste sich die Hand vor den Mund halten, damit er die Sülze nicht wieder aus-spuckte.

Ich fragte mich noch, was genau mein Vater mit »Herum-turteln« wohl meinte, als er es uns bereits selbst erzählte.

»Die beiden waren splitternackt, und als ich sie aufforderte, mein Grundstück zu verlassen, haben sie sich ihre Kleidung geschnappt und sind schnell wie der Blitz davongelaufen.«

Nun musste ich auch lachen. Die Armen. Ich konnte mir gut vorstellen, wie einschüchternd mein großer, breiter, starker Vater auf sie gewirkt haben musste.

»Nackt?«, fragte Artur, nur um ganz sicherzugehen, und seine junge Ehefrau Grete errötete und verdeckte sich mit den Händen die Augen.

»So nackt wie Adam und Eva«, bestätigte mein Vater und steckte sich ein großes Stück Sülze in den Mund.

Ich sah meinen Vater an und fragte mich, warum ihm diese Begegnung wohl solch eine gute Laune beschert hatte. Aber wahrscheinlich war es einfach die Tatsache, dass er auf seinem Acker mal was anderes gesehen hatte als immer nur Kartoffeln.

Als ich Werner ein paar Tage später davon erzählte, lachte er sich kaputt.

»Na das ist ja ein Ding!«, sagte er, und ich grinste ihn an. Wir waren zusammen mit anderen Freunden am Horner Moor, es war endlich mal ein sonniger Tag und gerade warm genug, um sich in den See zu trauen. Wir waren beide vierzehn, gingen arbeiten und wurden langsam erwachsen. Pferdeäpfel sammelten wir nun nicht mehr, aber den Schalk hatten wir beide noch immer im Nacken.

Werner sah mit jedem Tag besser aus, und ich muss gestehen, ich war auch mit jedem Tag ein bisschen mehr in ihn verliebt. Natürlich hätte ich ihm das niemals gesagt! Dazu war ich viel zu stolz. Ich fand, der Junge musste den ersten Schritt tun, und war gewillt zu warten. Wenn Werner sich allerdings noch allzu viel Zeit ließ, würde ich ihm vielleicht einen kleinen Schubs geben. Denn ich konnte meinen ersten Kuss kaum erwarten. Uschi war bereits geküsst worden, und ich kam mir ehrlich gesagt ziemlich dumm vor, hinterherzuhinken, wo ich doch die Selbstbewusstere von uns beiden war!

»Sag, Werner, hast du schon mal ein Mädchen geküsst?«, fragte ich ihn frei heraus, während wir auf dem Steg nebeneinandersaßen und mit den Füßen im Wasser plantschten. Werner konnte nicht schwimmen, und deshalb mochte ich auch nicht ins Wasser gehen.

»Na, klar! Schon mindestens fünfundzwanzig!«, sagte er und grinste mich schelmisch an.

»Nun lüg aber nicht, du Schlitzohr.«

»Du nennst mich ein Schlitzohr?«

»Uschi nennt dich so.« Ich zuckte die Schultern. »Und so langsam muss ich ihr leider zustimmen.«

Werner sah mich an, jetzt gar nicht mehr verschmitzt, sondern ernst. »Ich habe noch kein Mädchen geküsst, Lisa, weil mein erster Kuss mit dir sein soll«, sagte er.

Ich wurde ganz verlegen, obwohl das gar nicht meine Art war. Aber diese Aussage ließ auch jemanden wie mich nicht kalt.

Ich wollte einen Witz machen, Werner necken, ihm sagen, dass er darauf noch zehn Jahre warten konnte. Doch stattdessen nahm ich seine Hand und schenkte ihm mein süßestes Lächeln.

POSTKARTEN

Als ich an diesem Tag nach Hause komme, muss ich noch lange an die Geschichte vom Badesee denken. Meine Großeltern waren einfach zu süß, und genau so kannte ich sie auch! Neckisch, aber hoffnungslos verliebt ineinander.

Ich liebe meinen Mann ebenfalls, und wir haben etwas ganz Besonderes, doch wir sind erst zehn Jahre verheiratet, meine Großeltern waren es einen Großteil ihres Lebens! Unvorstellbar, so lange mit einem anderen Menschen zu verbringen, ihn in jeder Lebenslage an seiner Seite zu haben. In guten wie in schlechten Zeiten. Alles voneinander zu wissen, jeden Makel zu kennen, jede zauberhafte Eigenheit. Sich so gut zu kennen, dass einen nichts mehr überrascht, sich so sehr zu schätzen, dass man alles am anderen akzeptiert, toleriert, liebt.

Meine Großeltern sind für mich der Inbegriff von Liebe und werden es immer sein. Und ich wünschte wirklich, ich könnte eine Liebesgeschichte schreiben, die so ist wie ihre. Doch das scheint schier unmöglich. Ich glaube langsam, ich werde es niemals schaffen, solch einen Roman zustande zu bringen. Einen, der bei einem Verlag erscheint und der in dem Bücherregal im Altersheim neben denen von Nicholas Sparks stehen könnte. Einen, der andere Menschen berühren, einen, auf den Oma stolz sein könnte. Einen mit meinem Namen vorne drauf.

Wie schon erwähnt, ist Oma sehr stolz auf das, was ich bisher geleistet habe, auf die Anthologien, in denen unter vielen Geschichten auch eine von mir mit dabei ist, auf das Kinderbuch, das leider nicht sehr viele Leser gefunden hat, auf die Kurzromane mit unter hundert Seiten, die zwar ganz gut laufen, aber nicht mein volles Potenzial ausschöpfen. Doch auch wenn Oma stolz ist und allen davon erzählt, deprimiert es mich selbst eher, weil ich weiß, dass ich so viel mehr kann. Wenn ich mich nur aufraffe und alles gebe, was in mir steckt. Nur leider ist das sehr viel leichter gesagt als getan.

Vor vielen Jahren, als ich achtzehn und noch voller Ideen war, habe ich bereits einen Roman geschrieben, einen Jugendroman mit zweihundertfünfzig Seiten Umfang. Es ging darin um ein junges Mädchen, das im New Yorker Ghetto aufwuchs und sich auf eine lange Reise macht, um etwas Glück im Leben zu finden. Ich finde, er war ziemlich gut gelungen, doch damals hat sich kein Verlag dafür erwärmen können, und nach etlichen Absagen habe ich das Manuskript enttäuscht zur Seite gepackt. Statt es aber erneut zu versuchen, habe ich das Schreiben eine ganze Weile auf Eis gelegt, bis ich mit Ende zwanzig beschlossen habe, einen neuen Anlauf zu wagen. Und jetzt, nach knapp drei Jahren, denke ich, ich sollte doch eigentlich viel weiter sein. Sollte wissen, was ich wirklich schreiben möchte. Ich hatte so sehr gehofft, dass Oma mir vom Krieg erzählen und dass mir das weiterhelfen würde, und ich muss zugeben, dass ich richtig enttäuscht bin, in der Hinsicht keinen Schritt weitergekommen zu sein. Ich werde das Thema wohl abhaken und beiseitelegen müssen wie so viele meiner Träume, die ja doch nie in Erfüllung gehen werden.

Als ich am nächsten Morgen aufwache, fühle ich mich wie gerädert. Ich habe schlecht geschlafen, habe nachts wach gelegen und weiter nach einer Idee für den perfekten Liebesroman gesucht. Doch mir wollte partout nichts einfallen.

Nachdem ich Kimmy zur Schule gebracht und ein paar Einkäufe erledigt habe, setze ich mich an meinen Schreibtisch, der sich am Fenster im Wohnzimmer befindet, und starre auf meinen Laptop. Ich mache Musik an, da die mich so oft inspiriert, aber es ist aussichtslos. Ich lege mein Gesicht in die Hände und seufze. Wenn mir doch nur eine Geschichte einfallen würde, die so ist wie die meiner Großeltern.

Dann fällt mir stattdessen plötzlich die Kiste ein, in der sich all die Fotos der beiden befinden. Es sind alte Fotos, viele davon schwarz-weiß. Ich habe sie im letzten Jahr, als wir Omas Wohnung ausgeräumt haben, aus den Alben genommen, die schon so verschlissen waren, dass sie auseinanderfielen. Nachdem sie in der Kiste verstaut waren, habe ich mir die Bilder nicht noch einmal angesehen, ich hatte es immer vor, aber der stressige Alltag kam dazwischen.

Nun möchte ich es aber nachholen. Und vielleicht kommt mir dabei ja die Erleuchtung.

Ich gehe also die Fotobox aus dem Schrank holen und setze mich damit auf den Fußboden. Ich nehme ein paar Bilder in die Hand und gehe sie nacheinander durch, lege sie auf einen Stapel, nehme mir neue. Sie sind alle durcheinander. Oma und Opa beim Feiern, laut singend mit einem Glas Schnaps in der Hand. Oma und Opa an Weihnachten neben einem kleinen Jürgen, der einmal mein Vater werden soll. Oma und Opa in ihrem geliebten Schrebergarten. Oma und Opa wieder beim Feiern, diesmal an Silvester mit lustigen Partyhüten auf dem Kopf. Und dann ein Foto meines Opas ... ein Foto, das schon sehr alt aussieht und das ihn in einem dunklen Anzug zeigt. Er sieht aus wie über dreißig, obwohl er erst Anfang zwanzig gewesen sein kann. Denn es ist ein Foto, das er meiner Oma aus dem Krieg geschickt hat. Das erfahre ich, als ich es umdrehe und erkenne, dass es sich eigentlich um eine Postkarte handelt.

Auf der Rückseite steht die Adresse meiner Oma bzw. die ihrer Eltern, darunter steht »Germany British Zone«. Oben drüber die Worte »Prisoner of War Post« und links davon ein Absender: P. O. W. Camp 294, Thedden Grange, Alton/Hants, Great Britain. Kein Text, kein Datum, nur die Adressen. Ich bin ziemlich sprachlos.

Mein Opa war im Krieg in britischer Gefangenschaft? Ein Prisoner of War?

Nun, diese Postkarte, die er meiner Oma aus einem Gefangenenlager in Großbritannien geschickt hat, besagt das zumindest.

Ich nehme mein Handy in die Hand und google erst einmal, wo sich Alton/Hants überhaupt befindet. Es ist ganz in der Nähe von London.

Natürlich wusste ich, dass mein Opa eingezogen wurde und dass er viele Jahre fort von zu Hause war. Allerdings habe ich bis eben gedacht, dass er lediglich in Norwegen war, weil er mir das, wie schon erwähnt, früher einmal erzählt hat. Wenn ich ehrlich bin, habe ich mir nie Gedanken darüber gemacht, ob er noch irgendwo anders gewesen sein könnte. Oder wie er und meine Oma in diesen Zeiten, in denen sie voneinander getrennt waren, miteinander kommuniziert haben. Bis vor ein paar Wochen. Bis mich das Thema nicht mehr losgelassen hat. Und jetzt soll ich endlich

Antworten bekommen. Jetzt sehe ich es vor mir: Schwarz auf Weiß. Und ich möchte gerne so viel mehr erfahren.

Ich suche weiter und entdecke noch zwei solcher Karten. Eine zeigt meinen Opa mit einer Gruppe von anderen Männern, ein anderes zeigt ihn in einer Backstube – einer englischen Backstube, weiß gekleidet und mit Mehl bestäubt.

Ich betrachte die Fotopostkarten lange und eingehend, und es tun sich so viele Fragen auf. Wieso war mein Opa in britischer Gefangenschaft? Und wie lange? Warum hat mir das bisher niemand erzählt? Warum hat mir als Kind niemand diese Postkarten gezeigt? Warum waren sie quasi versteckt worden, indem man sie zusammen mit anderen Bildern in ein Album geklebt hat?

Erneut habe ich das Verlangen, mit Oma über diese Zeiten zu reden. Ihr all diese Fragen zu stellen. Endlich Antworten zu erhalten.

Ich weiß nicht, ob ich es schaffe, sie zu überzeugen, die Mauer, die sie zwischen sich und diesem Teil ihrer Vergangenheit aufgebaut hat, wieder einzureißen, aber ich will es versuchen. Kann noch nicht aufgeben. Zu wichtig sind diese Ereignisse für mich und meinen Seelenfrieden.

FRAGEN

An diesem Mittwoch sitzt Oma im Gang, als ich komme. Sie unterhält sich gerade mit Gerda, und ich setze mich eine Weile zu ihr. Dann frage ich sie, ob wir nach draußen zur Bank wollen. Die Sonne scheint, und die Blumen blühen so schön.

Ich hoffe sehr, dass sie Ja sagt, denn ich würde gern mit ihr allein sein. Mit ihr über diese Fotopostkarten sprechen, die ich am Abend noch meinem Mann gezeigt und die ich heute mitgebracht habe.

»Da bin ich dabei!«, sagt Oma und lächelt fröhlich. Mit Blumen kriegt man sie fast immer.

Wir gehen kurz in ihr Zimmer, um sie umzuziehen, und begeben uns dann nach draußen. Zum Glück ist unsere Lieblingsbank frei.

»Wie geht es Ali und den Kindern?«, fragt Oma.

»Na ja, Ali ist noch immer sehr traurig wegen seines Vaters. Die Kinder kommen aber klar.«

»Das ist gut.« Oma sieht zu den Hortensien, die nun nicht mehr so schön blühen wie noch letzten Monat. Es ist bereits September, und so langsam verwelken sie. Das Schöne an diesen Blumen ist ja aber, dass sie im nächsten Jahr wieder von Neuem erblühen werden. Wie gut, das zu wissen.

»Du, Oma, ich habe da was gefunden«, wage ich mich direkt an das heikle Thema. Denn in anderthalb Stunden gibt es Mittagessen, und bis dahin will ich wenigstens einen kleinen Durchbruch erzielt haben.

Oma nimmt nun ihren Blick von den Hortensien und sieht mich an. »Ach ja? Und was?«

Ich hole die drei Postkarten hervor und zeige sie ihr.

Omas Züge werden ganz sanft, und dann erscheint in ihren Augen ein Funkeln. »Das ist Werner«, sagt sie.

Ich gebe ihr die Karten, und sie hält sie sachte und streicht lächelnd über das Gesicht ihres Liebsten.

»Die stammen aus dem Krieg, oder?« Ich beiße mir auf die Lippe, weil ich eigentlich nicht direkt mit der Tür ins Haus fallen wollte. Aber irgendwie kann ich gerade nicht anders.

Oma ist ganz still, betrachtet weiter die Fotos. Nach einer Weile sagt sie: »Ja, das stimmt, Ela.«

Jetzt muss ich aufpassen, was ich als Nächstes von mir gebe. So behutsam wie möglich sage ich: »Hinten drauf steht, dass Opa sie dir aus England geschickt hat.«

»Ja, England ... da war er eine Weile«, ist alles, was Oma preisgibt.

Ich will nicht zu forsch vorpreschen. »Das war bestimmt nicht leicht, so lange von ihm getrennt zu sein, oder?«

Omas Gesicht verfinstert sich wieder einmal, wie immer, wenn das Thema Krieg aufkommt. Ihr Lächeln ist verschwunden, ich merke sofort, dass sie auch heute nicht darüber reden will.

Sofort fühle ich mich schlecht. Weil ich sie zu etwas überreden möchte, gegen das sie sich so vehement sträubt. Das sie noch immer so sehr verletzt.

»Tut mir leid«, sage ich. »Ich wollte nichts wieder hervorholen, was du lieber vergessen wolltest.«

»Diese Dinge kann man niemals vergessen«, erwidert

Oma, und in ihrer Stimme sind Kummer, Verletztheit und auch ein bisschen Wut zu hören.

Beide schweigen wir einen langen Moment. Ich will das Thema schon ruhen lassen, doch andererseits habe ich das Gefühl, wenn ich jetzt aufgebe, werde ich niemals mehr erfahren.

»Oma«, sage ich und lege meine Hand auf ihre. »Ich weiß, es ist nicht leicht für dich, aber ich würde wirklich gerne mehr über diese Zeiten erfahren. Über England. Den Krieg. Opa und dich. Du hast mir mein Leben lang so viele schöne und lustige Geschichten erzählt, aber die bedeutendsten hast du ausgelassen. Kannst du denn nicht verstehen, dass ich auch darüber mehr wissen möchte?«

»Ich möchte aber nicht darüber reden«, sagt sie und entzieht mir ihre Hand.

Mir ist zum Weinen zumute. Ich sage nichts mehr.

Oma sieht lange auf die Blumen, dann zu mir. »Kannst du das denn nicht verstehen, Ela? Dass ich darüber nicht mehr reden will? Es ist so lange her und doch auch gar nicht mehr von Bedeutung.«

»Doch, Oma, das ist es. Für mich schon. Es ist Teil meiner Familiengeschichte, und wenn du mir diese Dinge nicht erzählst, werde ich sie nie erfahren. Opa kann ich schon nicht mehr fragen, und eines Tages werde ich auch dich nicht mehr danach fragen können.« Ich habe einen dicken Kloß im Hals, das Weitersprechen fällt mir schwer. »Dann wird dieser Teil der Vergangenheit mit dir verschwinden, und ich werde niemals wissen, was ihr damals durchmachen musstet, du und Opa.«

»Aber warum willst du das denn unbedingt wissen?«

»Weil ihr das größte Liebespaar wart, das ich je kannte, und weil ich gern *alles* wissen möchte. Nicht nur das Schöne, nicht nur das, an was ich mich selbst erinnere. Ich würde so gern erfahren, wie eure Liebe den Krieg überstehen konnte, wie ihr es ausgehalten habt, so lange voneinander getrennt zu sein, und wie ihr wieder zusammengekommen seid. Wie es danach war. Einfach alles, Oma.«

»Alles...« Oma schließt die Augen. »Das könnte dich aber schwer mitnehmen. Du könntest uns mit anderen Augen sehen.«

Mein Herz pocht schneller. Was meint Oma denn damit? »Das werde ich ganz bestimmt nicht«, versichere ich ihr. Ich sehe meine Oma an, die versucht, gegen ihre Ängste anzukämpfen. »Natürlich ist es deine Entscheidung. Aber ich verspreche dir hoch und heilig, ich würde nicht schlecht über euch denken. Das könnte ich gar nicht, niemals.«

Oma sieht zu einem Punkt in der Ferne, scheint mit ihren Gedanken ganz weit weg zu sein. Vielleicht überlegt sie, ob sie es wagen sollte? Mir zuliebe? Schließlich nickt sie leicht mit dem Kopf und sagt: »Na gut, Ela, wenn es dir so wichtig ist.«

Erleichterung erfüllt mich.

»Danke, Oma«, sage ich schwer bewegt. Einfach, weil ich so unglaublich stolz auf sie bin, dass sie sich meinetwegen überwinden möchte, und weil ich mich so freue, endlich mehr zu erfahren über diese totgeschwiegenen Jahre.

»Gerne, Ela«, sagt Oma und schenkt mir das kleinste Lächeln. »Wo soll ich denn anfangen?«

»Wo immer du willst. Vielleicht an dem Tag, als der Krieg begann?«

Oma sieht wieder zu den Hortensien und scheint sich ganz weit zurückzuerinnern. »Wir waren sehr verliebt damals, als der Krieg begann.«

Da das alles ist, was Oma sagt, versuche ich, ihr ein bisschen auf die Sprünge zu helfen. »Und wart ihr da schon ein richtiges Pärchen? 1939?«

»Nein, nein. Eigentlich waren wir gerade erst dabei, uns anzunähern. Damals war das noch nicht so wie heute, weißt du? Man hat einen Jungen erst geküsst, wenn man wusste, er ist der Richtige.«

»Und wann wusstest du es?«

Oma blickt mich an. »Schon an dem Tag am Badesee. Als Werner mir gesagt hat, er spart sich seinen ersten Kuss für mich auf. Da wusste ich, wie viel ich ihm bedeute. Und er mir.«

Ich bin ehrlich sehr gerührt. »Magst du mir erzählen, was dann kam? Als der Krieg ausbrach?«

»Nun, die unbeschwerten Zeiten waren da vorbei.«

Ich nicke, sage aber nichts weiter, weil ich Oma nicht unterbrechen will. Weil ich hoffe, das ist erst der Anfang dieser Geschichte.

Und ich habe Glück. Sie will mir tatsächlich noch mehr schenken.

KINO

Das Leben veränderte sich. Meine Tage waren nun vollgepackt mit Beschäftigungen. Ich machte meine Lehre im Schuhhaus Werner, musste zur Berufsschule und zum Bund Deutscher Mädel. Die Hitlerjugend war nun für Mädchen und Jungen zwischen zehn und achtzehn Jahren Pflicht, und wir bekamen vielerlei Aufgaben. Zweimal die Woche trafen wir Mädchen uns. Mittwochs lernten wir Liedtexte und Dinge wie Nähen, Stricken, Kochen, Backen und andere Hausarbeiten. Am Sonnabend machten wir Sport, was für uns Mädchen »anmutige Gymnastik« bedeutete. Während ich von Werner wusste, dass die Jungen zu starken Männern herangezogen wurden mit langen Fußmärschen und dem Einüben von Befehl, Gehorsam und Disziplin. Sogar Schießübungen fanden statt. Einmal sagte Werner mir, dass er bei all dem das Gefühl hatte, sie würden sie wirklich zu Soldaten machen wollen. Und auch wenn er es mir nicht gestand, konnte ich doch in seinen Augen sehen, dass er Angst hatte, es könnte tatsächlich bald ein Krieg ausbrechen.

Uschi sah ich trotz allem weiterhin so oft es ging. Natürlich beim Bund Deutscher Mädel und auch in meiner wenigen Freizeit.

Eines Tages waren wir im Kino, und in den Nachrichten,

die sie vor dem Film immer zeigten, hörten wir den Führer davon reden, wie er die Weltmacht erlangen wollte.

»Glaubst du, es wird bald einen Krieg geben?«, fragte Uschi mich nach dem Film. Und in ihren Augen sah ich dieselbe Angst wie in denen von Werner.

»Ich hoffe nicht. Ich möchte nicht, dass meine Brüder in den Krieg ziehen.« Werner war ja erst fünfzehn, den würden sie schon nicht fortschicken. Aber Artur und Walter waren mit Anfang zwanzig schon im kriegsfähigen Alter.

»Das möchte ich auch nicht.« Uschi hatte ebenfalls Brüder und Cousins, um die sie sich sorgte.

»Hoffen wir einfach, dass der Führer es sich noch anders überlegt«, sagte ich, auch wenn ich das Schlimmste befürchtete.

Kurz darauf, im September desselben Jahres, marschierten die Deutschen in Polen ein, und England und Frankreich erklärten uns den Krieg. Immer mehr Länder folgten dem, und schon bald war klar, dass es kein Entrinnen mehr gab.

Wenn ich nun Werner traf, erzählte er mir davon, was sie in der Hitlerjugend beigebracht bekamen: dass es eine Ehre wäre, fürs Vaterland zu sterben.

»Wir müssen Lieder darüber singen«, sagte er, als wir eines Sonntagnachmittags wieder einmal am Horner Moor waren. Wir wollten diese unbeschwerten Zeiten ausnutzen, solange wir noch konnten. Denn keiner wusste, was geschehen würde.

»Glaubst du, ihr müsst bald in den Krieg ziehen?«, fragte ich ängstlich.

»Nein, bestimmt nicht. Wir sind noch nicht genug ausgebildet für einen Krieg. Da gehen sicher die Älteren vor, und wir machen weiter unsere Schießübungen.«

»Das hoffe ich, Werner.« Ich sah ihm in die Augen und erwartete, dort Zuversicht zu finden. Doch obwohl Werner sonst immer so furchtlos war, fand ich sie nicht.

Wie ich es befürchtet hatte, wurde mein Bruder Walter eingezogen. An dem Tag, an dem er sich von uns verabschiedete, weinte meine Mutter bittere Tränen. Sie wollte sich gar nicht beruhigen lassen und sagte immer wieder: »Ich werde ihn nicht wiedersehen, ich werde ihn nicht wiedersehen.«

Mein Vater, der Husar im Ersten Weltkrieg gewesen war, wusste, was es bedeutete, in einem Krieg zu kämpfen, und dass es dabei keine Gewinner gab.

Von diesem Moment an waren meine Eltern nicht mehr dieselben. Mein Vater war nicht mehr so fröhlich, wenn er abends von der Arbeit kam, und meine Mutter wusch nun noch mehr Wäsche und brachte noch mehr Obst und Gemüse auf den Markt, um nur ja genug zu verdienen, dass es für die schlechten Zeiten reichte, die ganz klar bevorstanden.

Auch ich wollte mich vorbereiten. Denn wer wusste schon, ob Deutschland nicht bald angegriffen werden würde? Ich wollte meinen ersten Kuss unbedingt bekommen, bevor es zu spät war.

»Ich glaube, wenn er mich nicht küsst, werde einfach ich es tun«, flüsterte ich Uschi zu, als ich – gerade noch pünktlich – beim Bund Deutscher Mädel eintraf. Ich hatte mich nach der Arbeit abhetzen müssen, um es noch rechtzeitig zu schaffen.

»Was? Das kannst du doch nicht einfach so machen!«, sagte Uschi schockiert. »Es ist immerhin die Aufgabe des Jungen, den ersten Schritt zu tun.«

»Und wenn Werner den aber nicht tut?«

»Ich glaube ja, er ist einfach nur zu schüchtern«, meinte Uschi.

»Werner? Niemals!«

»Na, vielleicht aber doch. Auf jeden Fall bedeutet es, dass er eine Menge Respekt vor dir hat und warten will, bis ihr auch wirklich so weit seid.«

»Ich bin doch schon seit Monaten so weit!«, sagte ich lauter als beabsichtigt und lenkte damit den Blick der Gruppenführerin auf mich.

»Mensch, Lisa, du hast noch deine Seidenstrumpfhose an«, flüsterte Uschi mir plötzlich ganz besorgt zu, und ich warf einen Blick auf meine Beine, die in dem dunkelblauen Rock steckten, den wir alle trugen.

So ein Mist! Seidenstrümpfe und Hackenschuhe waren bei den Gruppentreffen strengstens verboten.

Ich setzte mich zu den anderen an den Tisch, und Uschi tat es mir gleich. Während fleißig Knöpfe angenäht wurden, zog ich mir unter dem Tisch die Strumpfhose aus.

Puh, ich hatte noch mal Glück gehabt und war nicht erwischt worden.

Uschi nahm sich einen schwarzen Knopf und flüsterte: »Du willst das nicht wirklich tun, oder?«

Ah, der Kuss.

»Oh doch«, sagte ich und war fest entschlossen.

Ein paar Wochen später, Hitler war gerade knapp einem Bombenattentat entgangen, traf ich mich mit Werner. Er hatte mich ins Kino eingeladen, wir wollten uns *Spiel im Sommerwind* ansehen, eine Liebeskomödie mit Walter Steinbeck, und ich war ganz aufgeregt, weil ich mir fest vorgenommen hatte, dass heute *der Abend* sein sollte. Und wenn Werner es nicht endlich tat, ich es halt tun würde.

Wir saßen also zusammen im Kinosaal und waren beide still wie die Mäuschen, weil wir uns auf den Film konzentrierten. Wobei ich das eigentlich gar nicht konnte, weil ich so nervös war.

Und als ich gerade noch überlegte, wie und wann ich es am besten anstellen sollte, kam Werner mir zuvor. Er nahm meine Hand in seine und drückte mir einen kleinen Schmatzer auf die Wange.

Na, das war doch schon mal ein Anfang!

Den ganzen Abend war ich wie beseelt, und als Werner mich nach Hause brachte, sangen wir wie damals, als wir kleine Kinder waren, das Lied vom Äpfelklauen. Denn irgendwie war es zu unserem Lied geworden.

Wir lachten, während wir uns an der Hand hielten und die leere Straße entlangliefen. Plötzlich verschwand Werner um die Ecke und kam eine Minute später mit einer blauen Hortensie zurück, die er irgendwo stibitzt haben musste. Er reichte sie mir, und ich nahm sie mit einem Knicks entgegen.

»Woher weißt du, dass Hortensien meine Lieblingsblumen sind?«, fragte ich.

»Hab ich erraten«, erwiderte er augenzwinkernd.

Wir schlenderten weiter nebeneinanderher, während ich mir die Blume vor die Nase hielt und daran roch.

Schließlich sagte ich: »Du, Werner, wenn du willst, darfst du mich noch mal küssen.«

Er grinste mich an und ließ sich das nicht zweimal sagen. Und diesmal bekam ich einen richtigen Kuss – auf die Lippen.

Es war der schönste Moment, den ich je erlebt hatte, und ich glaubte nicht, dass irgendetwas das übertreffen konnte.

*

Ich hänge noch immer an Omas Lippen, bin überwältigt von ihrer Geschichte. Und ich sehe ihr an, wie sehr sie das Erzählen mitgenommen hat. Zwar sind wir noch gar nicht an dem Punkt angelangt, an dem Werner und sie sich dann wirklich trennen mussten, aber ich finde, wir sind schon einen großen Schritt in die richtige Richtung gegangen. Wenn das alles ist, was sie heute erzählen mag, kann ich da sehr gut mit leben. Weil ich Hoffnung habe, dass sie beim nächsten Mal weitermacht. Dort ansetzt. Ich noch mehr erfahren werde.

Für heute ist es genug.

»Danke, Oma, dass du mir das erzählt hast«, sage ich, erfüllt von allen möglichen Emotionen.

»Gerne, Ela«, erwidert sie.

»Das war wirklich sehr romantisch. Ein bisschen wie im Film.« Ich muss wieder an *Wie ein einziger Tag* denken, in dem Noah und Allie auch durch die nächtlichen Straßen spazieren.

»Meinst du wirklich? Wir waren doch nur zwei ganz gewöhnliche junge Leute, die einander gernhatten.«

»Ich finde, ihr wart viel mehr als das«, sage ich, und Oma lächelt.

»Ich bin müde, Ela, ich glaube, ich möchte jetzt auf mein Zimmer.«

»Ja natürlich. Es ist eh gleich Zeit fürs Mittagessen.«

»Gut. Und danach lege ich mich vielleicht ein bisschen hin. Halte ein Mittagsschläfchen.«

Das habe ich nicht gewollt. Dass Oma so erschöpft ist vom Erzählen. Und dennoch bin ich wirklich glücklich, jetzt schon so viel mehr zu wissen.

Ich bringe Oma hoch in den zweiten Stock, umarme sie ganz fest und danke ihr noch einmal. Dann fahre ich nach

Hause und muss noch lange an die beiden denken, meine Oma und meinen Opa, an ihren ersten Kuss und daran, was bald kommen sollte.

Auch später noch, als ich mit Kimmy auf dem Spielplatz bin und mit ein paar anderen Müttern zusammensitze, geht es mir nicht aus dem Kopf, und als Ali am Abend von der Arbeit kommt, falle ich in seine Arme und berichte ihm, dass Oma mir heute eine Geschichte anvertraut hat, die sie mir noch nie zuvor erzählt hat.

»Wovon hat sie gehandelt?«, fragt er.

»Vom Krieg.«

Mein Mann sieht mich überrascht an, weil auch er weiß, dass Oma dieses Kapitel sonst immer auslässt.

»Wow, das muss wirklich schwer für sie gewesen sein.«

Ich nicke. »Das war es bestimmt. Aber ich glaube, ich habe ihre Mauer ein bisschen einreißen können. Vielleicht erzählt sie mir beim nächsten Besuch sogar noch mehr.«

»Ich drück die Daumen«, sagt Ali.

Und ich drücke sie mir ebenso.

BANANEN

Oma und ich sitzen in ihrem Zimmer. Wir erinnern uns an den vergangenen Samstag zurück, an dem hier im Heim ein großes Fest stattgefunden hat. Es wurde draußen und im Festsaal abgehalten. Ich war mit den Kindern da, die herumgetollt sind, Eis gegessen haben und sich von einem Clown Luftballonfiguren haben drehen lassen. Und obwohl Oma die meiste Zeit nur auf der Bank gesessen und zugesehen hat, ist mir doch nicht entgangen, wie viel Spaß sie hatte. Natürlich haben wir bei all dem Trubel nicht weiter über den Krieg sprechen können, aber für heute habe ich große Hoffnungen.

Ich betrachte Oma, will nicht gleich in die Vollen gehen, sondern mich langsam an die Sache herantasten. »Kannst du dich noch an die vielen Feste im Garten erinnern?«, frage ich und denke dabei an die Veranstaltungen, die mehrmals jährlich im Vereinshaus und teilweise auf dem Platz davor stattgefunden haben.

»Oh ja!«, erwidert Oma. »Da waren wir früher mit dir, als du noch ein kleines Mädchen warst. Und auch mit Christian.«

»Und später dann mit Leila und Kimmy«, sage ich. »Beim Sommerfest haben sie Enten geangelt, Dosen geworfen und sich schminken lassen.«

»Das war wirklich immer schön«, meint Oma, und ich

kann förmlich sehen, wie sie an etwas Bestimmtes zurück-
denkt. Wenn ich raten müsste, würde ich sagen, es hat etwas mit Essen zu tun. Und dann sagt sie auch tatsächlich:
»Sie hatten da immer so leckere Fischbrötchen.«

Ja, ich erinnere mich an den Fischbrötchenstand. Oma
hat meistens eins mit Brathering genommen.

»Gibt es hier eigentlich auch oft Fisch?«, frage ich, weil ich
ja weiß, wie gerne sie den isst.

»Ab und zu. Dann aber meistens nur Fischstäbchen oder
auch mal ein Stück Seelachsfilet.« Oma sieht aus dem Fenster. »Ich würde ja zu gerne mal wieder einen Aal essen. Oder
Maischolle. So wie damals auf den Kaffeefahrten.«

Die Kaffeefahrten! Ich muss lachen. Meine Großeltern
haben diese Fahrten unglaublich gerne mitgemacht, und
zwar viele Jahre lang. Dabei sind sie mit dem Bus auf irgendein Gut gefahren, wo man ihnen ein üppiges Mittagessen
serviert hat und ihnen danach etwas andrehen wollte.
Die Fahrten waren spottbillig, weil die Veranstalter eben
anderweitig Profit machten. Etwa, indem sie den älteren
Herrschaften dort Unmengen an selbst hergestellter Leberwurst, selbst gestochenem Spargel oder selbst geimkertem
Honig verkauften. Manchmal gab es auch eine richtige Prä-
sentation, wo man die schärfsten Messer, die bequemsten
orthopädischen Schuhe oder eine ergonomische Matratze
zum Schnäppchenpreis von nur eintausend Mark erstehen
konnte. Meist gaben sich meine Großeltern mit dem köst-
lichen Essen und einem Glas Leberwurst oder einem Bund
Spargel zufrieden, als Opa aber nicht mehr dabei war, hat
sich Oma tatsächlich einmal so eine Matratze aufschwatzen
lassen. Sie hat sie in ihr Gartenhäuschen liefern lassen und
bis ganz zum Schluss darauf geschlafen. Einen Unterschied
zu einer normalen Matratze hat sie aber nicht gemerkt.

»Ich fand es ja immer schön, wenn du auch mitgekommen bist«, sagt sie jetzt.

»Ja, das war lustig«, erwidere ich, und das war es wirklich. Ich war zwar jedes Mal das einzige Kind, aber die Senioren waren immer gut aufgelegt und erzählten die besten Witze. Meine Oma war in ihrem Element, und mein Opa war für mich da. Ich wich nicht von seiner Seite, und manchmal hielten wir uns ein wenig abseits, und er erzählte mir Geschichten. Ich liebte es, ihm zuzuhören. Ich liebte es, Zeit mit meinen Großeltern zu verbringen. Ich bin so froh, dass ich all die Jahre mit ihnen hatte.

»Ob es diese Kaffeefahrten immer noch gibt?«, fragt Oma.

»Vielleicht.«

»Ich würde ja gerne mal wieder an einer teilnehmen«, sagt sie. »Kommst du dann mit?«

»Natürlich!«, antworte ich, auch wenn wir beide wissen, dass das nicht passieren wird. Weil Oma inzwischen zu schwach für solche ganztägigen Ausflüge ist. Sie schafft es ja kaum noch den Parkweg hinunter. Dennoch ist der Gedanke ein schöner.

»Kannst du mal an meinen Tisch gehen?«, bittet Oma mich.

»Klar. Was brauchst du?«

»Die Banane, die ich heute beim Frühstück für Inge eingesteckt habe. Sie ist in der Schublade.«

Ich muss schmunzeln. Meine Oma wird hier noch zu einem richtigen Langfinger, so viel, wie sie immer einsteckt. Ich bin mir sicher, ein bisschen Obst darf man sich auch für später mitnehmen, aber wie ich jetzt sehe, ist die Schublade schon wieder voll mit Marmeladenschälchen.

Ich überlege kurz, ob ich sie unauffällig zurück in die Cafeteria bringen könnte, dann wäre Oma aber sicher schwer enttäuscht. Also ignoriere ich die Marmelade, hole die Banane und gebe sie Oma. »Und jetzt? Willst du sie Inge bringen?«

»Ja. Lass uns sehen, ob sie im Gang ist.«

Ein bisschen bin ich enttäuscht, dass Oma in den Gang gehen möchte, statt mir eine weitere Geschichte zu erzählen. Ich hatte mich schon so darauf gefreut. Aber vielleicht kommen wir ja später noch dazu. Ich bin gewillt, abzuwarten.

Wir gehen also hinaus in den Gang, wo wir gleich von Gerda und Mona begrüßt werden. Mona ist neu, traurigerweise ist vor Kurzem ein Bett frei geworden. Rosi kommt auch sofort herbei und fragt nach Bonbons. Diesmal habe ich ein paar Hustenbonbons dabei und gebe sie ihr. Als ich mich nach Oma umsehe, hat sie bereits Inge erreicht, die an ihrem Platz neben dem Pflegerzimmer sitzt. Oma setzt sich zu ihr und streichelt ihre Wange. »Guck mal, Inge, ich hab eine Banane für dich«, sagt sie dann und schält sie für ihre Freundin. Sie hält sie ihr hin, und Inge beißt ab. Ein kleines Lächeln erscheint auf ihrem Gesicht.

Ich setze mich den beiden gegenüber und schaue ihnen zu. Marie kommt den Gang entlanggelaufen und macht gleich kehrt, um ihn zurückzugehen. Ich frage mich, ob sie schon immer so viel gelaufen ist und warum sie das nur tut. Ich erkenne keinen Sinn darin, aber vielleicht sieht sie das ja ganz anders.

»Sie sind immer so gut zu ihr«, höre ich jemanden sagen.

Es ist Irina, eine der jüngeren Pflegerinnen. Sie hat gerade erst ihre Ausbildung beendet.

»Ach, man tut, was man kann«, erwidert Oma. Irina legt ihr eine Hand auf die Schulter und schenkt ihr ein warmes Lächeln.

Die Pflegerinnen hier sind wunderbar. Unglaublich freundlich. Das ganze Heim ist so, wie man sich seinen letzten Wohnsitz vorstellt. Es gibt da ganz andere Seniorenheime, weshalb Oma auch nie in eines »gesteckt werden« wollte. Doch irgendwann hat sie eingesehen, dass sie ohne Hilfe nicht mehr zurechtkommt. Und sie hat erkannt, dass es ihr hier viel mehr Spaß macht als in ihrem stillen, einsamen Zuhause. Weil sie hier jede Menge nette Menschen um sich hat, Tag und Nacht, weswegen es bestimmt nie langweilig wird.

Das besonders Gute an diesem Ort ist, dass er sich nicht weit entfernt von uns befindet. Wir alle wohnen in Hamburg-Horn. Ich muss nur ein paar Haltestellen mit dem Bus fahren. Mein Vater wohnt sogar gleich um die Ecke und kann jederzeit zu Fuß herkommen, was er auch oft tut.

Oma ist glücklich hier, und das wiederum macht uns sehr glücklich.

Ich blicke mich um, sehe zu dem hübschen Kunstdruck an der Wand, der einen Blumenstrauß in einer Vase zeigt. Auf einem anderen ist ein Boot abgebildet. Im Hintergrund höre ich leise Musik, die hier am laufenden Band gespielt wird. Ich habe Oma ein eigenes Radio besorgen wollen, doch sie hat gemeint, dass sie keins braucht, weil sie ja jederzeit in den Gang kommen kann, wenn sie Musik hören will.

Ich entdecke ein Blatt Papier an der Pinnwand und gehe es mir ansehen. Es zeigt die Ergebnisse der Umfrage, die vor ein paar Wochen unter den Bewohnern durchgeführt wurde. Oma hat auch teilgenommen. Die Leute scheinen sich hier alle mehr als wohlzufühlen, denn das Heim hat bei den meisten Punkten super abgeschnitten. Nur beim Essen haben sich einige mehr Abwechslung gewünscht.

Ich weiß, dass das Oma egal ist. Auch wenn sie sicher gerne öfter Fisch oder Kartoffelpuffer auf dem Teller hätte, war sie noch nie »krütsch«, wie sie es immer ausgedrückt hat. Hat gegessen, was auf den Tisch kam, vor allem nach dem Krieg, in dem sie so viel Hunger leiden mussten.

Ich würde so gerne mehr über diese Zeit hören. Habe seit letzter Woche an kaum etwas anderes als diese neue Geschichte denken können, die Oma mir anvertraut hat. An ihren ersten Kuss mit meinem Opa. Allein das hat mich schon so inspiriert, dass mir gleich mehrere neue Ideen für eigene Geschichten eingefallen sind, die ich alle in mein Notizheft geschrieben habe. Vielleicht kann ich eine davon umsetzen, womöglich kann sogar etwas richtig Tolles daraus entstehen. Wie gerne würde ich mehr erfahren. Doch heute frage ich mich, ob es überhaupt so weit kommen wird. Ob Oma mir überhaupt mehr erzählen möchte.

Und ich frage mich wieder einmal, wie viel sie wohl verdrängt hat. Denn kann man überhaupt mit dem Wissen darüber weiterleben, was damals alles passiert ist? Ich bin mir sicher, meine Oma hat auch geliebte Menschen verloren. Davon hat sie allerdings nie etwas erzählt, und womöglich wird sie das auch zukünftig nicht. Dabei wünsche ich mir doch so, dass sie sich erneut überwindet und die Mauer weiter einreißen lässt.

Ich freue mich richtig, als Oma Inge fertig gefüttert hat und sich zu mir setzt. Vielleicht kann ich sie auf sanfte Weise dazu bewegen, fortzufahren.

Aber zuerst gibt es Wichtigeres, zumindest in den Augen von Omas lieber Freundin Gerda.

»Hast du deine Enkelin schon gefragt?«, meint Gerda, und sie und Oma sehen mich an.

»Nein, noch nicht«, sagt Oma. »Tut mir leid, ich hab's vergessen.«

»Das macht doch nichts«, entgegnet Gerda und wendet sich direkt an mich. »Ich hatte Ihre Oma gefragt, wo Sie diese tollen Jogginghosen herhaben, die sie immer trägt. Die sehen ja unheimlich bequem aus.«

»Oh.« Ich blicke an Omas Hose herunter. Sie ist hellgrau und hat weiße lange Streifen an den Außenseiten. Oma mag diese Hosen sehr und trägt kaum noch etwas anderes. Ich nenne Gerda den Laden, wo ich sie gekauft habe.

»Das muss ich meiner Erika gleich mal erzählen, wenn sie wiederkommt. Dann kann sie mir auch so welche besorgen.«

Ich lächle Gerda an. »Wie geht es denn Ihrem Knie?«, frage ich.

»Ach, dem geht es nicht so gut. Aber das hält mich nicht davon ab, mich jeden Tag hierher in den Gang zu setzen. Das ist mein Lieblingsplatz, wissen Sie?«

»Kann ich gut verstehen. Hier bekommt man ja auch viel mit.«

»Oh ja.« Gerda wendet sich an Oma. »Na, hat Inge die Banane geschmeckt?«

»Aber ja. Sie hat mir sogar ein Lächeln geschenkt.«

»Das habe ich gesehen.« Gerda schaut wieder mich an. »Ihre Oma hat Inge besonders ins Herz geschlossen.«

»Ja, ich weiß.«

Gerda nickt und deutet zur Gräfin, die gerade aus ihrem Zimmer ein paar Türen weiter kommt. »Gisela mag Bananen auch gerne. Sie isst sie aber mit Messer und Gabel.«

Oma lacht. »Oh ja.«

Manchmal würde ich wirklich gern wissen, ob Gisela tatsächlich eine Gräfin ist. Oder zumindest, warum sie es behauptet und sich so verhält. Nun ja, essen echte Gräfinnen ihre Bananen mit Messer und Gabel? Da bin ich wirklich überfragt.

Oma und Gerda unterhalten sich noch eine Weile, und obwohl ich Oma nur zu gerne um eine weitere Geschichte bitten möchte, will ich die beiden auch nicht stören. Ich bin ein bisschen traurig, aber ich kann es nicht ändern. Dann halt beim nächsten Mal. Hoffentlich.

»Weißt du, was es heute zu Mittag gibt?«, fragt Oma ihre Freundin.

Gerda schüttelt den Kopf. »Nein, und du?«

»Ich glaube, ich habe nach dem Frühstück auf den Plan geguckt, es aber leider wieder vergessen.«

Ich weiß, an manchen Tagen leben meine Oma und die anderen hier von Mahlzeit zu Mahlzeit.

»Soll ich mal nachsehen gehen?«, frage ich.

»Das wäre nett«, sagt Gerda.

»Sei doch so gut, Ela«, meint Oma. Also erhebe ich mich und gehe rüber zur Magnetwand neben der Cafeteria, wo der Wochenplan immer hängt.

Mittwoch

MITTAGESSEN

Kohlrouladen mit Kartoffelpüree

NACHTISCH

Kirschjoghurt

Ich gehe zurück zu den beiden.

»Es gibt Kohlrouladen«, lasse ich sie wissen.

»Die habe ich früher oft selbst gemacht«, erzählt Gerda.

»Ja? Ich habe lieber Grünkohl oder Rotkohl selbst gemacht«, sagt Oma. »Ab und zu auch Wirsing.«

»Rotkohl gab es bei uns immer zu Weihnachten«, meint Gerda.

»Wie bei uns. Am ersten Weihnachtstag. Und dazu einen Braten und Kartoffeln. An Heiligabend gab es Kartoffelsalat mit Würstchen«, erzählt Oma.

Das haben mein Vater und sie bis zuletzt gegessen, weiß ich, selbst als sie an Heiligabend nur noch zu zweit waren. Als meine Eltern längst geschieden waren und mein Opa auf immer Lebewohl gesagt hatte. Als Weihnachten nicht mehr das war, was es einmal gewesen war.

»Ich glaube, ich kann die Rouladen schon riechen«, sagt Gerda.

Oma schnuppert. »Ja, jetzt, wo du es sagst.«

Ich kann noch gar nichts riechen, es ist immerhin noch eine Dreiviertelstunde bis zum Mittagessen. Aber ich widerspreche den beiden nicht.

»Warst du eigentlich je im Ohnsorg-Theater?«, fragt Oma Gerda als Nächstes. Keine Ahnung, wie sie vom Thema Kohlrouladen zum Theater gekommen ist.

»Oh ja«, antwortet Gerda. »Da gab es immer tolle plattdeutsche Stücke.«

Oma nickt begeistert. »Ja genau. Ich war früher oft da. Mit meinem Mann und manchmal mit meiner Freundin Silke. Später nur noch mit Silke.«

Ich war auch ein- oder zweimal mit, aber das erwähne ich nicht, es tut nichts zur Sache.

»Früher war das Theater ja auf der anderen Seite der Binnenalster«, sagt Gerda.

»Große Bleichen, ja. Ist es da denn nicht mehr?«, fragt Oma.

»Nein. Im letzten Jahr ist es umgezogen, ins Bieberhaus«, informiert Gerda sie.

»Das ist doch am Hauptbahnhof, oder?«

»Ja genau. Und davor steht jetzt eine Heidi-Kabel-Statue.«

»Ist nicht wahr! Die würde ich zu gerne mal sehen.« Wie schon erwähnt, verehrt Oma Heidi Kabel. »Woher weißt du das denn alles?«, fragt sie neugierig.

»Das haben sie neulich im Fernsehen gezeigt. In einer Sendung über Heidi Kabel.«

Oma sieht kaum noch fern, zumindest ist das Gerät so gut wie nie an, wenn ich sie besuchen komme. Früher konnte sie sich stundenlang Dokumentationen ansehen oder auch Quizsendungen. Außerdem hat sie keinen *Tatort* verpasst. Aber ich glaube, jetzt schläft sie abends um Viertel nach acht meistens sogar schon.

»Es ist ein Jammer, dass sie gestorben ist«, sagt Oma.

Gerda starrt auf ihre Schuhe. »Sterben müssen wir alle mal, Lisa.«

Ja. Damit hat sie wohl recht. So traurig es auch ist.

»Ich werde nicht gehen, bevor ich nicht meinen Hundertsten gefeiert hab«, sagt Oma. Das sagt sie so oft, dass sie hundert werden will. Und ich glaube, dass sie es schaffen kann. Wenn einer, dann sie.

»Du bist ja optimistisch«, meint Gerda.

»Na, wenn wir unseren Optimismus verlieren, was haben wir denn dann noch übrig?«, fragt Oma.

Und Gerda nickt zustimmend.

Eine halbe Stunde später begleite ich die beiden bis kurz vor die Cafeteria und verabschiede mich von Oma mit einem Kuss auf die Wange. Ich bin noch immer ganz betrübt, weil sie mir heute nichts erzählen wollte, versuche es aber nicht zu zeigen. Vielleicht war Oma einfach nicht in der Stimmung, womöglich hat es ihr beim letzten Mal mehr zugesetzt, als ich angenommen hatte. Vielleicht wird es bei der einen Geschichte bleiben.

»Oh, Ela, jetzt hab ich dir gar nichts mehr vom Krieg erzählt«, sagt Oma plötzlich.

»Ist schon gut«, erwidere ich.

»Ich hab's einfach vergessen. Kannst du mich beim nächsten Mal dran erinnern?«

Sie hat es einfach nur vergessen. Meine Sorgen waren unbegründet.

Ich nicke erleichtert. »Das mache ich, Oma.«

»Gut.« Oma schenkt mir ein Lächeln.

Dann sehe ich ihr dabei zu, wie sie langsam, ihren Rollator schiebend, die Cafeteria betritt. In der Tür bleibt sie noch einmal stehen, dreht sich um und winkt mir zu. Ich winke zurück und hoffe so, dass sie ihr Versprechen, hundert Jahre alt zu werden, wirklich wahr macht. Und dass sie mir bis dahin noch ganz viele Geschichten erzählen wird – die altbewährten fröhlichen, aber vor allem auch die noch unbekannten tragischen, nach denen ich mich zurzeit am meisten sehne.

FOTOALBUM

Es ist Sonntag. Ali ist mit den Kindern bei seinem Bruder, und ich bin auf dem Weg zu meiner Oma. Seit meinem letzten Besuch musste ich immer an die versäumte Geschichte denken, die ich hätte hören können, wenn ich nur etwas gesagt hätte. Auch wenn Oma sich noch sehr gut an die vergangenen Zeiten erinnert, ist ihr Kurzzeitgedächtnis nicht mehr das beste. Mir ist nun klar, wenn ich mehr von damals hören will, muss ich den ersten Schritt tun. Ich habe also Kuchen dabei und hoffe auf eine weitere Kriegsgeschichte.

Gestern habe ich meinem Vater die alten Fotopostkarten gezeigt und ihn gefragt, ob er jemals in den Genuss gekommen ist, von diesen Zeiten zu hören, doch auch er sagte mir, dass seine Eltern dieses Kapitel stets ausgelassen hätten.

Ich nehme mir vor, keine wichtigen Kapitel auszulassen. Nicht in meinen Büchern und auch nicht in meinem Leben, in der gemeinsamen Zeit, die Oma und mir noch bleibt. Ich werde nicht zulassen, dass der Riss in der Mauer gekittet wird – im Gegenteil! Ich werde versuchen, die ganze Mauer einzureißen und zusammen mit meiner Oma über die Trümmer zu steigen.

Oma freut sich, dass ich sie besuchen komme und Himbeer-Streuselkuchen dabeihabe. Ich besorge ihr einen Becher Kaffee und mir einen Tee aus der Cafeteria, und wir setzen uns an den Tisch in ihrem Zimmer. Zum Glück haben wir es für uns.

Als der Kuchen verputzt ist, schlage ich vor, dass wir uns doch das Fotoalbum ansehen könnten. Oma gefällt die Idee, und ich stehe auf, um es zu holen. Kurz darauf schlage ich die erste Seite des geblümten grünen Albums auf, das ich Oma zu ihrem letzten Geburtstag geschenkt habe. Dem siebenundachtzigsten. Es war der erste Geburtstag hier im Heim, und wir haben unten im Café gefeiert, mein Vater und mein Bruder Christian waren auch da sowie ein paar Gartenfreunde und Omas alte Freundin und Kollegin Silke. Ich habe Bilder ihres gesamten Lebens in dieses Album geklebt und sie beschriftet, angefangen bei ihrer Kindheit, weiter über ihre jungen Erwachsenenjahre, hin zu Fotos mit ihr als Ehefrau, Mutter, Oma und Uroma. Das habe ich gemacht, damit sie sich immer erinnert an die schönen Zeiten, an alles, was sie im Leben erreicht hat. Auf der letzten Seite klebt ein Foto meines Sohnes, auf dem er ein Sektglas (natürlich mit Apfelsaft statt Sekt) in der Hand hält und ihr zuprostet. Darunter steht: *Herzlichen Glückwunsch zum 87. Geburtstag! Wir sind froh, dass es dich gibt.*

Doch bei dem Foto sind wir noch nicht angekommen. Gerade betrachtet Oma ein Bild von sich selbst und meinem Opa. Die beiden sind auf einem der vielen Feste, die sie gefeiert haben, und tanzen.

Ich betrachte es ebenfalls und denke an die Liebe, die meine Großeltern verbunden hat. Sie waren das harmonischste Paar, das ich je gekannt habe. Niemals habe ich mitbekommen, dass sie einander angeschrien oder den anderen zurechtgewiesen haben. Sie schienen sich auch nie uneinig gewesen zu sein, als hätten sie mit den Jahren gelernt, den anderen zu akzeptieren, wie er war. Und ihn zu lieben mit all seinen Eigenheiten, den guten wie den schlechten.

»Ihr wart so ein tolles Paar, du und Opa«, sage ich. »Ich habe euch nie streiten gesehen.«

Oma lacht. »Oh doch, das haben wir. Manchmal haben wir uns sogar so doll gestritten, dass wir danach tagelang nicht miteinander geredet haben.«

Ich bin ein bisschen schockiert, denn solch eine Aussage hatte ich nicht erwartet. »Ehrlich? Das habe ich nie mitbekommen.«

»Ja natürlich! Jedes Ehepaar streitet doch mal. Oder tun du und Ali das nicht?«

»Doch, schon.«

»Na siehste!« Oma schaut sich wieder die Fotos an, streicht mit einem Finger über das Gesicht meines Opas. »Aber das ist lange her. Als wir noch jung waren. Später haben wir das Leben genommen, wie es kam.«

Ich nicke. Dann blättert Oma weiter zu einem Foto, das meinen Vater mit seiner Schultüte zeigt. Es ist ein Schwarz-Weiß-Bild, wie alle bis hierher. Die farbigen kommen erst später.

»Papa war so süß«, sage ich.

»Oh ja, Jürgen war ein niedlicher kleiner Junge. Er ist deinem Opa wie aus dem Gesicht geschnitten. Als der noch ein Kind war, meine ich.«

»Ich habe nie Kinderfotos von Opa gesehen. Nur welche, als er schon ein wenig älter war. Siebzehn oder achtzehn vielleicht.«

Oma starrt auf die Seite des Fotoalbums, obwohl sie die Bilder gar nicht mehr anzusehen scheint. Eine Erinnerung. Darauf hatte ich so sehr gehofft.

Ich lege ihr eine Hand auf den Arm und frage behutsam:

»Wie war das damals, als Opa volljährig wurde und gehen musste?«

Oma blickt nicht auf. »Das war schlimm. Ich wusste ja nicht, ob ich ihn je wiedersehen würde.«

Mein Herz pocht schneller, ich bin von Vorfreude erfüllt und von Liebe für meine Oma, die dieses Thema nun wieder aufnimmt. Fast traue ich mich nicht, weiter nachzuhaken, aber dann frage ich sie doch. »Magst du mir davon erzählen? Von damals, als Opa in den Krieg zog?«

Ganz langsam nickt meine Oma, hebt den Blick, und dann fängt sie an zu erzählen.

KRIEGSZEITEN

Sommer 1942

Die Jahre vergingen, und der Krieg wurde immer schlimmer. Inzwischen kämpfte die ganze Welt gegen uns, Bomben fielen, Städte wurden zerstört, das Essen wurde immer knapper, und unsere Männer waren fort. Meine Brüder kämpften nun beide an der Front, mein Vater wurde zum Glück verschont, er war schon zu alt und hatte ja bereits im Ersten Weltkrieg seinen Beitrag geleistet.

Bald würde Werner achtzehn werden, und wir wussten, was das hieß. Die meisten jungen Männer wurden, sobald sie ihre Volljährigkeit erreichten, fortgeschickt, um für unser Land zu kämpfen – und zu fallen.

Ich kannte so viele Familien, die bereits einen Sohn, einen Bruder, einen Vater verloren hatten. Es war schrecklich, ich wollte nicht einmal daran denken.

»Und wenn wir weglaufen würden?«, hatte Werner mich schon vor einer Weile gefragt. »Nur wir beide.«

Wir hatten von jungen Männern und ganzen Familien gehört, die vor dem Krieg geflohen waren, viele von ihnen in die Schweiz, die dem Ganzen noch neutral gegenüberstand. Aber ich wollte mein Zuhause nicht verlassen.

»Werner, wir können doch nicht einfach fortgehen. Wo sollen wir denn hin?«

Werner hatte da einige Ideen, aber die waren nur Unsinn, zumindest in meinen Augen. Er schlug vor, wir könnten doch in die Karibik gehen und dort am Strand liegen und uns in der Sonne aalen. Er wusste, wie gerne ich in der Sonne lag, weshalb ich den Vorschlag natürlich sehr süß fand, aber Träumereien brachten uns nicht weiter.

Und dann war es sowieso zu spät, und sie ließen niemanden mehr das Land verlassen.

Während ich also um meine Brüder bangte, ging ich weiter meiner Tätigkeit im Schuhgeschäft nach, nahm an den Treffen und Veranstaltungen beim Bund Deutscher Mädel teil, traf mich mit Uschi und verfolgte die Nachrichten. Die Zeitungen verkündeten nun täglich neue Schreckensmeldungen. Und der Führer verkündete immer neue Gesetze für die Juden.

Im Schuhhaus durften wir sowieso schon keine Juden mehr bedienen, die meisten Geschäfte zierten Schilder mit der Aufschrift »Juden unerwünscht« oder »Juden ist der Zutritt verboten«.

Den Juden wurde immer mehr verwehrt: Sie durften nicht mehr mit der Straßenbahn, dem Auto oder dem Fahrrad fahren, in kein Theater, Kino oder Schwimmbad mehr gehen, ja nicht mal mehr zur Schule. Jeden Tag kam ich auf dem Weg zur Arbeit an mehreren Parkbänken vorbei, die ein Schild trugen: »Nur für Arier!«

Einmal, als ich mich mit Uschi in der Innenstadt traf, wurden wir Zeugen eines schrecklichen Vorfalls. Wir wollten uns ein paar neue Sachen für den Sommer kaufen, ein hübsches Kleid vielleicht oder einen Rock. In der Mönckebergstraße beobachteten wir zwei NS-Männer dabei, wie sie einen Juden verprügelten und ihn dann wegschleppten. Nur weil er seinen Judenstern nicht sichtbar getragen hatte!

Das machte uns große Angst, auch wenn es natürlich nicht der erste Vorfall dieser Art gewesen war, den wir mit angesehen hatten. Solche Dinge kamen nun täglich vor. Seit Hitler im letzten Jahr das Gesetz erlassen hatte, dass alle Juden ab sechs Jahren einen gelben Stern auf der linken Brust tragen mussten, war alles nur noch schlimmer geworden.

Viele Juden verschwanden in dieser Zeit. Wir wussten nicht, wohin. Wir hörten etwas von Arbeitslagern, weiter nachzufragen trauten wir uns aber nicht. Aus Angst. Aus Scham. Aus Erleichterung, dass es uns weiterhin gut ging.

Na ja, gut war relativ. Denn auch für alle anderen brachte der Krieg viel Elend mit sich. Und Hunger. Mir und meiner Familie ging es insofern gut, dass wir immer noch unsere Kartoffeln, unser Obst und Gemüse hatten, während bei anderen die Lebensmittel knapp wurden. Meine Mutter, Annemie und ich machten fleißig Stachelbeeren, Mirabellen und Schattenmorellen ein und stapelten die Gläser, weil niemand wusste, was noch kommen sollte.

In diesen harten Zeiten bekam ich dann auch endlich meine Tage. Meine Mutter schnitt mir Fetzen alter Kleidung zurecht, die ich mir in meine Unterhose band.

Als ich Uschi davon erzählte, umarmte sie mich.

»Jetzt bist du endlich auch eine richtige Frau!«, sagte sie.

Ja, das war ich. Und es bedeutete, dass ich nun ein Baby hätte bekommen können. Doch wer wollte in Kriegszeiten schon ein Baby bekommen? Außerdem hatte ich noch nicht vor, mit Werner zu schlafen, das wollte ich mir für die Ehe aufbewahren. Allerdings wagte ich es nicht, schon allzu viel von einer glücklichen, gemeinsamen Zukunft zu träumen, weil Träume in diesen Zeiten doch nur Trugbilder waren.

Nur wenige Wochen später erhielt Werner den Einberufungsbescheid. Auch er sollte nun Soldat werden und kämpfen, für unser Land, für unser Volk, für unseren Führer. Ich konnte all das nicht mehr hören, was ich natürlich nicht laut aussprechen durfte, denn sonst wäre ich am Ende auch noch verschwunden.

»Bitte pass auf dich auf, Werner«, sagte ich unter Tränen, als wir uns voneinander verabschiedeten.

Werner hatte ebenfalls Tränen in den Augen, die er sich schnell wegwischte. »Hab keine Angst, Lisa. Ich komme zurück zu dir, was es auch kostet.«

Ich wollte ihm so gerne glauben, wusste aber, dass es nicht in meiner oder seiner Macht lag.

»Denkst du auch immer an mich?«, fragte ich ihn.

»Immer. Und du musst an mich denken, wenn du Salmis isst oder unser Lied irgendwo hörst.«

»Das werde ich. Und auch sonst in jeder Sekunde.«

»Vielleicht können wir ja etwas vereinbaren. Jeden Abend um neun singen wir beide unser Lied vom Äpfelklauen, und denken dabei ganz fest an den anderen. So werden wir einander niemals vergessen.«

»Wie könnte ich dich denn je vergessen, Werner?«, fragte ich.

»So gehen wir auf Nummer sicher. Ja? Bist du einverstanden?«

Ich nickte. Ja, das war ich.

»Schreibst du mir, so oft du kannst?«, bat ich meinen Liebsten.

»Ich verspreche es«, sagte Werner und hielt mich so fest, dass mir die Luft wegblieb. Aber Luft zum Atmen brauchte ich ohnehin nicht mehr. Denn wie sollte ich weiterleben ohne meinen Werner?

Ich wusste jetzt schon, dass ich in ständiger Sorge sein würde, bis er wieder bei mir war. Falls er denn überhaupt zurückkam.

»Ich liebe dich, Werner«, sagte ich.

»Ich liebe dich, Lisa«, sagte auch er und küsste mich, als wäre es das letzte Mal.

*

Ich habe Tränen in den Augen. Kann mir nicht einmal ansatzweise vorstellen, wie schwer es für die beiden gewesen sein muss, einander loszulassen und vor allem nicht zu wissen, wann und ob sie sich je wiedersehen würden.

»Tut mir so leid, dass ihr das durchmachen musstet«, sage ich und kann nur mit Mühe einen Schluchzer zurückhalten.

»Ich habe selten einen schlimmeren Moment erlebt«, sagt Oma. Dann wandert ihr Blick zum Fenster, und sie schweigt.

Ich glaube, das war es für heute, und das ist vollkommen okay. Es war sicher nicht leicht für Oma, mir all das zu erzählen, und vielleicht braucht sie ein bisschen Ruhe.

»Danke, Oma«, sage ich deshalb nur. »Danke, dass du mich hast teilhaben lassen an eurem Abschied.«

Oma reagiert erst gar nicht, sieht immer noch aus dem Fenster, doch irgendwann nickt sie. »Du wolltest es ja so.«

Sofort habe ich ein schlechtes Gewissen. »Wenn du mir nichts mehr über diese Zeiten erzählen möchtest, dann ist das in Ordnung, Oma. Wir können es auch dabei belassen.«

Das können wir wirklich. Ich habe mehr erfahren, als ich zu hoffen gewagt hatte. Natürlich würde ich noch gerne hören, wie Opa ins Gefangenenlager gekommen ist und wie die beiden nach dem Krieg wieder zusammengefunden haben. Aber wenn das alles gewesen sein soll, dann kann ich gut damit leben.

Doch auf Omas Gesicht erscheint plötzlich ein Lächeln, wenn auch ein trauriges. Sie wendet ihren Kopf in meine Richtung und sagt: »Ach, weißt du, Ela, ehrlich gesagt finde ich es schön, wieder mal daran zurückzudenken. Das habe ich eine ganze Zeit lang vermieden, jetzt aber glaube ich, ich sollte es hin und wieder mal tun.«

Ich freue mich. Für Oma. Weil sogar sie etwas davon hat, dass sie mir diese Geschichten erzählt. Weil ich nun weiß, sie tut es nicht nur für mich, sondern auch für sich selbst.

Ich lehne mich zu ihr hinüber und küsse meine Oma auf die Wange. »Danke«, sage ich und freue mich schon aufs nächste Mal.

WERNER

Ich sitze an meinem Schreibtisch und schreibe am neuen Kurzroman. Er handelt von zwei besten Freundinnen im Zweiten Weltkrieg, von der eine Jüdin ist und mit ihrer Familie nach Amerika flieht. Inspiriert hat Oma mich dazu, mit ihrer wunderbaren Freundschaft zu Uschi und mit ihren Erzählungen vom Krieg, davon, wie es damals für die Juden und auch für alle anderen war. Eine gute Idee eigentlich, aber kein Stoff für einen Dreihundert-Seiten-Roman. Nach vier Seiten mache ich Schluss für heute und nehme wieder einmal die Bilder in die Hand. Die verblassten Fotopostkarten, die mein Opa aus dem Krieg geschickt hat. Um mich herum habe ich meine Notizen liegen, doch so sehr ich mich anstrenge, will mir noch immer nicht die perfekte Lovestory einfallen.

Ich frage mich, warum. Wieso funktioniert es auch jetzt noch nicht, obwohl ich inzwischen so viel Inspiration in Sachen Liebe sammeln konnte?

Ich kann noch immer kaum glauben, wie sehr Oma sich bei meinem letzten Besuch geöffnet hat. Wie viel leichter es ihr auf einmal zu fallen schien, an die Kriegszeiten zu denken und ihre Erinnerungen sogar mit mir zu teilen. Ich kann nicht in Worte fassen, was mir das bedeutet und wie dankbar ich bin. Und doch bringt es mich, was meine fiktive große Liebesgeschichte angeht, kein bisschen weiter.

Zudem bin ich heute extrem müde, weil ich gestern Abend viel zu lange wach war. Ich wollte unbedingt *Stolz und Vorurteil* zu Ende lesen, weil es einfach so romantisch war. Und auch wenn ich den Film kenne und wusste, wie es ausgeht, habe ich doch sehnsüchtig darauf gewartet, dass Lizzy Bennet ihren Mr. Darcy endlich bekommt.

Den Film habe ich vor einigen Jahren mit Oma gesehen. Wir haben uns früher oft Filme angeschaut, die in anderen Zeiten spielen. *Vom Winde verweht* zum Beispiel, *Doktor Schiwago* oder *My Fair Lady*. Oma mochte diese großen Liebesgeschichten immer genauso gerne wie ich, vielleicht, weil sie selbst eine solche erlebt hat.

Ich blicke auf die Uhr auf meinem Laptop-Bildschirm und erkenne, dass es Zeit ist, mich aufzumachen. Es ist immerhin Mittwochvormittag, und Oma wartet sicher schon.

Eine halbe Stunde später gehe ich den Gang in der zweiten Etage des Seniorenheims entlang. Als ich Omas Tür erreiche, höre ich ihre Stimme und kann nicht eintreten wegen dem, was sie gerade erzählt. Ihrer Zimmernachbarin, wenn ich raten müsste, denn durch die halb offene Tür sehe ich deren Füße am Ende ihres Bettes. Ich blicke mich um, doch erstaunlicherweise bin ich heute die Einzige im Gang, und deshalb bleibe ich einfach stehen und lausche.

»Wie oft muss ich an meinen Liebsten denken. An meinen Werner. Den besten Mann, den ich mir hätte wünschen können. Er war gütig. Hatte ein großes Herz. War ein guter Vater und Opa. Wie viele schöne Tage haben wir miteinander verbracht, wie viele Ausflüge und Reisen unternommen. Wie oft haben wir abends beim *Musikantenstadl* zusammengesessen und lieb gewonnene Lieder mitgesungen. Wie oft haben wir einander angesehen und dem

Himmel dafür gedankt, dass wir es bis hierher geschafft haben.«

Mir steckt ein dicker Kloß im Hals, während Oma auf ihrem eigenen Bett liegt oder sitzt – ich kann es von hier aus nicht sehen – und Lotti von meinem Opa erzählt. Von ihrem Werner, ihrer einzig wahren Liebe. Ich mag mir nicht einmal vorstellen, wie das ist, auf einmal ohne diesen Menschen zu sein. Ihn so sehr zu vermissen und doch tapfer durchzuhalten – weil er es so gewollt hätte.

Ich trete noch immer nicht ein, weil ich Oma in ihrer Erzählung nicht stören möchte, und ich gehe auch nicht weg, weil ich so gerne hören möchte, was sie zu erzählen hat.

»Siehst du das Foto auf meinem Tisch?«, sagt Oma zu Lotti. »Es zeigt Werner bei einem unserer Ausflüge, vielleicht war es in Travemünde oder Kiel, auf jeden Fall sieht er glücklich aus, findest du nicht? Und weißt du was? Ich war es auch. Werner hat mich glücklich gemacht. Wir waren arm damals und hatten nichts, doch ich habe keinen einzigen Tag bereut, seine Frau geworden zu sein.«

Eine Träne läuft mir über die Wange, und ich muss schwer schlucken. Möchte meine Oma so gerne umarmen. Und weil sie nichts mehr sagt und ich annehme, dass sie ihre Erzählung nun beendet hat, trete ich ein.

»Ela!«, sagt sie und lächelt mir zu. Dann rappelt sie sich auf und schwingt ihre Beine über den Bettrand, um mir die Hand zu schütteln. Ich gebe ihr einen Kuss und setze mich zu ihr. Dabei fällt mein Blick auf Lotti, die friedlich in ihrem Bett schlummert.

Mit einem Fragezeichen im Gesicht wende ich mich an Oma. »Lotti schläft? Ich hatte eben Stimmen gehört und dachte, ihr würdet euch unterhalten.«

»Ach, die schläft schon eine ganze Weile«, sagt Oma, und jetzt verstehe ich. Sie hat die Geschichte über meinen Opa gar nicht Lotti erzählt, sondern die Dinge einfach nur mal wieder laut ausgesprochen. Damit sie nicht in Vergessenheit geraten. Der Kloß in meinem Hals wird immer dicker.

Ich kann nicht anders, als meine Oma endlich zu umarmen. Ganz fest, und doch so behutsam wie möglich.

Sie lacht. »Womit hab ich das denn verdient?«

»Weil du die beste Oma der Welt bist«, sage ich.

»Na, das hört man doch gerne«, erwidert Oma, dann fragt sie mich, wie es mir, Ali und den Kindern geht, und wir unterhalten uns auf die übliche Art und Weise.

»Wie geht es Gerda?«, frage ich nach einer Weile.

»Sie bekommt nächste Woche ihr künstliches Knie und hat ganz schön Angst vor der Operation«, informiert Oma mich.

»Das kann ich mir vorstellen, die Arme.«

Oma betrachtet mich. »Hast du eine neue Frisur?«

Ich befühle mein dunkelbraunes Haar. »Es ist nur ein bisschen kürzer.«

»Steht dir gut.«

»Danke.« Ich lächle Oma an, dann hole ich die Pralinen heraus, die ich ihr mitgebracht habe, und sie freut sich.

»Da weiß ich ja, was ich heute Nachmittag beim Fernsehen naschen werde.«

»Was gibt es denn im Fernsehen?«, erkundige ich mich.

»Eine Dokumentation über Elefanten. Das klang ganz interessant, als sie es gestern angekündigt haben.«

»Na, das hört sich doch gut an. Willst du die Doku zusammen mit Lotti gucken?«

»Ach, weißt du, Lotti schläft die meiste Zeit nur noch. Es ist ein Jammer, wie es bergab mit ihr geht.«

Ich sehe wieder zu Lotti rüber, die noch immer vor sich hin träumt, Ich hoffe, von besseren Zeiten. Es muss schlimm sein, wenn man nicht mehr all die Dinge machen kann, die man gern machen würde. Lotti hat mir mal erzählt, dass sie früher geritten ist. Und dass sie viel gereist ist. Jetzt den lieben langen Tag im Bett zu liegen, muss wirklich deprimierend sein. Zum Glück hat man seine Erinnerungen, denke ich oft, nur leider werden die dem einen oder anderen irgendwann auch noch genommen.

Es klopft an der Tür, und Olga tritt ein.

»Hallo, Lisa, ich bringe Ihnen Ihre Wäsche!« Die Pflegerin hat einen Stapel frischer Kleidung dabei, die sie Oma gleich in den Schrank legt. »Die neuen Unterhosen haben ein Etikett bekommen«, erzählt sie mir.

»Oh, super. Danke, dass Sie sich darum gekümmert haben.«

»Na, dazu bin ich doch da, oder?« Olga zwinkert mir zu.

Ich hoffe wie immer, sie stößt beim Einsortieren der Wäsche nicht auf Omas Vorrat an Marmeladenschälchen, die sie, wie ich weiß, auch hier und da im Kleiderschrank versteckt hat. Ich glaube nicht, dass Olga etwas sagen würde, aber unangenehm wäre es mir schon. Nicht meinetwegen, aber wegen Oma. Ich möchte nicht, dass man denkt, sie tue das, weil sie dement sei oder Ähnliches. Denn das ist sie nicht, ganz im Gegenteil: Sie ist noch bei sehr klarem Verstand. Nur hat sie halt einen Weltkrieg durchgemacht, und der hat seine Spuren hinterlassen. Spuren, die bis heute andauern.

Aber eine Minute später ist Olga schon fertig und schließt den Kleiderschrank, den ebenfalls ein Schild mit Omas Namen ziert.

Sie sieht kurz rüber zur schlafenden Lotti. »Wie geht es

Ihnen, Lisa?«, fragt sie dann und tritt einen Schritt näher an uns heran.

»Mir geht es gut«, sagt Oma und grinst. »Wollen Sie einen Witz hören?«

»Ja, na klar!«

»Wie sortieren Männer ihre Wäsche?«, fragt Oma.

»Na, sagen Sie schon!«, fordert Olga sie schmunzelnd auf.

»In zwei Haufen: *schmutzig* und *schmutzig, aber noch tragbar.*«

Olga lacht, und Oma und ich müssen mitlachen.

Lotti rührt sich kurz, macht aber die Augen nicht auf.

»Und? Was haben Sie heute noch Schönes vor?«, fragt Olga dann, als ob Oma im Normalfall nachmittags das Heim verlassen und ins Kino oder shoppen gehen würde.

»Heute Nachmittag will ich mir eine Dokumentation über Elefanten angucken.«

»Na, das klingt spannend«, sagt Olga. »Haben Sie Ihrer Enkelin schon erzählt, dass wir bald in den Tierpark fahren?«

»Nein, noch nicht«, sagt Oma.

»Ehrlich?«, frage ich. »Nach *Hagenbeck*?«

»Ja.« Oma strahlt. Ich weiß, wie gerne sie die Elefanten besucht.

»Brauchen Sie noch etwas?«, fragt Olga.

»Nein, danke, ich bin versorgt«, antwortet Oma.

»In einer Stunde gibt es Mittagessen. Heute gibt es Erbsensuppe.«

»Die mag ich«, sagt Oma. »Obwohl ich nicht sagen kann, wann ich die zuletzt gegessen habe. Muss eine halbe Ewigkeit her sein.«

»Nein, nein, so lange ist das gar nicht her. Letzte Woche hatten wir auch schon welche«, meint Olga.

Und mir wird ein wenig mulmig. Weil das doch wirklich

noch gar nicht lange her ist. Kann Oma das tatsächlich vergessen haben? Ich schüttle den Gedanken, dass die Altersdemenz auch sie so langsam heimsuchen könnte, schnell ab. Weil Oma doch noch fit ist. Weil sie doch hundert werden will.

»Dann bis später«, sagt Olga und ist schon wieder aus dem Zimmer.

»Bis später«, flüstere ich.

»Alles gut?«, fragt Oma und sieht mich ein wenig besorgt an.

Ich nicke und lächle. »Ja, na klar. Ich habe übrigens noch lange an die Geschichte denken müssen, die du mir beim letzten Mal erzählt hast«, wage ich mich vor. Denn ich möchte so gerne wissen, was geschah, nachdem Lisa und Werner sich trennen mussten.

»Die vom Krieg?«, fragt Oma. »Von unserem Abschied?«

Puh. Ich atme innerlich aus. Omas Erinnerung ist noch immer ganz wunderbar vorhanden.

»Ja genau. Die von eurem Abschied.«

»Möchtest du noch mehr hören?«, fragt sie, und ich denke: *Sie will mir wirklich noch mehr erzählen!* Und dann: *Eine Stunde haben wir noch.*

»Sehr gerne«, antworte ich glückselig und spitze die Ohren.

BRIEFE

Liebe Lisa,

ich hoffe, es geht Dir gut. Ich muss immer an Dich denken und hoffe, Du auch an mich. Wir sind so weit voneinander entfernt, und mein einziger Trost ist der Gedanke daran, dass wir bald wieder zusammen sein werden. Dieser Krieg muss doch irgendwann einmal vorbei sein!
Vielleicht klingt es schmalzig, Lisa, aber Du bist meine Hoffnung. Du bist meine Liebe. Wenn ich Dich nicht hätte, die zu Hause auf mich wartet, wäre ich hier verloren.
Es ist hier in Norwegen natürlich nicht so schlimm wie anderswo. Immerhin ist das Land bereits von den Deutschen erobert, wir Besatzungstruppen müssen nur die Landsleute bewachen, aufpassen, dass sie sich nicht nach Schweden absetzen, nichts schmuggeln, keine Unruhe stiften. Und wir müssen auf der Hut sein. Denn viele Norweger sind voller Hass auf uns Deutsche, weil wir ihr Land eingenommen haben, ihre Häuser beschlagnahmt und ihnen ihre Radios entwendet haben. Weil wir ihnen die Lebensmittel rationieren. Es kam jetzt schon mehrmals zu Anschlägen, bei denen wir Widerstandskämpfer inhaftieren mussten, die sich im Untergrund zusammentun. Aber es ist allemal besser, als irgendwo im Schützengraben zu liegen.

Mach Dir also keine Sorgen, ich bin wohlauf. Ich verspreche, gut auf mich aufzupassen. Pass Du bitte auch auf Dich auf.
Es ist zu uns durchgedrungen, dass es in Deutschland mehr und mehr Bomben hagelt. Ich bin schrecklich besorgt um Dich. Wenn Du die Sirenen hörst, dann lauf bitte so schnell Du kannst zum nächsten Bunker. Bitte tu nichts Leichtsinniges, bring Dich einfach nur in Sicherheit.
Wie läuft es auf der Arbeit? Können die Leute es sich immer noch leisten, Schuhe zu kaufen? Benötigen sie ihr Geld nicht viel mehr für Lebensmittel und warme Kleidung, Decken und Kohle? Hier ist es eisig kalt. Ich hoffe, Du musst nicht zu sehr frieren. Wie gerne würde ich jetzt in der warmen Backstube stehen und Brötchen backen. Der Beruf des Soldaten ist nichts für mich, aber ich werde es schon durchhalten – mit Dir in Gedanken.
Hältst Du Dich noch an unser Versprechen? Singst Du jeden Abend um neun unser Lied? Vielleicht war es eine dumme Idee, es ist immerhin ein Kinderlied. Aber es war auch immer schon unser Lied, und mir hilft es sehr. Jeden Tag freue ich mich darauf, dass es neun Uhr abends wird. Und oftmals bilde ich mir sogar ein, über all die Entfernung Deine Stimme zu hören. Ich hoffe, wir werden daran festhalten, unser Lied getrennt voneinander zu singen, bis wir es eines schönen Tages wieder zusammen singen können.
Ich vermisse Dich sehr und habe bereits Heimaturlaub beantragt. Leider wird er bisher nur den verheirateten Soldaten genehmigt, damit sie eine kurze Weile bei ihren Frauen und Kindern sein können. Doch ich gebe die Hoffnung nicht auf. Drück uns die Daumen, dass wir bald wieder beisammen sind.

In Liebe
Dein Werner

*

Mein Liebster,

ich bin so erleichtert, zu hören, dass es Dir gut geht. Auch wenn es mir schrecklich leidtut, dass Du frieren musst. Unser Winter ist auch sehr kalt, und ich habe mir gerade neue gefütterte Stiefel zugelegt, weil meine schon so abgenutzt waren. Schuhe werden nach wie vor gekauft, manchmal habe ich das Gefühl, die Leute versuchen, an ihrem ganz normalen Leben festzuhalten und den Krieg irgendwie auszublenden. Doch dann geht die nächste Sirene los, und sie werden wieder in die Realität zurückgeholt.

Natürlich bin ich vorsichtig und bringe mich immer gleich in Sicherheit. Bitte mach Dir keine Sorgen um mich. Ich passe auf mich auf. Und auch für mich ist es ein Trost, zu wissen, dass wir uns eines schönen Tages wiedersehen werden, der sich hoffentlich nicht in allzu ferner Zukunft befindet.

Beim Bund Deutscher Mädel müssen wir jetzt in endloser Zahl Strümpfe und Handschuhe stricken, um sie den Soldaten an der Front zu senden. Uschi und ich haben Pakete an unbekannte Soldaten geschickt und hoffen, wir konnten ihnen in diesen schweren Zeiten eine Freude machen. Natürlich lege ich Dir auch einige Paar warme Strümpfe bei, falls Du sonst noch etwas brauchst, lass es mich bitte wissen.

Ich habe vor ein paar Tagen Deine Familie besucht. Hedi und Hilde lassen Dich grüßen, sie vermissen Dich ebenfalls sehr. Und Deine Mutter ist krank vor Sorge. Um Dich und um Egon. Sie betet ununterbrochen, dass Ihr heil nach Hause kommt.

Von meinen Brüdern habe ich lange nichts gehört. Artur ist wohl immer noch in der Sowjetunion, Grete und die beiden kleinen Mädchen sorgen sich sehr um ihn. Und Walter ist wer weiß wo. *Immer wieder hören wir von deutschen Soldaten, die im Ausland gefallen sind, und jedes Mal empfinden wir zwar großes Mitleid, aber auch ein klein wenig Erleichterung, weil es nicht unsere eigenen Männer getroffen hat.*

Oh, Werner, wann wird das alles endlich vorbei sein? Ich zähle die Stunden und Minuten, bis wir wieder beisammen sind, und selbstverständlich halte ich an unserem Versprechen fest und singe jeden Abend um neun unser Lied. Das werde ich bis zu dem Tag tun, an dem ich Dich wieder in meinen Armen halte. Weißt Du, Werner, manchmal, da bedaure ich es, dass ich Dir nicht mehr von mir gegeben habe. Was, wenn wir uns nun niemals wiedersehen? Doch dann denke ich, vielleicht ist es so vorherbestimmt, und vielleicht sollten wir es uns aufsparen, bis die Welt wieder im Lot ist und die Zeiten wieder froh. So haben wir wenigstens etwas, auf das wir uns freuen können. Ich sehne den Tag herbei, an dem wir wieder beisammen sind. Bitte gib auf Dich acht und schreibe mir bald zurück.

In ewiger Liebe
Deine Lisa

LIEBESGESCHICHTEN

Es ist Montag, ich sitze an meinem Schreibtisch, die Wohnung ist ganz ruhig. Neben mir steht ein Becher Pfefferminztee, der bereits kalt ist, und es liegen wie so oft in letzter Zeit die alten Fotos meiner Großeltern vor mir, die ich mir immer wieder ansehe, weil sie mir so unglaublich nahegehen.

Letzte Nacht habe ich wach gelegen und an die beiden denken müssen. An ihre einzigartige Liebesgeschichte. An den Krieg, der sie so weit voneinander entfernt hat, an das Lied, das sie jeden Abend gesungen und an die Briefe, die sie einander geschickt haben.

Gleich als ich aufgestanden bin, habe ich ein paar neue Ideen notiert, und nachdem ich Kimmy zur Schule gebracht habe, die sich zum Glück keine zehn Minuten von uns befindet, habe ich mich wieder an den Laptop gesetzt. Ich weiß, ich müsste mal wieder staubwischen, und vielleicht sollte ich ein paar Dinge im Supermarkt besorgen, doch das alles hat Zeit bis später. Jetzt muss ich schreiben, will wenigstens versuchen, etwas zu Papier zu bringen.

Zu Papier ... so sagt man das auch heute noch so schön, obwohl ich natürlich nur auf meiner Tastatur tippe. Doch dabei fallen mir erneut die Briefe ein, von denen Oma mir beim letzten Mal erzählt hat. Wie gerne hätte ich sie gelesen, doch leider kann sie mir nicht sagen, wo sie geblieben sind.

Sie wären immerhin schon fast siebzig Jahre alt. Ich bin nur froh, dass ich diese Fotos habe, dass die beiden damals so viele Momente festgehalten haben, um ihre Nachwelt daran teilhaben zu lassen.

Ich nehme eins der Fotos in die Hand. Darauf sind die junge Lisa und der junge Werner in Sommerkleidung abgebildet. Sie stehen in einem Garten und sehen sehr verliebt aus. Am liebsten würde ich die Geschichte der beiden aufschreiben, doch erstens weiß ich dafür noch viel zu wenig über ihre gemeinsame Vergangenheit, und zweitens wäre Oma bestimmt nicht damit einverstanden. Denn bis vor Kurzem wollte sie ja nicht einmal mir gewisse Dinge erzählen. Zudem weiß ich mit Sicherheit, dass ich das gar nicht könnte, den beiden niemals gerecht werden könnte. Dafür bin ich noch nicht erfahren genug, nicht kompetent genug, und werde es vielleicht niemals sein.

Aber ich kann versuchen, eine eigene Geschichte zu erfinden. Vor ein paar Tagen habe ich ein weiteres Jane-Austen-Buch begonnen. *Überredung*, das mir fast noch besser gefällt als *Stolz und Vorurteil*. Und ich habe mir überlegt, dass ich doch etwas in der Richtung schreiben könnte. Etwas über zwei Menschen, die aufgrund von Stolz oder familiären Widerständen nicht zusammenkommen können, aber Jahre später doch noch zueinanderfinden. Ich straffe also meinen Rücken, und ich schreibe einen ersten Satz. Doch den lösche ich gleich wieder. Schreibe einen neuen, der auch keine zehn Sekunden überlebt.

Warum will es mir nur so schwerfallen?

Die Kurzromane habe ich problemlos niedergeschrieben, die Kurzgeschichten sowieso. Warum verwerfe ich hier aber jede Idee, die ich habe? Was hält mich nur davon ab, einfach draufloszutippen und eine wunderbare, umfangreiche, einzigartige, große Lovestory zu schreiben? Ist es etwa meine eigene Angst? Davor, dass ich damit wieder keinen Verlag überzeugen kann? Oder davor, herauszufinden, dass ich doch nicht die Autorin bin, die ich so gerne sein möchte?

Ich wage noch ein paar Versuche, doch irgendetwas hemmt mich. Irgendwann sehe ich auf die Uhr. Es ist gleich halb elf, und ich weiß, das mit dem Schreiben wird heute nichts mehr. Vielleicht setze ich mich abends noch mal ran. Vielleicht arbeite ich dann an dem Kurzroman über die beiden Freundinnen im Zweiten Weltkrieg weiter, der schon halb fertig ist und den ich auch wieder zum Verkauf ins Internet stellen werde, wo das so einfach geht. Doch jetzt möchte ich noch kurz bei Oma vorbeischauen, wenigstens für eine Stunde. Weil mich ihre Erzählungen nicht mehr loslassen, die wie Puzzleteile sind, die sich Stück für Stück zu einem großen Ganzen zusammenfügen. Zur wundervollsten Liebesgeschichte, die die Welt je gesehen hat – zumindest in meinen Augen.

Ich klappe den Laptop zu, schlüpfe in meine Schuhe, ziehe mir die Jacke über und eile zur Bushaltestelle, um so schnell wie möglich bei Oma zu sein. Heute habe ich leider nichts für sie dabei, aber vielleicht freut sie sich ja darüber, dass ihre bewegte Vergangenheit mich inspiriert und mir weiterhilft – zumindest schon mal in der Theorie.

Als ich ihr Zimmer betrete, lächelt sie mich wie immer an. Sie schüttelt meine Hand, und ich küsse sie auf die Wange. Sie fragt nach Ali und den Kindern, ich nach Lotti, Inge und Gerda, und dann erzähle ich ihr von der großen Liebesgeschichte, die ich schreiben möchte, und dass ich schon so kurz davor bin. Sie quasi schon greifen kann und nur noch den letzten Tropfen brauche, der das Fass füllt. Das Fass, in das ich mit Körper, Geist und Seele eintauchen muss, weil darin mein volles Potenzial steckt. Irgendwo am Boden. Ich muss nur danach suchen.

»Das klingt ja wunderbar, Ela. Ich hoffe, ich bekomme sie bald zu lesen.«

»Du wirst die Allererste sein«, verspreche ich.

Ich sehe rüber zu Lottis leerem Bett und dann wieder zu Oma. »Du, Oma, wir haben heute leider nicht so viel Zeit. Ich wollte aber unbedingt sehen, wie es dir geht, und dich fragen, ob du mir vielleicht wieder ein bisschen was von Opa und dir erzählen magst. Nicht nur, weil ich noch mehr über euch erfahren möchte, sondern auch, weil es mir vielleicht helfen würde, was mein Buch angeht.«

»Was möchtest du denn hören?«

»Du hast mir doch beim letzten Mal von den Briefen erzählt, die ihr euch im Krieg geschrieben habt. Als Opa in Norwegen stationiert war. Ich würde gern wissen, wie es dann weiterging. Habt ihr euch weiter geschrieben? Und wann ist er dann nach England gekommen?«

Oma grinst mich an. »Na, du hast aber viele Fragen.«

»Es interessiert mich einfach sehr. Ich finde eure Liebesgeschichte so wunderschön und auch so inspirierend.«

»Na, dann will ich dir mal erzählen, wie es weiterging«, sagt Oma und holt aus.

VERWUNDUNG

Frühjahr 1943

Ich war gerade dabei, zusammen mit meiner Mutter Wäsche auf die Leine zu hängen, als der Briefträger kam.

»Ich habe Post aus dem Ausland für Sie dabei, Fräulein Räth!«, rief er mir vom Tor aus zu, weil er wusste, dass ich sehnsüchtig auf den nächsten Brief von Werner wartete. Er war noch immer in Norwegen stationiert und hatte mir bereits einige Briefe geschrieben, die ich wieder und wieder gelesen hatte. Der Winter war eisig gewesen und hatte den Soldaten viel abverlangt. Ich wünschte, ich hätte meinem Liebsten ein wenig Wärme schicken können.

Der Hamburger Winter war auch kalt gewesen und voller Entbehrungen. Zudem hatten sie erst kürzlich unseren Nachbarn Herrn Rothschild abgeholt. Einen kleinen Koffer hat er mitnehmen dürfen und wurde dann auf den Wagen geschickt, auf dem schon mehrere andere Menschen warteten, um fortgebracht zu werden. Wohin, konnten wir nur vermuten. In eins dieser Arbeitslager vielleicht oder nach Palästina, wo ein neuer jüdischer Staat errichtet werden sollte, wie es hieß.

»Tu doch etwas, Papa«, habe ich meinen Vater angefleht, der still neben mir stand.

Doch er hatte nur geantwortet: »Wir können nichts tun,

Lisa. Wir dürfen uns da nicht einmischen, sonst sind wir die Nächsten.«

Ich hatte in letzter Zeit von mehreren Leuten gehört, die Juden geholfen oder sie sogar versteckt hatten. Und ich hatte ebenfalls gehört, was ihnen widerfahren war, weil sie sich dem Führer und seinen Gesetzen widersetzt hatten. Wir hatten ihm zu folgen, so einfach war das, alles andere war vergebens. Also folgten wir.

Werner, der in der Ferne und ohne seine Liebsten ausharren musste, hatte seit Monaten nicht geschrieben. Ich hatte mich schon bei seinen Schwestern erkundigt, ob sie etwas gehört hätten, da ich mir inzwischen wirklich große Sorgen machte. Leider wussten sie genauso wenig wie ich.

Jetzt aber hielt ich endlich einen Brief in der Hand, der mir Auskunft geben sollte. Ich öffnete den Umschlag, las mit zittrigen Händen – und setzte mittendrin aus, um mir vor Schreck eine Hand an die Lippen zu legen.

*

Meine Oma bricht auch im Hier und Jetzt ab. Hält sich die Hand vor den Mund. In ihren Augen erkenne ich den Schrecken und die Angst, die sie damals gefühlt haben musste.

Ich will unbedingt erfahren, was dann geschah.

Was stand in dem Brief? Was war passiert?

»Oma?«

Sie sieht mich an. Einen Moment frage ich mich, ob sie weiß, wo sie sich befindet. Und dass alles gut ist. Dass der Krieg vorbei und sie in Sicherheit ist.

»Geht es dir gut? Möchtest du ein Glas Wasser?«

»Ja, bitte, Ela«, sagt sie, und ich gehe ihr eins holen.

Ich reiche es ihr, und sie hält es. Trinkt einen Schluck.

Stellt es ab. Scheint noch immer ganz woanders zu sein. Im Garten ihres Elternhauses, bei der Wäscheleine, mit dem Brief in der Hand.

»Oma, du musst nicht weitererzählen. Lass uns gerne über etwas anderes reden«, sage ich und blicke zur Uhr. Es ist eh bald Zeit fürs Mittagessen.

Oma schweigt noch immer. Und sie hat noch immer diesen Ausdruck in den Augen. So langsam macht es mir Angst.

Was zum Teufel ist denn damals nur geschehen?

»Oma? Soll ich dir von den Kindern erzählen? Kimmy hatte ein Fußballspiel, und er hat ein Tor gemacht.«

Endlich scheint Oma aus ihrer Trance zu erwachen.

»Das ist schön, Ela«, sagt sie und lächelt mich an.

Wow, das war heftig! So wundervoll es ist, endlich mehr zu erfahren, bin ich mir gerade nicht sicher, ob ich die ganze Wahrheit verkrafte.

Und doch wünsche ich mir nichts mehr, als dass Oma fortfährt.

Sie trinkt noch einen Schluck Wasser. Dann sagt sie: »Da war Kimmy sicher stolz, oder?«

Ich nicke.

»Nun …« Oma sieht zu dem goldenen Ring an ihrem rechten Ringfinger. »Soll ich weitererzählen?«

»Wenn du magst«, sage ich und mache mich auf das Schlimmste gefasst.

Und dann fährt Oma fort, als wäre nichts gewesen …

*

Da standen wir, während die Wäsche im Wind flatterte, und mir traten Tränen in die Augen.

»Lisa! Was ist passiert?«, fragte meine Mutter.

»Werner ... er wurde angeschossen«, brachte ich unter Tränen heraus.

»Wie schlimm ist es? Wo wurde er verwundet?«

Ich musste erst weiterlesen, um das zu erfahren, doch die Tränen, die unaufhörlich meine Wangen hinunterflossen, erlaubten es nicht. Also reichte ich meiner Mutter den Brief und bat sie, es mir zu sagen.

Sie las, und dann atmete sie auf. »Sein Fuß, Lisa, es ist nur sein Fuß. Die Kugel wurde erfolgreich entfernt. Er wird den Fuß nicht verlieren.«

Ich sackte auf den Boden. Hatte nie zuvor solche Erleichterung verspürt. Ich konnte nicht aufhören zu weinen.

»Lisa, beruhige dich. Es ist doch alles gut. Nun freu dich, dass es nicht schlimmer ist«, sagte meine Mutter. »Der Sohn von den Hübners ist in Frankreich gefallen, und dem Bruder von der Margot musste ein Arm abgenommen werden.«

»Ja, ich weiß, ich weiß«, erwiderte ich, und dennoch wollte der Schrecken nicht vergehen. Noch tagelang blieb er mir in den Knochen, bis ich es endlich schaffte, Werner zurückzuschreiben, der in einen Tumult geraten und dabei angeschossen worden war.

April 1943

Mein liebster Werner,

ich bin so erleichtert, von Dir zu hören. Was habe ich mir für Sorgen gemacht, nächtelang habe ich wach gelegen und an Dich gedacht. Habe gebetet, dass Du wohlauf bist und Dich bald meldest. Jetzt halte ich endlich Deinen Brief in Händen und weine vor Glück. Auch wenn es furchtbar ist, dass Du verwundet wurdest, bin ich doch froh, dass nur Dein Fuß getrof-

fen wurde und Du es heil überstehen wirst. Die Schmerzen, die Du durchleben musstest, kann ich mir nicht einmal vorstellen. Ich hoffe aber, Du weißt, dass ich an Dich denke und Dir Genesungswünsche und einen Kuss schicke, der es vielleicht schafft, dass Du Dich ein wenig besser fühlst.

Mir geht es gut. Meinen Eltern und Annemie auch. Es könnte nun jeden Tag so weit sein, dass ihr Kind zur Welt kommt. Ich werde wieder Tante, wenigstens eine schöne Sache in diesen schweren Zeiten.

Die Tage scheinen unendlich lang ohne Dich. Hamburg ist nicht mehr, was es mal war. So oft hören wir die Sirenen und müssen zum nächsten Bunker laufen. Ich träume sogar schon von diesem schrecklichen Geräusch. Von daher wünsche ich mir jeden Abend vor dem Zubettgehen, dass ich nur von Dir träumen werde und von dem Tag, an dem wir uns wiedersehen.

Wenn Du etwas haben möchtest, lass es mich bitte wissen, und ich sende es Dir zu. Auch wenn wir selbst nicht mehr viel haben. Aber ein Glas eingelegte Zwetschgen vom letzten Herbst finde ich bestimmt noch in der Kammer, und ein Stück Seife kann ich Dir sicher auch besorgen.

Womöglich wird es ja nun endlich was mit Deinem Heimaturlaub. Denkst Du, Du könntest einen Genesungsurlaub beantragen?

Bitte lass bald wieder von Dir hören. Ich denke Tag und Nacht an Dich und vermisse Dich ganz fürchterlich.

Ich hoffe, Du denkst auch an mich.

Bis wir uns wiedersehen,
Deine Lisa

*

Liebe Lisa,

vielen Dank für Deinen Brief, er hat mich sofort aufgeheitert, und ich habe ihn unter mein Kopfkissen gelegt und schnuppere immer daran, wenn ich mich nach Dir sehne. Danke, dass Du ihn mit Deinem guten Parfüm eingesprüht hast, so habe ich Dich noch ein bisschen näher bei mir. Danke auch für die getrockneten Gänseblümchen, die Du mir beigelegt hast. Ich wünschte, ich könnte Dir eine Hortensie schicken.

Ich liege noch immer im Lazarett, aber sie haben meinen Fuß gut zusammengeflickt, und ich hoffe, bald wieder laufen zu können. Die Krankenschwestern sind sehr nett. Das Essen ist ebenfalls gut, wenn ich auch die Kartoffelpuffer Deiner Mutter sehr vermisse. Bitte grüß sie von mir und gib dem neugeborenen Kind Deiner Schwester einen Kuss.

Ich wünsche mir mehr als alles andere, dass ich bald nach Hause kann, um Dich wieder in die Arme zu nehmen. Den Genesungsurlaub werde ich so bald wie möglich beantragen.

Bis dahin freue ich mich auf jeden Brief von Dir. Schicken brauchst Du mir nichts, ich bin mit allem versorgt. Nur, wenn Du vielleicht mal wieder ein Foto von Dir beilegen würdest, würde mich das sehr glücklich machen. Dann kann ich hier bei allen damit angeben, was für eine hübsche Freundin zu Hause auf mich wartet.

Dein für immer
Werner

*

Ich weiß nicht, was passiert ist, aber irgendetwas hat Omas heutige Geschichte bei mir ausgelöst. Noch während sie von der langen Trennung, den schrecklichen Ereignissen und den Briefen erzählt hat, wurde mir klar, dass ich unbedingt eine Geschichte schreiben möchte, die in der Vergangenheit spielt. Weil damals ohne Handys, ohne E-Mails, ohne Skype und so weiter noch alles ganz anders war. Oftmals hat man wochen- oder monatelang auf Antwort von seinem Liebsten warten müssen, hat gezittert und nicht gewusst, was geschehen war. Ist vor Sorge fast gestorben und hat vor Erleichterung Tränen vergossen, wenn dann doch alles gut war.

Jane Austen hat Handys nicht gekannt, ja, nicht einmal ganz normale Telefone. Sie hat nie ein Flugzeug betreten und niemals einen Film gesehen. Für wie verrückt hätte sie die Welt wohl gehalten, wenn sie einen Blick in die heutige Zeit hätte werfen können?

Und dann hab ich es endlich! Die perfekte, die absolut perfekte Idee! Ich weiß noch nicht, ob sie sich auch umsetzen lässt, aber ich muss es versuchen.

Unbedingt!

WITZE

Oma und ich sitzen im Gang. Gerda, die in zwei Tagen operiert wird, sitzt bei uns und erzählt von ihrer Tochter, die einen neuen Freund hat. Einen Langhaarigen mit zwei Katzen. Marie läuft wieder mal den Gang auf und ab, von Rosi ist heute merkwürdigerweise nichts zu sehen.

Nach einer Weile frage ich Oma, ob wir nicht runter ins Café gehen wollen. Sie sagt: »Ja, einen Kaffee könnte ich vertragen.«

Ich wünsche Gerda alles Gute für die OP, und wir machen uns auf.

Das Café befindet sich im Erdgeschoss gleich neben dem Eingang. Es ist immer gut besucht, vor allem nachmittags und am Wochenende. Sie bieten selbst gebackene Kuchen, Eis und ein paar Snacks an, und es gibt auch einen kleinen »Laden« für die Bewohner, der eigentlich ein einzelnes großes Regal ist, in dem die unterschiedlichsten Sachen beieinanderliegen: Schokoladentafeln neben Taschentuchpackungen, Zahnpasta neben Hustenbonbons, Duschgel neben Kugelschreibern. Wieder so eine Sache, an der man merkt, dass die Bewohner dieses Haus nur noch selten verlassen. Die meisten von ihnen gar nicht mehr.

Doch ich finde es ganz wundervoll, dass sie all das anbieten. Dass man sich hier in seiner ganz eigenen Welt bewegt und es einem an nichts fehlt. Das war einer der Pluspunkte, nach denen ich im letzten Jahr gegangen bin, als ich nach einem passenden Seniorenheim gesucht habe. Oma war wieder einmal im Krankenhaus. Zuvor war sie bereits in ihrem Gartenhäuschen gefallen, und wir mussten die Feuerwehr rufen, um die Tür aufzubrechen, da ich zwar einen Schlüssel besaß, Oma aber von drinnen abgeschlossen und ihren Schlüssel hatte stecken lassen. Ali hat sie gefunden. Er wollte sie an dem Morgen zum Arzt fahren, sie hat nicht aufgemacht, und er hat sie schließlich durchs Fenster entdeckt. Sie war gefallen, hat am Boden gelegen und konnte nicht mehr aufstehen. Danach musste sie eine Zeit lang im Krankenhaus bleiben und wurde dann zur »Reha« in ein Altersheim gesteckt, wo es ihr gar nicht gefallen hat – was ich gut verstehen konnte, denn dort hätte es mir an ihrer Stelle auch nicht gefallen. Es war ein kühler, herzloser Ort, an dem man sie den ganzen Tag lang in ihrem Zimmer sitzen und dort sogar essen lassen hat. Es tat mir in der Seele weh, sie so zu sehen, meine sonst so fröhliche, aufgeweckte Oma. Sie hat einfach nur wieder nach Hause gewollt, und nach einem gemeinsamen Gespräch mit der Heimleitung waren schließlich alle gewillt, es zu versuchen, wenn wir uns um einen Pflegedienst kümmern würden, der einmal am Tag nach ihr sah. Ich versprach, auch ganz oft vorbeizukommen, ihr etwas zu essen zu bringen und für sie einzukaufen, was ich ohnehin schon seit einer Weile tat. Ich fand also einen Pflegedienst, ließ das Schloss austauschen, damit man auch von draußen mit einem Schlüssel reinkam, wenn ihrer steckte, und Oma durfte endlich wieder in ihre Wohnung. Ihr Zuhause. Ihre eigenen vier Wände, in denen so viele Erinnerungen steckten. In denen sie glücklich war.

Sie war gerade drei Tage da, als sie wieder fiel. Diesmal

noch schlimmer. Im Krankenhaus fanden sie heraus, dass Oma einen leichten Herzinfarkt erlitten hatte, und dazu hatte sie ein Schleudertrauma.

Weder mein Vater noch ich wollten es verantworten, sie wieder allein nach Hause zu lassen. Wir redeten mit ihr, die Ärzte redeten mit ihr, und schließlich willigte sie ein, erneut in ein Heim zu ziehen – unter der Bedingung, dass es ein schönes sein würde. Also suchte ich ihr das schönste weit und breit, und hier sind wir nun, in einem Café, das den besten Kaffee überhaupt serviert, findet zumindest Oma. Mir ist der Kaffee ganz egal, ich bin Teetrinkerin, aber dass Oma glücklich ist, bedeutet mir die Welt.

»Erzähl doch mal, was gibt es Neues?«, sagt Oma, während sie mit den kleinen Kaffeesahneplastikdingern kämpft, die sie nie aufkriegt. Ich nehme sie ihr ab und fülle zwei davon in ihren Becher. Sie rührt um.

Ich muss lächeln. »Ich habe endlich die perfekte Idee für meinen Roman gefunden«, offenbare ich.

Oma sieht mich erfreut an. »Das hast du?«

»Ja.« Ich kann gar nicht mehr aufhören zu lächeln. Weil es nämlich wirklich die perfekte Idee ist. Ich habe erst vor zwei Tagen angefangen, sie umzusetzen, und habe schon ein ganzes Kapitel geschrieben. Es läuft wie von selbst. Es ist so erfüllend und bereitet mir auch jetzt wieder ein Kribbeln im Bauch.

»Und wovon handelt deine Idee?«, will Oma wissen.

Ich rücke ein bisschen näher, weil ich Angst habe, jemand könnte mithören. Als wenn mir eine der Seniorinnen, die am Nebentisch sitzen, die Idee klauen wollte. »Es geht um Jane Austen«, flüstere ich.

»Die Schriftstellerin?«, fragt Oma.

Ich nicke. »Genau die. Ich habe mir überlegt, dass ich sie

doch eine Zeitreise machen lassen könnte.« Ich atme einmal durch, mache es spannend. »In die Gegenwart.«

Oma reißt die Augen auf. »Na, das ist ja ein Ding!«

Ich muss lachen. »Wie gefällt dir die Idee?« Ich habe Ali davon erzählt, und er findet sie richtig gut.

»Wunderbar!«, findet auch Oma. »Ich bin sehr gespannt auf das Ergebnis.«

»Ich auch«, sage ich, weil ich nämlich noch keine Ahnung habe, wie das Ende aussehen soll oder der Weg dahin. Weil ich eine Autorin bin, die einfach gern drauflos schreibt und sich von ihrem Herzen leiten lässt, statt vorher lange zu plotten und ein Konstrukt aufzubauen.

»Ich wünsch dir viel Erfolg«, sagt Oma.

»Danke, Oma«, erwidere ich und nehme einen Schluck Pfefferminztee. »Und was gibt es bei dir Neues?«

Oma seufzt. »Olga will mich immer überreden, zur Bewegungstherapie zu gehen. Da will ich aber gar nicht hin.«

»Warum denn nicht? Könnte doch Spaß machen.«

»Pah! Auf einem Stuhl sitzen und die Füße und Hände kreisen?«

Ich muss lachen. »Okay, das könntest du theoretisch auch allein in deinem Zimmer machen. Oder gleich hier und jetzt.«

Oma lacht. »Wollen wir mal?«

»Nee, danke.« Ich ziehe eine Grimasse.

»Ich habe übrigens einen neuen Witz auf Lager. Willst du ihn hören?«

»Na klar!«

»Also gut.« Oma holt tief Luft. »Ein Mann und eine Frau sind frisch in einer Beziehung. Da fragt er sie: ›Sag mal, wie viele Männer hast du eigentlich vor mir gehabt?‹ Weil sie beharrlich schweigt, sagt er: ›Entschuldigung, das hätte ich nicht fragen sollen, es geht mich ja gar nichts an.‹ Als sie nach einer Stunde immer noch schweigt, fragt er: ›Bist du immer noch böse?‹ Da antwortet sie: ›Iwo, ich zähle nur immer noch.‹«

Ich pruste los. Bin froh, dass ich keinen Tee mehr im Mund habe, weil ich den sonst bestimmt wieder ausgespuckt hätte.

Eine alte Dame am Nachbartisch sieht schockiert her, doch selbst wenn es Oma auffällt, kümmert es sie nicht. Weil sie mich zum Prusten gebracht hat, und das ist stets ihr höchstes Ziel, wenn sie einen ihrer Witze erzählt.

»Du bist echt unglaublich, Oma«, sage ich. »Wo hast du nur immer solche Witze her?«

»Die schnappe ich hier und da auf. Diesen hier hat neulich Franz erzählt.«

»Wer ist noch mal Franz?«

»Der ist doch neu ins Zimmer neben mir gezogen. Er war vorher im dritten Stock.«

»Ist er nett?«

»Das schon. Aber er ist ein richtiger Schlawiner. Und er hat ein Auge auf Mona geworfen.«

»Ach, echt?« Mona sitzt auch oft im Gang. Sie sieht noch ziemlich gut aus für Ende siebzig, ich kann verstehen, dass Franz ein Auge auf sie geworfen hat.

»Oh ja. Wir glauben schon, dass die beiden bald miteinander anbandeln werden«, sagt Oma.

Ich muss schmunzeln. »Habt ihr darauf auch schon Wetten abgeschlossen?«

»Das noch nicht. Ist aber eine gute Idee.« Oma zwinkert mir zu und trinkt noch einen Schluck Kaffee.

Als ich sie später hochbringe, kommt uns ein Mann im Rollstuhl entgegen. Er hat weißes Haar, wie die meisten hier, und ein spitzbübisches Lächeln.

»Das ist Franz«, informiert Oma mich.

»Fesch siehst du heute aus, Lisa«, ruft er Oma zu, während er an ihr vorbeifährt.

»Bist du sicher, dass er auf Mona steht und nicht auf dich?«, frage ich sie.

»Ach, der ist hier zu allen so. Ein Schlawiner, sag ich doch.«

Ich kann nur wieder mal belustigt den Kopf schütteln. Da denkt man immer, das Leben im Altersheim sei langweilig. Man sollte aber mal einen Tag hier verbringen und merkt schnell, es ist gar nicht so.

»Musst du noch mal in dein Zimmer, oder willst du gleich zum Mittagessen?«, frage ich.

»Ich will noch schnell auf die Toilette«, sagt Oma.

»Alles klar.«

Wir betreten ihr Zimmer, Oma geht aufs Klo, und ich sehe nach, ob ihr Handy noch Akku hat. Oma vergisst manchmal, es zu laden, und dann kann ich sie nicht erreichen. Wie ich es geahnt habe, ist der Akku so gut wie leer.

Als das erledigt ist, fällt mein Blick auf den Bilderrahmen mit Opas Foto. Mir fällt auf, dass Oma heute gar nicht von früher erzählt hat, ich finde es aber nicht schlimm. Wir sind nun schon so weit gekommen, es macht überhaupt nichts, wenn ich nicht jedes Mal etwas Neues erfahre. Vielleicht mag Oma ja bei meinem nächsten Besuch wieder etwas preisgeben. Vielleicht erfahre ich dann, wieso Werner nicht nach seiner Kriegsverletzung zurück nach Hause geschickt wurde. Im Film ist es doch immer so, dass verwundete Soldaten wieder heimdürfen, oder nicht? Na ja, wahrscheinlich hat das Ganze in der Wirklichkeit anders ausgesehen. Vielleicht war der Durchschuss auch nicht so dramatisch. Immerhin hat mein Opa später nicht gehumpelt oder Ähnliches. Ich erinnere mich aber plötzlich an einen Tag in meiner Kindheit. Ich muss noch ganz klein gewesen sein und habe eine Narbe auf Opas Fuß entdeckt und ihn gefragt, was das ist. »Da habe ich mich mal verletzt«, war alles, was er geantwortet hat. Weil er, genau wie Oma, viel lieber fröhliche Geschichten erzählt hat.

»Ich hab dein Handy ans Ladekabel angeschlossen«, lasse ich Oma wissen, als sie wieder ins Zimmer tritt. Sie und Lotti teilen sich die Toilette mit dem Nebenzimmer. Zu jeder Seite gibt es eine abschließbare Tür.

»War das schon wieder alle?«

»Ja, fast.«

»Dann gut, dass du es gesehen hast. Silke hat nämlich versprochen, bald mal wieder anzurufen. Und Betty auch.«

Ich finde es so schön, dass Oma noch immer Kontakt zu ihren alten Schulfreundinnen und Arbeitskolleginnen hat. Ihre Generation hat das wirklich besser drauf. Ich habe höchstens noch Kontakt zu einer Handvoll Kindheitsfreundinnen, teilweise sogar nur über Facebook. So richtig befreundet bin ich nur noch mit zweien. Oma hätte sicher noch etliche alte Freundinnen, wenn sie nicht nacheinander weggestorben wären. Sie haben all die Jahre Klassentreffen veranstaltet, bis nur noch drei von ihnen übrig waren. Ich weiß nicht, ob die anderen beiden sich weiterhin treffen, ohne Oma.

»Grüß Silke und Betty lieb von mir«, sage ich.

»Das mache ich.« Oma schiebt ihren Rollator in Richtung Tür. »Wollen wir los? Es riecht schon so gut.«

»Was gibt es denn heute?«

»Kann ich gar nicht sagen. Ich glaube aber, ich kann Fisch riechen.«

Ich wünsche mir wirklich, dass es heute welchen gibt. Weil Oma sich sehr darüber freuen würde. Als wir am Speiseplan vorbeikommen, werfe ich einen Blick darauf. »Es gibt Backfisch«, informiere ich sie.

»Oh, das ist ja schön.«

»Lass es dir schmecken«, sage ich und gebe ihr wie üblich einen Kuss auf die Wange. Und dann stehe ich still da und sehe meiner Oma nach, wie sie zur Cafeteria geht. Als sie sich kurz vor der Tür noch einmal umdreht, winke ich ihr zu. Wie wir es immer machen.

Wie wir es hoffentlich noch sehr lange machen werden.

NACHRICHTEN

Als ich meine Oma heute besuche, ist etwas anders. Der Fernseher ist an, und sie starrt auf den Bildschirm, als könne sie nicht fassen, was sie sieht.

Ich erkenne, dass es sich um eine Sendung über den Krieg in Syrien handelt. Was da passiert, ist einfach schrecklich, die Nachrichten berichten täglich von den Massakern, die an der Zivilbevölkerung verübt werden, und von den Menschen, die versuchen, in die Nachbarländer zu flüchten.

Ich setze mich zu Oma und begrüße sie, doch sie scheint gar nicht ganz da zu sein. »Hallo, Ela«, sagt sie abwesend.

»Schlimm, der Krieg, oder?«, sage ich, und Oma nickt.

Ich frage mich, ob sie ihn erst jetzt so richtig wahrgenommen hat. Denn viele Nachrichten bekommt sie hier natürlich gar nicht mit. Sie liest nicht mehr jeden Morgen die BILD-Zeitung, wie sie es ihr halbes Leben lang getan hat, und die Sieben-Uhr-Nachrichten sieht sie sich auch nicht mehr allabendlich an. Und natürlich spreche ich diese Themen nicht an, wenn ich sie besuche. Wir haben immer nur ein paar Stunden, ich möchte, dass diese friedvoll verlaufen und erzähle ihr lieber von den Kindern oder lasse sie von ihrem Alltag berichten.

Aber in diesem Moment weiß ich, dass es heute anders abläuft. Weil wieder Krieg ist. Weil das Erinnerungen weckt. Weil die Gefahr allgegenwärtig ist.

Ich sehe Oma an und wage vorsichtig zu fragen: »Du, Oma, habt ihr eigentlich damals auch versucht zu fliehen?« Ich weiß, sie hat mir von Opas Idee erzählt, gemeinsam in die Karibik zu gehen, aber das war ja mehr als Scherz gemeint. Ich möchte wissen, ob sie es je ernsthaft in Erwägung gezogen hat.

Omas Blick wandert vom Fernseher zu mir. Sie schüttelt den Kopf. »Wohin denn? Es gab doch keinen Ort, an den wir fliehen konnten. Überall war Krieg.«

»Ja, ich weiß. Aber ganz am Anfang, meine ich. Als man erst erahnen konnte, dass sich etwas entwickelt, und als die Grenzen noch offen waren.«

Oma schüttelt erneut den Kopf. »Nein. Meine Familie nicht, wir haben nie daran gedacht, unser schönes Hamburg zu verlassen. Andere ja, aber wir nicht.«

Oma hat ihr ganzes Leben lang in Hamburg gewohnt. 87 Jahre lang. Ich kann verstehen, dass man diesen lieb gewonnenen Ort nicht verlassen möchte. Den Ort, den man Heimat nennt.

»Es tut mir sehr leid, was ihr damals durchmachen musstet. Ihr habt so viel Leid erfahren.«

»Danke, Ela. Es waren wirklich keine leichten Zeiten.«

»Ich weiß.« Ich bin plötzlich ganz betrübt, wenn ich darüber nachdenke, wie schlimm es für meine Oma gewesen sein muss. All die Jahre, in denen mein Opa fort war und sie nicht wusste, ob sie ihn je wiedersehen würde. All die Jahre des Entbehrens.

Oma sieht wieder zum Fernseher. »Es ist so traurig«, sagt sie.

»Ja, das ist es.«

»Soll ich dir von der Nacht erzählen, als die Bomben auf Hamburg fielen?«

»Ja, bitte«, sage ich, auch wenn ich jetzt schon weiß, dass es eine tragische Geschichte werden wird. Oma nickt, schließt die Augen und denkt an die wohl schrecklichste Nacht ihres Lebens zurück.

BOMBENALARM

Sommer 1943

Es war ein schwüler Sommertag. Am Abend ging ich mit Uschi tanzen. Es wurde gute Musik gespielt, und wir hatten viel Spaß, doch auf dem Heimweg hörten wir die Sirenen.

Das war nichts Neues, in den vergangenen Jahren hatte es ja immer mal wieder einen Alarm und auch Luftangriffe auf Hamburg gegeben. Aber es war dunkel, und wir waren ein ganzes Stück von zu Hause entfernt.

»Lauf, Lisa, lauf!«, rief Uschi mir zu, und wir rannten los.

So schnell wir konnten, liefen wir den anderen Leuten hinterher, und hofften, sie führten uns in Sicherheit. Während die Sirenen immer lauter zu werden schienen, retteten wir uns in den nächsten Bunker. Dort machten wir uns ganz klein, umarmten einander und beteten, dass wir es heil überstehen würden.

Es war schrecklich. Von überallher hörten wir die Explosionen, es schien Bomben zu regnen. Wir verharrten die ganze Nacht in dem Bunker, ohne zu wissen, ob es unseren Familien gut ging. Ob wir sie je wiedersehen würden. Ob wir je nach Hause finden würden, und ob es unser Zuhause überhaupt noch gab.

Doch der liebe Gott behütete uns, und wir überlebten den Feuersturm.

Am nächsten Tag fanden wir unseren Weg durch die Trümmer nach Hause und wurden von unseren Müttern mit Küssen bedeckt. Wir waren so erleichtert, dass unsere Familien es heil überstanden hatten.

Bald erfuhren wir, dass neben der Innenstadt auch Altona, Eimsbüttel und Hoheluft schwer beschädigt worden waren. Wir ahnten nicht, dass dies erst der Anfang gewesen war.

In den kommenden Tagen warfen die Briten und Amerikaner weiterhin Bomben auf Hamburg ab. Und dann, in der Nacht zum 28. Juli, glaubten wir, das Ende der Welt wäre gekommen.

Diesmal hatten sie es auf die Arbeiterviertel im Osten abgesehen. Hamm und Rothenburgsort lagen nicht weit von Billstedt entfernt, die ganze Nacht lang hielten wir uns die Ohren zu, weinten und hofften, dass uns keine Bombe traf.

Am nächsten Tag brannte Hamburg noch immer. Sogar die Luft brannte. Niemals hatte ich solch eine Hitze erlebt.

Überall hörte man Jammern und Weinen, die ganze Stadt lag in Trümmern. Fast jeder, den wir kannten, hatte Familie oder Freunde verloren, uns selbst eingeschlossen. In den Nachrichten hieß es später, in dieser einen Nacht wären 30 000 Hamburger umgekommen.

Die Hälfte aller Häuser und Wohnungen war fort, lag in Asche und Scherben auf den Straßen und Feldern. Jeder, der noch ein Heim besaß, nahm Leute bei sich auf.

Unser Haus war noch an seinem Platz, aufrecht, unzerstörbar, wie es schien.

Doch viele Hamburger standen nun vor dem Nichts. Ohne Heim, ohne Hab und Gut, ohne Vater, ohne Mutter, ohne Bruder, ohne Schwester. Ohne Kinder. Unzählige Kinder waren während dieses Angriffs, den sie Operation Gomorrha nannten, gestorben. Man sah ihre Leichen überall.

Und meine Schwester Annemie saß bei uns mit ihrer neugeborenen Tochter, die in einer Welt aufwachsen sollte, in der
wir nicht wussten, ob es ein Morgen gab.

*

Ich starre Oma an, kann gar nicht glauben, was ich höre. Es
waren 30 000 Menschen in einer einzigen Nacht gestorben?
Hamburg war ein Trümmerfeld? Überall lagen Leichen?

Diesen Anblick kann man gar nicht vergessen, niemals,
da bin ich mir sicher. Und die Angst auch nicht.

Wenn Oma bisher von früher erzählt hat, sind es für mich
immer nur Geschichten gewesen, doch heute hatte ich das
Gefühl, ich wäre wirklich dabei gewesen. Es hat sich so real
angefühlt, so erschreckend. So unfassbar.

Ich muss Oma umarmen. »Wie konntet ihr nur je darüber
hinwegkommen?«, frage ich sie.

»Das konnten wir nicht«, ist ihre Antwort. Und ich verstehe genau, was sie meint.

SCHIETWETTER

Der Sommer geht langsam zu Ende. Mein Vater hat Urlaub und kommt an diesem Mittwochvormittag auch bei Oma vorbei. Zu dritt sitzen wir am Tisch in Omas Zimmer. Es regnet, wie es das in Hamburg so oft tut. Ich habe das Licht angeschaltet, weil es so düster ist, obwohl ich weiß, dass Oma es nicht mag, wenn tagsüber das Licht brennt. In ihrem eigenen Heim hat es das nicht gegeben. Da wurde erst abends das Licht angemacht, und auch erst dann, wenn man sein Gegenüber nicht mehr erkennen konnte. Oft hat Oma sogar noch im Dämmerlicht dagesessen und Kreuzworträtsel gelöst, ich habe mich immer gefragt, wie sie das nur gemacht hat.

Lotti ist ins Krankenhaus gebracht worden, hat Oma uns bereits erzählt, und Gerda hat die Knie-OP gut überstanden und erholt sich in ihrem Zimmer. Und jetzt berichtet sie von *Hagenbecks Tierpark*, wo sie gestern zusammen mit Mona, Gisela und ein paar anderen war, als zum Glück noch die Sonne geschienen hat.

»Wir haben die Elefanten gesehen und die Löwen, die Giraffen und die Pinguine. Es war toll.«

»Konntest du denn so lange laufen?«, frage ich, weil es mich echt wundert. Der Tierpark ist riesig, und meine Oma kommt trotz Rollator keine zweihundert Meter weit.

»Sie haben uns allesamt in Rollstühle gesetzt und uns

herumgeschoben. Wir haben uns gefühlt wie Königinnen.«
Sie lacht.

»Das klingt gut, Mama. Freut mich, dass du so einen schönen Tag hattest«, sagt mein Vater.

»Den hatte ich. Und er hat mich daran erinnert, wie wir früher da waren. Als du noch ein kleiner Junge warst.«

»Ist ganz schön lange her.«

»Ja, das ist es.«

Ich sehe meinem Vater ins Gesicht, das ebenfalls ziemlich gealtert ist. Er ist jetzt einundsechzig, seine Haare sind schon grau. Er sieht meinem Opa so unglaublich ähnlich. Hat das gleiche Lächeln, die gleichen Augen und die gleichen großen Ohren.

Papa blickt aus dem Fester, an das der Regen prallt. »Und später waren wir mit Ela und Chrischi da. Und dann mit Leila und Kimmy«, sagt er.

»Ja, das waren schöne Zeiten«, meint Oma, und ich erinnere mich zurück. An *Hagenbecks Tierpark*, den *Wildpark Schwarze Berge* und den *Zirkus Krone*. An den *Hamburger Dom*, an Hafengeburtstage, Alstervergnügen und Weihnachtsmärchen. Ich muss an den weißen Plüschlöwen denken, den Oma Leila im Zirkus gekauft hat und den sie jahrelang zum Einschlafen brauchte. Und ich muss an Kimmy denken, der leider nicht so viele Erinnerungen mit Oma sammeln konnte und sich später vielleicht nicht einmal mehr daran erinnern wird.

Wir schweigen eine Minute, dann sagt Papa: »Ela hat bald Geburtstag.«

»Ja? Ist denn schon September?«, fragt Oma. Ich kann gut verstehen, dass man hier im Heim nicht genau weiß, welcher Monat oder welcher Wochentag ist. Weil jeder Tag dem anderen gleicht. Außer eben der Mittwoch.

»Ja, nächste Woche Montag ist mein Geburtstag«, lasse ich sie wissen. Ich werde einunddreißig.

»Ich geb dir dann ein bisschen Geld, und du kannst dir selbst was kaufen, ja?«, meint Oma.

Ich nicke. Das hat sie schon immer so gemacht. Früher ist sie mit mir in den Spielzeugladen gegangen, und ich durfte mir eine Puppe aussuchen. Später dann haben wir in ihrer Küche zusammengesessen und uns den Quelle-Katalog angesehen, ich durfte einen Pulli oder Ähnliches auswählen, und sie hat ihn mir bestellt. Dazu gab es dann immer noch Süßigkeiten. Jetzt kann Oma mir nicht einmal mehr die Süßigkeiten besorgen, also übernehme ich das selbst. Das ist schon okay.

»Ich geb dir auch Geld«, sagt mein Vater. »Oder wünschst du dir was anderes? Zum Beispiel eine DVD?« Letztes Weihnachten habe ich mir von ihm *Roseanne* auf DVD gewünscht. Ich liebe die Sitcoms der Neunziger.

»Was ist noch gleich eine DVD?«, fragt Oma.

»Eine Diskette, mit der man einen Film oder eine Serie abspielt, auf einem DVD-Player«, erklärt Papa ihr.

»So etwas wie eine Videokassette?«

Oma hat nie einen Videorekorder besessen, aber sie weiß, was das ist, weil sie die Geräte bei mir und bei meinem Vater gesehen hat, wenn sie zu Besuch da war. Ich hatte eine große Sammlung Videokassetten, es waren auch ein paar alte Filme dabei, die sie kannte. Welche mit Audrey Hepburn und Cary Grant. Ich hatte sogar *Vom Winde verweht*.

»So was in der Art, nur die neuere Version davon«, sagt Papa. »Ich will mir wohl auch einen anschaffen. Weil es Videos nur noch selten zu kaufen gibt. Jetzt ist alles auf DVD.«

Ich muss schmunzeln. Weil mein Dad mal wieder spät dran ist, und weil ich nicht wüsste, wo man Videokassetten überhaupt noch kaufen könnte. Selbst die DVDs werden doch langsam von Blu-Rays abgelöst.

»Oh, na, dann weiß ich ja schon, was ich dir zu Weihnachten schenken kann«, sagt Oma.

»Die Dinger sind nicht ganz so billig, Mama.«

»Na und?«

Meine Oma war schon immer großzügig, hat immer gern gegeben und auch gespendet. Glücklicherweise hat sie eine gute Rente, und dazu noch die Witwenrente. Sie kommt klar, kann sich sogar dieses schöne Heim leisten, und wir sind froh darüber.

»Wir werden sehen«, sagt Papa und wendet sich dem ausgeschalteten Fernseher zu. »Guckst du hier eigentlich auch immer deine Sendungen? *Bingo*, all die Quizshows und *Wer wird Millionär?*«

Früher hat Oma keine Sendung verpasst, besonders nicht von *Wer wird Millionär*. Sie hat immer fleißig mitgeraten und vieles gewusst. Ihr Allgemeinwissen war ihr immer wichtig, sie hat stets versucht, dazuzulernen.

»Ach, meistens verpasse ich die Sendungen«, sagt sie schulterzuckend.

»Das ist ja schade«, findet Papa.

»Nein, nein, das ist gar nicht schlimm. Ich habe ja genug Unterhaltung.« Sie nimmt einen Schluck Wasser. »Sagt mal, spielt ihr eigentlich noch immer *Stadt, Land, Fluss?*«, erkundigt sie sich dann. Wir haben es früher immer mit ihr zusammen gespielt. Stundenlang.

»Oh ja«, sage ich. »Und Leila spielt auch mit.«

»Und Kimmy?«, fragt sie.

»Der ist dafür noch ein bisschen zu klein. Er lernt ja gerade erst zu schreiben, und Erdkunde hat er auch noch nicht in der Schule.«

»Ach ja, das hatte ich nicht bedacht. Schön finde ich es trotzdem, dass meine Familie diese Tradition fortführt, und eines Tages kann sicher auch Kimmy mitmachen.«

»Ganz bestimmt«, sage ich und sehe meinen Vater an. Ich habe ihm von den Kriegsgeschichten berichtet, die Oma mir plötzlich so bereitwillig erzählt, und er war sehr überrascht. Heute scheint Oma aber keine erzählen zu wollen, und Papa scheint auch nicht das Bedürfnis zu haben, eine zu hören. Vielleicht ist das einfach eine Sache zwischen Oma und mir.

»Hast du schon die Bilder von der Einschulung gesehen?«, fragt Papa sie.

»Oh ja. Ela hat mir welche mitgebracht. Sie liegen in meiner Schublade. Schade, dass ich nicht dabei sein konnte.«

»Sei nicht traurig, Oma«, sage ich. »Dafür warst du damals bei Leilas Einschulung dabei.«

Oma nickt, wirkt aber dennoch ein wenig bedrückt.

Wir reden noch ein bisschen über dies und das, Oma erkundigt sich nach meinem Bruder Christian, Papa erzählt von seiner Lieblingsfußballmannschaft, dem S. C. Vorwärts-Wacker, und von einem Spiel, bei dem er am Wochenende war.

Für Fußball hat Oma sich nie sonderlich interessiert, genauso wenig wie ich. Ganz im Gegensatz zu meinem Opa, der, wie schon erwähnt, ebenso fußballbegeistert war wie mein Vater.

»Wenn Werner früher mit Jürgen zu den Spielen gegangen ist, bin ich ja immer im Garten geblieben«, erzählt Oma mir. »Dann bin ich rüber zu Alma oder Erna gegangen, habe Marmelade eingekocht oder mich in die Sonne gelegt.«

Ich kann es mir bildlich vorstellen. Meine Oma, wie sie

sich auf der Sonnenliege aalt. Eine meiner frühesten Kindheitserinnerungen.

»Entschuldigt die Störung«, sagt plötzlich jemand, und wir drehen uns alle zur Tür, in der Mona steht. »Ich wollte Lisa zum Mittagessen abholen, es ist gleich zwölf.«

»Oh«, sagt Oma und erhebt sich eilig. »Dann will ich mal los, bevor die guten Plätze weg sind.«

Wir sagen Oma Tschüss, dann überlassen wir sie ihrer Freundin.

»Heute gibt's Kartoffelsuppe«, sagt Papa zu mir, während die beiden davongehen. »Hab ich vorhin auf dem Speiseplan gelesen.«

»Hast du auch schon Hunger?«, frage ich ihn.

»Ein bisschen.«

»Komm doch mit zu uns. Ich mache uns ein paar Nudeln.«

»Gerne.« Papa lächelt. Nudeln sind seine Leibspeise. Ich glaube, er könnte sie jeden Tag essen. Was nicht bedeutet, dass ich sie jedes Mal koche, wenn er uns besucht. Denn er kommt sehr häufig vorbei. Manchmal nachmittags nach der Arbeit, und oft auch samstags, natürlich nur, wenn seine Fußballmannschaft nicht spielt. Dann bringt er Brötchen mit, wir frühstücken zusammen, und er bleibt den ganzen Tag bei uns. Meistens gucken wir uns Filme an oder spielen Brett-, Karten- oder Ratespiele. Die Kinder sind ganz vernarrt in ihn.

Wir machen uns auf zum Fahrstuhl. Ich drücke den Knopf, und während wir warten, sage ich: »Vielleicht spielen wir nachher mal wieder *Stadt, Land, Fluss?*«

Papa lacht. »Spielen wir das nicht jedes Mal?«

Ich lache ebenfalls. Denn er hat recht. Es gab in den letzten Jahren kaum einen Besuch, bei dem wir es nicht gespielt haben. Weil es nach einer Weile langweilig wurde, immer wieder dieselben Themen zu nehmen, haben wir uns irgendwann neue ausgedacht wie etwa: Schauspieler, Film, Band oder Song. Irgendwann sind wir dann sogar so weit gegangen, ohne Zeit zu spielen und statt nur einem alle Filme mit dem jeweiligen Buchstaben aufzuschreiben, die uns einfielen. Oder wir schreiben alle Hauptstädte der Welt auf oder alle Filme mit Sandra Bullock oder alle Songtitel, in denen eine Zahl vorkommt. Irgendein verrücktes Thema finden wir immer.

Leila macht meistens auch mit, manchmal sogar Ali, und wie Oma schon sagt, bald wird Kimmy ebenfalls alt genug sein. Und auch wenn wir wissen, dass unser Zeitvertreib ein wenig schräg ist, macht es uns doch riesigen Spaß. Es ist schön, eine Familientradition zu haben. Es ist schön, Dinge aufrechtzuerhalten. Und wir wissen, Oma freut sich darüber genauso wie wir.

ZUCKERERBSEN

»Meinen herzlichen Glückwunsch nachträglich«, sagt Oma am nächsten Mittwoch. Sie schüttelt mir die Hand und drückt mir einen Kuss auf die Wange.

»Danke, Oma«, erwidere ich und schließe sie in meine Arme.

»Wie war denn dein Geburtstag?«, erkundigt sie sich. Er war vor zwei Tagen.

Ich setze mich zu ihr an den Fenstertisch. »Der war schön. Ein paar Freunde waren da, und meine Mutter auch.«

»Freut mich, dass du es schön hattest. Wie geht es Barbara denn?«

»Gut«, sage ich und freue mich, dass Oma sich nach meiner Mutter erkundigt. Seit der Scheidung meiner Eltern haben die beiden kaum noch Kontakt.

»Und wie geht's ihrem Freund?«

»Dem geht es auch gut.« Meine Mutter hat im Gegensatz zu meinem Vater einen neuen Partner an ihrer Seite. Er heißt Heino und ist wirklich nett.

»Gut, gut«, meint Oma. »Hast du dir wie besprochen ein bisschen Geld abgehoben und was Nettes gekauft?«

Ich deute auf meinen Pullover, er ist braun und kuschelig. Ich trage ihn ohne Jacke, weil es erst Mitte September und noch nicht sehr kalt ist. Er wird sich aber im Winter auch gut machen. »Dieser Pulli war dein Geschenk an mich«, sage ich.

»Ja wunderbar. Den kannst du wirklich gut tragen.«

Ich lächle Oma an und hole zwei Hanseaten hervor, die ich beim Bäcker gekauft habe. Oma hat dieses typisch norddeutsche Gebäck schon immer gern gegessen, bei dem es sich quasi um zwei große Kekse handelt, die mit Himbeermarmelade zusammengehalten werden und mit weißem und rosafarbenem Zuckerguss halb und halb glasiert sind.

»Oh, wie lecker«, sagt Oma.

»Vielleicht isst du nur einen halben, damit beim Mittagessen noch was reinpasst«, schlage ich vor und lege ihr einen Hanseaten auf die Papiertüte.

»Ach, das wird schon alles reinpassen«, entgegnet Oma, nimmt ihn in die Hand und beißt genüsslich ab. »Wusstest du, dass ich die auch als Kind schon gegessen habe?«

»Ehrlich? Nein, ich wusste nicht, dass es sie schon so lange gibt.«

»Oh ja«, sagt Oma. »Nur früher konnten wir sie uns selten leisten.«

Ich beiße in meinen. Mein Lieblingsgebäck ist es nicht, aber Oma zuliebe esse ich einen mit.

»Was gibt es Neues?«, frage ich.

»Meine Blase macht mir wieder mal Probleme«, sagt Oma. Ihre Blase ärgert sie in letzter Zeit öfter.

»Ich hoffe, sie beruhigt sich bald wieder.«

»Ja, ich auch. Ach, und wir haben hier jemand Neuen«, berichtet Oma.

»Ja? Einen Bewohner?«

»Nein, einen Pfleger. Er heißt Timo und ist noch ein ganz junger Bursche.«

»Oh. Na, ist doch schön, dass hier mal ein starker Mann dazukommt zu all den Pflegerinnen.« Ich frage mich so oft, wie die Frauen es schaffen, den lieben langen Tag die Bewohner zu heben, sie anzuziehen, auf die Toilette zu bringen und zu duschen. Es ist ein wirklich harter Job, und ich habe den größten Respekt vor jeder Altenpflegerin und jedem Altenpfleger.

»Ja, das finde ich auch. Vor allem ist Timo sehr lustig, ganz nach meinem Geschmack.«

»Na, perfekt, dann kannst du ihm ja hin und wieder einen Witz erzählen.«

»Oh, Ela, das mache ich bereits.«

Wir essen beide unser Gebäck auf, dann fragt Oma, ob wir uns in den Gang setzen wollen.

»Na klar«, sage ich. Am liebsten hätte ich jetzt zwar bei jedem Besuch über die alten Zeiten gesprochen, aber ich habe beschlossen, Oma das Tempo zu überlassen. Die Geschichten laufen uns ja nicht weg.

Draußen werden wir gleich von Mona und Gerda begrüßt, die in einem Rollstuhl sitzt, weil sie nach ihrer OP noch nicht wieder laufen kann. Die Gräfin sitzt uns gegenüber, und neben ihr sitzt Marie. Ein seltener Anblick, sie mal sitzen und nicht laufen zu sehen.

»Wie geht es Ihnen, Gerda?«, erkundige ich mich.

»Ach, es tut noch ganz schön weh«, sagt sie und legt eine Hand auf ihr rechtes Knie.

»Das tut mir leid«, sage ich.

»Da darfst du gar nicht die ganze Zeit dran denken«, meint Oma, die jeglichen körperlichen Leiden schon immer getrotzt hat. »Die Schmerzen werden bald vergehen. Aber die Operation war wichtig. Du willst doch eines Tages wieder tanzen können.«

»Ich bezweifle, dass ich dazu je wieder in der Lage sein werde«, sagt Gerda betrübt.

»Natürlich wirst du das! Du musst nur daran glauben.«

»Lisa hat recht«, sagt die Gräfin. »Man darf die Hoffnung nicht aufgeben, sonst ist alles verloren.«

Oma starrt Gisela an. Sie hatte wohl nicht damit gerechnet, dass sie ihr zustimmt. Auch die anderen sind einen Moment lang still.

»Wie läuft denn das Schriftstellerleben?«, fragt Mona mich und durchbricht damit das unangenehme Schweigen.

»Oh.« Ich bin ein wenig perplex, weil mich das hier noch niemand gefragt hat. »Ich, äh ... ich schreibe fleißig und hoffe, dass eines Tages was von mir veröffentlicht wird«, sage ich.

Der Roman nimmt langsam Gestalt an. Ich habe jetzt vier Kapitel und bin die ganze Zeit am Recherchieren. Und am Filme gucken. Alle Jane-Austen-Verfilmungen, die ich auftreiben kann, weil ich mir die alte Sprache aneignen muss, die Gepflogenheiten und die Etikette des beginnenden neunzehnten Jahrhunderts. Es bereitet mir mehr Freude, als ich zu hoffen gewagt hätte, und ich kann es kaum erwarten, mich wieder ans Manuskript zu setzen. Noch fehlt dem Ganzen die große, einzigartige Liebesgeschichte, aber ich bin zuversichtlich, dass mir auch da noch etwas einfallen wird.

»Das haben Sie doch schon geschafft«, meint Mona. »Ihre Oma hat mir Ihre Kurzgeschichten gezeigt. Eine habe ich sogar gelesen. Die von der Berliner Mauer.«

Mir ist es ein wenig unangenehm, dass die Aufmerksamkeit nun auf mir liegt und alle mich anstarren. Trotzdem freue ich mich über Monas Interesse. »Das freut mich. Wie hat sie Ihnen gefallen?«

»Sehr gut. Ich komme ja aus dem Osten, aus der Nähe von Leipzig.«

»Ach wirklich? Das wusste ich nicht.«

»Ja, ja«, sagt Mona, und ist dann abgelenkt, weil Franz den Gang entlangfährt. Er parkt seinen Rollstuhl neben ihrem Stuhl und grinst sie an.

»Weiß einer, was es zum Mittagessen gibt?«, fragt Oma.

»Es gibt Reis mit Hühnerfrikassee«, sagt Gerda.

»Das mag ich«, erwidert Oma.

»Ich auch«, sagt Gerda.

»Sind da nicht Erbsen drin?«, fragt Mona.

»Ja«, bestätigt Oma. »Ich hatte früher in meinem Garten immer welche. Zuckererbsen. Erinnerst du dich, Ela?«

»Ja natürlich. Ich habe die geliebt.«

»Als Ela noch klein war, habe ich die Schoten immer für sie aufgemacht, und sie hat sich die Erbsen frisch und knackig in den Mund gesteckt«, erzählt Oma ihren Freundinnen.

»Ja? Und was habt ihr mit den leeren Schoten gemacht?«, fragt Gerda.

»Na, die haben wir dann auch noch gegessen. Kennst du das nicht? So haben wir das als Kinder schon gemacht. Meine Eltern haben damals schon Zuckererbsen angebaut, und dazu noch jede Menge anderes Gemüse.«

»Erbsen sind kein Gemüse, sondern Hülsenfrüchte«, kommt es von Gisela. Sie ist wieder ganz die Alte.

»Sie muss immer alles besser wissen«, flüstert Oma mir zu. »Wahrscheinlich ist sie aufs Gymnasium gegangen statt nur acht Jahre zur Volksschule wie Gerda und ich.« Sie geht gar nicht weiter auf Giselas Worte ein. »Ela hatte Geburtstag«, erzählt sie stattdessen ihren Freundinnen.

»Ja? Ich gratuliere herzlich«, sagt Gerda. Mona scheint es nicht gehört zu haben, sie flirtet gerade mit Franz.

»Danke schön«, sage ich.

»Wollt ihr auch feiern?«, fragt Gerda.

»Ich komme am Samstag mit den Kindern her und mit meinem Vater. Dann gehen wir mit Oma ins Café.«

»Und Ihr Mann kommt nicht mit?«

»Der muss samstags leider arbeiten.«

»Warum kommen Sie dann nicht Sonntag?«

»Da wollen wir mit den Kindern ins Kino gehen.«

»Gehen die beiden gerne ins Kino?«

»Ja, sehr gerne sogar.«

»Ela ist als Kind auch gerne ins Kino gegangen«, erzählt Oma. »Werner war oft mit ihr da.«

Das stimmt. Opa und ich haben etliche Filme zusammen gesehen, zum Beispiel *Kevin – Allein zu Haus*. Mit Oma war ich in meinem Leben nur dreimal im Kino, und das auch erst, als ich schon ein wenig älter war. Wir haben *Knockin' on Heaven's Door*, *Der Pferdeflüsterer* und *Cast Away – Verschollen* geguckt. Oma war nie so der Kinofan, zumindest nicht mehr in späteren Jahren, ich glaube aber, sie wollte in der Hinsicht irgendwie Opas Platz einnehmen, damit ich auf nichts verzichten musste.

»Hach, ich wünschte, ich hätte auch Enkelkinder«, sagt Gerda.

»Ja, ich kann mich wohl glücklich schätzen. Ich habe ja sogar schon zwei Urenkel«, sagt Oma.

»Und du hast so schöne Bilder an der Wand hängen, hab ich gesehen.«

»Ja, die haben Leila und Kimmy mir gemalt. Ich frag sie mal, ob sie dir auch was malen.«

»Oh, das würde mir aber gefallen«, sagt Gerda.

Ich mache eine gedankliche Notiz, dass ich die beiden darum bitten werde. Sie tun das bestimmt gerne.

»Hast du auch den Kalender gesehen, der neben meinem Bett hängt?«, fragt Oma. »Sie haben ihn selbst gebastelt. Für jeden Monat haben sie ein Foto eingeklebt und etwas dazu gemalt, Blumen, eine Sonne oder Schmetterlinge. Für den Dezember einen Schneemann.«

»Ich beneide dich, Lisa.«

»Ach, das musst du nicht. Du hast doch deine Erika. Guck nur mal, wie viele hier überhaupt niemanden haben.«

»Ja, das stimmt wohl«, sagt Gerda.

»Ich kann das Essen schon riechen. Du auch?«, fragt Oma. Gerda schnuppert. »Oh ja, jetzt, wo du es sagst.«

»Ich muss aber noch mal auf die Toilette. Bin gleich wieder da, ja?«

Oma steht auf und schiebt ihren Rollator in ihr Zimmer. Ich gehe ihr nach und checke ihr Handy. Der Akku ist wieder mal fast leer. Ich schließe es also ans Kabel an und sehe mich dann um, um zu gucken, ob Oma noch irgendetwas braucht. Ich entsorge ein paar benutzte Taschentücher, die auf ihrem Tisch liegen, und gehe dann zu dem Regal hinüber, in dem der Fernseher seinen Platz hat. Gleich in dem Fach darüber stehen meine Bücher und ein paar Fotos: eins von Oma und Opa, ein altes von Papa, Christian und mir, und ein aktuelles von Leila und Kimmy, wir haben es diesen Sommer im Hansa-Park aufgenommen. Vor den Bildern stehen ein hölzerner Elefant aus Ghana, den Ali ihr geschenkt hat, eine kleine Mädchenfigur aus Porzellan in Blau-Weiß, die Oma aus Holland mitgebracht hat, und die hübsche rote Matroschka, die sie in Budapest ergattert hat. Oma hat das ganze große Fach für sich allein, weil Lotti gar nichts aufgestellt hat außer ein paar Kleinigkeiten auf ihrem Tisch und einem Strauß falscher Blumen auf der Fensterbank.

»Was guckst du dir da an?«, fragt Oma, als sie wieder zurück ist.

»Nur die Bilder. Du und Opa seht so glücklich darauf

aus.« Ich deute auf das Foto der beiden. Es muss einige Jahrzehnte alt sein.

»Das waren wir ja auch«, sagt Oma. »Werner hat mich sehr glücklich gemacht. Macht Ali dich auch glücklich?«

Ich muss lächeln. »Ja, das tut er. Er bringt mir jede Woche Blumen und massiert mir immer meine müden Schultern.«

»So ist es richtig. Wenn ein Mann versteht, was du brauchst, dann darfst du ihn nicht wieder gehen lassen.«

»Habe ich nicht vor.«

»Gut so. Ich habe Werner auch nie mehr gehen lassen, nachdem er erst wieder zurück war.«

»Aus dem Krieg, meinst du?«

»Ja.«

»Ich wünschte, du könntest mir ein bisschen was davon erzählen, aber gleich gibt es ja Mittagessen.« Ich wünschte wirklich, ich könnte heute noch ein bisschen mehr über die Liebesgeschichte meiner Großeltern erfahren, vielleicht würde mir das den Anstoß für die Liebesgeschichte in meinem Buch geben.

»Wie spät ist es?«, fragt Oma. Ihre Armbanduhr trägt sie schon eine ganze Weile nicht mehr.

Ich sehe auf mein Handydisplay. »Zwanzig vor zwölf.«

»Ach komm, ein bisschen Zeit haben wir noch. Setzen wir uns doch, und ich erzähl dir davon, wie der Krieg endlich ein Ende nahm.«

»Dann kriegst du aber vielleicht keinen von den guten Plätzen mehr«, sage ich.

»Ach, das macht doch nichts. Ich habe gerade selbst Lust, ein bisschen an die alten Zeiten zu denken.« Oma lässt sich auf dem Bett nieder.

Ich freue mich wirklich sehr, setze mich neben Oma und sehe sie gespannt an.

HEIMATURLAUB

1944/1945

Hamburg lag noch immer in Schutt und Asche.

Die Menschen hungerten, hatten Familie, Häuser und ihre Arbeit verloren. Und es war nicht einmal daran zu denken, alles wieder aufzubauen, denn unsere Männer waren noch an der Front, und wir Frauen versuchten, alles am Laufen zu halten.

Tagtäglich sah man die Jungen des Junkvolkes und der Hitlerjugend dabei, wie sie die Trümmer beiseiteschafften. Ich war, seit ich volljährig war, nicht mehr zum Bund Deutscher Mädel verpflichtet und war froh, nun keine Sportübungen mehr machen und keine Strümpfe mehr stricken zu müssen, denn in beidem war ich nie sehr gut gewesen. Worin ich aber gut war, war Schuhe zu verkaufen! Ich liebte meine Arbeit im Schuhhaus, das zum Glück noch stand und in dem ich jeden Tag auf neue Menschen traf, mit denen ich mich unterhalten konnte. Ich mochte es, den passenden Schuh für jeden Kunden herauszusuchen, und am meisten mochte ich meine Kolleginnen. Oft gingen wir nach der Arbeit noch spazieren oder tanzen. Wie gut es tat, sich von seinen Sorgen abzulenken. Der Sorge um Werner, um meine Brüder und darüber, ob der Krieg denn je ein Ende nehmen würde.

In diesen Zeiten aßen wir mehr Kartoffeln als je zuvor. Die Lebensmittel waren knapper denn je, die Einmachgläser gingen uns aus. Süßigkeiten hatten wir seit Ewigkeiten nicht gesehen.

Meine Schwester Annemie versorgte ihr Töchterchen Christel, meine Schwägerin Grete zog die kleinen Mädchen Helga und Inge allein groß, während Artur für unser Land kämpfte. An Orten, die für uns so weit entfernt waren wie der Mond. Werner dagegen war noch immer in Norwegen. Beinahe jede Woche erhielt ich einen Brief von ihm. Er schrieb, dass es ihm bestens gehe und er kaum noch humpele, dass er sich mit einigen seiner Kameraden gut angefreundet habe und dass er noch immer das deutsche Essen vermisse.

Und eines Tages dann kam die wunderbare Nachricht, dass Werner auf Heimaturlaub nach Hause kommen sollte.

Ich war aufgeregt wie nie. Konnte kaum schlafen oder essen in den Wochen, Tagen und Stunden vor seiner Ankunft. Natürlich wusste ich, dass er gerade einmal zwanzig Tage bei uns sein würde, aber ich nahm mir fest vor, jeden davon voll auszukosten.

Werner fuhr zuerst zu seinem Elternhaus, wo ich ihn treffen sollte. In meinem besten Kleid machte ich mich auf, und als wir uns schließlich in den Armen lagen, war es fast, als wäre er nie weg gewesen.

Wir verbrachten wundervolle Wochen zusammen. Gingen an der Alster spazieren und ins Kino, er pflückte mir eine Hortensie, und ich machte ihm seine geliebten Kartoffelpuffer nach dem Rezept meiner Mutter. Und wir genossen unsere Zweisamkeit in vollen Zügen. Manchmal wünschte ich mir, Werner würde mir einen Antrag machen, doch wir beide wollten warten, bis der Krieg vorbei und die Welt wieder im Lot war. Bis wir uns einer gemeinsamen Zukunft sicher sein konnten.

Leider vergingen die zwanzig Tage viel zu schnell, und Werner musste zurück nach Norwegen. Ich gab ihm zwei

Gläser eingelegte Birnen mit, einen Stapel Kartoffelpuffer und noch mehr selbst gestrickte warme Strümpfe für den nächsten kalten Winter, den wir erneut ohne einander verbringen sollten.

Der Abschied fiel uns unglaublich schwer. Doch als ich Werner nachwinkte, der am Hamburger Hauptbahnhof in den Zug nach Kiel stieg, von wo es mit dem Schiff weitergehen sollte, weinte ich nicht. Denn ich wusste ja, dass mein Liebster zurück nach Norwegen fuhr, wo es wahrscheinlich sicherer war als an den meisten anderen Orten dieser Welt. Man hörte ja die schlimmsten Geschichten. Vor allem die Wiederkehrer, die Verwundeten und Ausgelaugten hatten furchtbare Erzählungen auf Lager. Der Sohn von Nachbarn, der in Nordafrika gekämpft und dem eine Granate eine Hand zerschmettert hatte, wusste Grausames zu berichten. Doch ich mochte mir diese Geschichten nicht anhören, vielmehr hoffte ich noch immer Tag für Tag, dass es bald ein Ende und ich meinen Werner wieder bei mir haben würde.

Und dann, kein Jahr später, geschah ein Wunder. Deutschland kapitulierte.

Leider kehrte Werner dann doch nicht so schnell zu mir zurück wie erhofft. Er kam wie Hunderttausende andere deutsche Soldaten nach Kriegsende noch in Kriegsgefangenschaft. Im Sommer 1945 erhielt ich einen Brief von ihm aus einem britischen Gefangenenlager, wo er sich nun aufhielt. Und wieder wusste ich nicht, ob und wann ich meinen Liebsten wiedersehen sollte.

Liebe Lisa,

ich hoffe, es geht Dir und Deiner Familie gut.
So froh wir beide waren, dass der Krieg endlich vorbei ist, habe
ich leider keine guten Nachrichten für Dich. Ich werde vorerst
noch nicht zurück nach Hamburg kommen.
Vor Kurzem haben sie mich mit einer Gruppe anderer Männer
von Norwegen nach England gebracht, in ein Gefangenenlager,
das sich in der Nähe von London befindet. Camps nennen sie
sie hier, und jedes hat eine eigene Nummer, Du findest sie auf
dem Kuvert, neben meiner Gefangenennummer. So kannst Du
mir von nun an Post zusenden. Ich kann Deinen nächsten Brief
kaum erwarten. Ich selbst darf bis zu vier Postkarten und zwei
Briefe pro Monat verschicken, die ich unter meiner Familie
und Dir aufteilen muss. Du wirst also nicht mehr ganz so
häufig von mir hören. Auch müssen wir jetzt gut darauf ach-
ten, dass wir einander nur Persönliches schreiben und jegliche
politischen und wirtschaftlichen Themen außen vor lassen.
Wir wollen ja nicht, dass uns der Briefverkehr verboten wird.
Keine Sorge, Lisa, ich bin wohlauf und werde hier gut behandelt.
Sie haben sich auch schon erkundigt, was wir Neuankömm-
linge beruflich gelernt haben, und setzen mich bereits in der
Backstube ein. Die meisten anderen sollen beim Wiederaufbau
helfen und auf den Bauernhöfen der Umgebung. Ich bin also
ganz froh, endlich wieder meine Brötchen backen zu dürfen.
Auch wenn ich erst so richtig froh und glücklich sein werde,
wenn ich wieder bei Dir bin.
Ich vermisse Dich sehr und hoffe, dass ich bald heimkehren
kann, zu Dir. Dann gehen wir wieder gemeinsam zum Horner
Moor und ins Kino. Und auf den Dom, wo wir uns Schmalz-

kuchen teilen und ich Dir beim Hau den Lukas eine Blume
gewinne. Vielleicht sogar eine Hortensie.

Dein auf ewig
Werner

Es war zum Verzweifeln. Da war dieser schreckliche Krieg
endlich vorbei, doch Werner und ich durften noch immer
nicht zusammen sein. Ich konnte nur weiterhin hoffen und
allabendlich unser Lied singen, während Werner mir nun
Fotopostkarten aus England schickte, die in seinem Camp
aufgenommen worden waren. Werner mit seinen Mitgefan-
genen, Werner in der Backstube, mein Werner, der jetzt so
anders aussah. Doch in seinen Augen konnte ich noch immer
das schelmische Funkeln erkennen, er hatte es nicht verloren.

Während ich weiter wartete, wurde Deutschland in Zonen
aufgeteilt, und Hamburg war von nun an Britische Zone, was
bedeutete, dass meine Heimatstadt unter britischer Herrschaft
stand. Die Briten hatten zwar geholfen, den Krieg zu beenden,
doch jetzt nahmen sie alles in Beschlag. Vielerorts hingen
fortan Schilder mit der Aufschrift »No Germans!« Etliche
Kinos, Nachtclubs und Theater waren allein den Briten vorbehalten, die ganze Hotels und Schulen beanspruchten, um
sich dort einzuquartieren. Als es dort keinen Platz mehr gab,
konfiszierten sie die Wohnungen der Deutschen, was bedeutete, dass diese von heute auf morgen ohne Dach überm Kopf
dastanden und bei Verwandten, in Kellern oder in den soge-
nannten »Nissenhütten« unterkommen mussten, die die Briten
ihnen bald bereitstellten.

Ich mochte die Briten nicht, und das nicht nur, weil sie mir
meinen Liebsten vorenthielten. Sie waren auch unfreundlich.
Wenn man ihnen zuwinkte, winkten sie einem nicht zurück.

Wenn man sie grüßte, erwiderten sie nichts. Und doch war Uschi ganz angetan von den hübschen Männern in Uniform. Einmal gestand sie mir sogar, dass sie sich einen angeln wollte, damit sie mit ihm nach England gehen konnte. Ihr ging es wie vielen Deutschen in diesen Zeiten, sie waren schwer enttäuscht von ihrem Heimatland und wollten nicht mehr an einem Ort leben, der nur noch aus Ruinen bestand.

Auch wenn der Krieg vorbei war, so wurde der Hunger nur noch größer. Straßen, Fabriken und Maschinen waren zerstört, Arbeitskräfte fehlten, der Brenn- und Treibstoffmangel brachte bald alles zum Erliegen.

Und wieder dachte ich: Hamburg ist nicht mehr das, was es einmal war. Mein schönes Hamburg, das mir doch so viele unbeschwerte Tage geschenkt hatte, als das Leben noch gut war, als mein Werner noch bei mir war.

Und ich fragte mich, ob es je wieder so sein würde. Unbeschwert und froh. Voller Hoffnung und Glück.

Ich kannte die Antwort nicht. Niemand kannte sie. Und das war vielleicht das Schlimmste von allem.

CAFÉ

Herbst 2012

Es ist Samstagnachmittag, und wie versprochen komme ich Oma mit den Kindern besuchen. Mein Vater ist auch mit dabei, Ali muss wie immer samstags arbeiten. Das ist ein bisschen schade, aber man kann es nicht ändern. So sind seine Arbeitszeiten im Restaurant. Mein Opa Werner hatte noch viel schlimmere, er musste jeden Morgen um zwei aufstehen, damit er um drei in der Backstube war und seine Brötchen backen konnte. Wenn er dann mittags von der Arbeit kam, war er immer todmüde und legte sich gleich nach dem Essen ins Bett. Als ich noch ganz klein war, haben wir immer zusammen Mittagsschlaf gehalten, ich habe mich an ihn gekuschelt, und die Welt war in Ordnung.

Oma sitzt schon im Gang und wartet auf uns. Kimmy stürmt zu ihr und umarmt sie als Erster. Papa, Leila und ich tun es ihm gleich.

Marie, die mal wieder hin und her läuft, macht bei uns halt und streicht über Kimmys Haar. »Oh, so schöne Locken. Ein süßer kleiner Junge«, sagt sie. Dann läuft sie weiter.

Rosi kommt vorbei. »Habt ihr Bonbons?«

Ich suche in meiner Handtasche und gebe ihr welche.

Rosi geht glücklich davon, den ersten Bonbon schon ausgewickelt und in den Mund gesteckt.

Ich hole zwei Blatt Papier hervor und reiche sie den Kindern, damit sie sie Gerda geben können. Es sind selbst gemalte Bilder. Gerda ist außer sich vor Freude.

»Die sind ja wunderschön! Ich danke euch«, sagt sie ganz gerührt und bestaunt den Elefanten, den Kimmy gemalt hat, und den Blumengarten von Leila.

»Wollen wir gleich runter ins Café?«, frage ich Oma.

»Na, darauf warte ich schon den ganzen Tag«, sagt sie. »Ich hätte gerne ein großes Stück Kuchen. Mal sehen, was sie heute dahaben.«

Papa geht mit den Kindern voran, und ich schlendere neben Oma her.

»Wie geht es dir, Oma?«

»Wunderbar, danke. Und dir?«

»Mir geht es auch gut.« Ich erkundige mich noch nach ihren Freundinnen, dann haben wir den Fahrstuhl erreicht, wo die anderen schon warten.

Bevor wir einsteigen können, hat Marie uns auf ihrem Weg den Gang hinunter erreicht. Sie streicht erneut über Kimmys Haar. »So schöne Locken. Ein süßer kleiner Junge«, wiederholt sie ihre Worte von vorhin. Dann macht sie kehrt und läuft wieder in die andere Richtung.

Wir fahren runter und gehen ins Café, und ich sehe nach, was es heute gibt, während Oma sich schon an ihren Lieblingstisch setzt.

»Sie haben Marzipantorte, Bienenstich und Zwetschgenkuchen da«, informiere ich sie.

»Dann hätte ich gerne einen Kaffee und ein Stück Zwetschgenkuchen mit Sahne«, sagt sie.

Zwetschgen hat Oma schon immer gerne gemocht. Im

Garten hatte sie einen Zwetschgenbaum und hat aus den Früchten immer Mus eingekocht und selbst auch oft Kuchen gebacken.

Die Kinder suchen sich ein Eis mit Sahne aus, Papa bestellt ein Stück Marzipantorte, und ich schließe mich Oma an.

Als wir alle an dem großen runden Tisch in der Ecknische sitzen, redet jeder drauflos, während ich Oma die kleinen Dinger mit Kaffeesahne öffne. Alle erzählen ihr, was es Neues gibt. Kimmy berichtet von einer Laterne, die er in der Schule bastelt, Leila erzählt Oma, dass sie mit ihrer Freundin im *Heide Park* war, und Papa sagt, er freut sich schon auf die Rente. Ich richte Grüße von Ali aus.

»Ich hoffe, er ist bald mal wieder mit von der Partie«, sagt Oma.

»Bestimmt«, sage ich. »Wir können ja mal wieder sonntags kommen, nächste Woche vielleicht.«

»Das wäre schön.«

Papa holt ein Kartenspiel hervor und spielt mit Kimmy *Mau-Mau*, während Leila an ihrem Handy zugange ist.

»Die jungen Leute haben wohl kaum noch etwas anderes im Kopf, was?«, flüstert Oma mir zu.

»Ja, man muss aufpassen, dass es nicht zu viel wird«, erwidere ich.

»Andererseits ist es doch auch schön, sich auf diese Weise mit Freunden austauschen zu können. Ich wünschte, ich hätte ein Handy gehabt, als Uschi damals wegging.«

Ja, das wünschte ich ihr auch.

»Übrigens hat Silke gestern angerufen«, erzählt Oma.

»Ja? Wie geht es ihr?«

»Ihr geht es gut so weit. Sie fragt, ob du ihr mal eins von

deinen Büchern schicken kannst. Als sie mich im Sommer besucht hat, habe ich sie ihr gezeigt.«

»Das mache ich gerne«, sage ich und nehme mir vor, ganz bald eins zur Post zu bringen. Ich könnte ihr den neuen Kurzroman schicken, den von den zwei Freundinnen im Zweiten Weltkrieg. Er wird schon ganz bald fertig sein, ich bin schon dabei, den Text zu überarbeiten und zu formatieren.

»Darf ich mal probieren?«, fragt Papa und führt seine Gabel an meinen Kuchen. Seinen eigenen hat er schon aufgegessen.

»Klar.«

Er trennt sich ein kleines Stück ab, isst und sagt: »Dein Zwetschgenkuchen war hundertmal besser, Mama.«

»Aber am besten war immer Werners Butterkuchen«, sagt Oma.

Da ist Papa voll und ganz ihrer Meinung. »Ja, der war der allerbeste.«

»Ich weiß noch, wie heiß alle auf den waren«, sage ich und denke an meinen Opa zurück, der stets ein ganzes Blech gebacken hat, wenn Besuch kam, manchmal sogar zwei. Alle haben sich um seinen Butterkuchen gerissen, er war mit Zucker und Mandelscheiben bedeckt.

»Onkel Artur hat immer vier oder fünf Stücke verdrückt«, erinnert mein Vater sich zurück.

»Ja, das weiß ich auch noch«, sage ich. »Und er hat ihn immer auf seine ganz eigene Weise gegessen.«

»Wie denn?«, will Leila wissen.

»Er hat die Gabel immer so reingesteckt«, sage ich und mache es nach, indem ich meine Gabel von oben in die Mitte meines Kuchenstücks spieße, und es dann anhebe, um drumherum abzubeißen.

»Das will ich auch machen!«, sagt Kimmy. »Krieg ich ein Stück Kuchen?«

»Du hattest doch schon ein Eis«, erinnere ich ihn und deute auf seinen leeren Becher. »Beim nächsten Mal kannst du dir ja Kuchen aussuchen.«

»Na gut«, sagt er und nimmt die fünf Karten auf, die sein Opa Jürgen ihm hingelegt hat.

»Wer war noch mal Onkel Artur?«, fragt Leila, die ihn nicht mehr kennengelernt hat.

»Das war mein ältester Bruder«, erzählt Oma ihr.

»Hattest du noch einen?«

»Ja. Walter. Und eine Schwester, Annemarie.«

»Wo sind die?«, will Kimmy wissen.

»Die sind leider schon alle tot«, sagt Oma.

»Sind die im Himmel?«, fragt Kimmy.

»Ganz bestimmt sogar«, sagt Oma und trinkt einen Schluck Kaffee.

Papa lacht. »Na, dann hoffe ich, dass die da oben Butterkuchen haben.«

Kimmy sieht jetzt mich an. »Darf ich bitte ein Stück Kuchen, Mama? Biiiitte! Ich will den so essen wie Omas Bruder.«

Ich seufze. Wie könnte ich Nein sagen, wenn er doch so gerne etwas tun möchte wie der gute alte Onkel Artur?

»Na gut«, sage ich, und Kimmy hüpft von seinem Platz und umarmt mich stürmisch. Ich muss lachen und bitte Leila, mit ihm zur Verkaufstheke zu gehen.

»Will noch jemand was?«, fragt sie.

»Ich nehme auch ein Stück Zwetschgenkuchen«, sagt mein Vater. »Dann essen wir ihn alle so wie Onkel Artur. Mama, was ist mit dir?«

Oma lacht. »Nee, so wie Artur möcht ich den nicht essen.

Aber ich nehme auch noch ein Stück. Mit viel Sahne. Man gönnt sich ja sonst nichts.«

Papa muss lachen, und ich stimme ein. Ach, wenn doch jeder Samstagnachmittag so vergnüglich wäre.

PFANNKUCHEN

Als ich Oma am nächsten Mittwoch besuche, und sie mich nach den Kindern fragt, erzähle ich ihr, dass Kimmy jetzt jeden Tag Kuchen essen will, und zwar so wie Onkel Artur. Oma lacht, und ich versuche, mich an meinen Großonkel zu erinnern. Er starb, als ich zehn oder elf war, aber davor habe ich ihn manchmal zusammen mit Oma besucht. Leider weiß ich nicht mehr viel, nur dass er sehr groß war und dass er eben seinen Kuchen auf eine ungewöhnliche Art und Weise gegessen hat. Und ich kenne diese eine Geschichte, die Oma mir wieder und wieder erzählt hat. Tatsächlich ist es sogar eine Kriegsgeschichte, allerdings ist sie, wie alle Geschichten, die Oma mir früher erzählt hat, überwiegend fröhlich, und man erfährt darin auch gar nichts über den Krieg, sondern nur etwas über Pfannkuchen.

»Du, Oma, wie viele Pfannkuchen hat Onkel Artur damals noch mal verdrückt?«, frage ich sie jetzt, obwohl ich es natürlich noch weiß. Aber ich möchte gerne was von früher hören, und das ist doch ein guter Einstieg, finde ich.

»Ganze dreißig Stück!«, erwidert sie, und ich frage mich wie jedes Mal, ob das wirklich stimmen kann. Ich meine, kann man wirklich dreißig Pfannkuchen essen, selbst wenn man völlig ausgehungert ist?

Doch Oma besteht drauf, und selbstverständlich darf der Rest der Geschichte nicht fehlen.

»Das war, als der Krieg vorbei war«, erzählt sie. »Artur war ja in Russland und ist den ganzen Weg zurück nach Hamburg gelaufen. Mit kaputten Schuhen an den Füßen. Die taten ihm vielleicht weh. Und er hatte Hunger! Einen so abgemagerten Mann hatte ich noch nie gesehen, er war nur noch Haut und Knochen. Als er wieder zu Hause war, fragte er als Erstes nach Pfannkuchen. Die waren sein Lieblingsessen, und er erzählte uns, dass er davon geträumt hat, als er im Schützengraben lag, und dass er vielleicht nur durchgehalten hat, um noch einmal Pfannkuchen essen zu können. Natürlich wollten Grete und ich ihm diesen Wunsch erfüllen, aber die Nahrungsmittel waren knapp, und wir hatten weder Butter noch Pflanzenöl. Also nahmen wir Fischöl.«

Ich verzog das Gesicht. »Und? Haben sie ihm trotzdem geschmeckt?«

»Er hat gesagt, es wären die besten Pfannkuchen, die er je gegessen hätte.« Oma muss lachen, und ich lache mit.

Dann werde ich wieder ernst. Weil ich mir vorstelle, wie das ist, wenn man keine Lebensmittel hat und hungern muss. Ich kenne das natürlich gar nicht, bin in keinem Krieg aufgewachsen, hatte immer Essen im Überfluss. Und doch weiß ich ja, dass es auch heute noch Kriege gibt und Länder, in denen die Menschen Hunger leiden. Deshalb werfe ich ungern Essen weg, und ich verstehe mehr und mehr, warum auch Oma immer etwas beiseitelegt, und seien es nur Marmeladenschälchen vom Frühstück.

Ich konzentriere mich wieder auf Oma, die aus dem Fenster sieht und einen Vogel beobachtet, der von Ast zu Ast fliegt.

»Wie war das dann eigentlich nach dem Krieg?«, frage ich. »Wie lange hat es gedauert, bis ihr wieder mehr zu essen hattet?«

»Oh, noch eine ganze Weile«, sagt Oma. Sie schaut noch immer aus dem Fenster. »Wir hofften ja, dass alles schnell beim Alten sein würde, aber so einfach war das dann leider doch nicht...«

HUNGER

1946/1947

Der Zweite Weltkrieg war vorbei. Nun hieß es, zu vergessen. Nach vorne zu blicken. Das Land wieder aufzubauen. Und zu versuchen, wieder glücklich zu sein.

Doch dann kam die große Hungersnot.

Der Winter war bitterkalt, mit minus zwanzig Grad einer der kältesten des Jahrhunderts.

Es gab kein Brennmaterial, aus Kohlemangel wurde immer wieder unangekündigt der Strom abgestellt. Die Schule fiel aus, Kinos und Theater wurden geschlossen, Geschäfte hatten nur noch vier oder fünf Stunden am Tag geöffnet. Zehntausende Hamburger waren noch immer obdachlos, fanden Schutz in alten Bunkern und Ruinen, weil die Nissenhütten nicht für alle reichten. Und viele von ihnen erfroren oder verhungerten in diesem schneereichen Winter, den sie auch den »Weißen Tod« nannten.

Der Winter ging zwar vorüber, und es wurde wieder wärmer, doch der Hunger dauerte an.

Es gab einfach keine Nahrungsmittel mehr. Selbst unsere Kartoffeln hatte der Frost verdorben. Wir wurden immer dünner, hätten alles gegeben für eine Wurst oder ein Stück Kuchen. Wer Glück hatte, kam an eine der »Schwedenspeisungen« heran, warme Mahlzeiten für hungernde Hamburger, die von den Schweden finanziert wurden. Ansonsten gab es nun Lebensmittelkarten. Jedem Hamburger standen jetzt noch 800 Kalorien am Tag zu, die Schlangen an den Lebensmittelausgaben waren endlos lang.

Am 9. Mai 1947 versammelten sich über 150 000 Menschen auf den Straßen, um gegen den Hunger zu protestieren. Kurz darauf wurde Hamburg zum Notstandsgebiet erklärt. Und die Amerikaner, die uns wenige Jahre zuvor noch bombardiert hatten, schickten Getreide und »CARE-Pakete« mit Vollmilchpulver, Reis, Bohnen und Corned Beef in Dosen.

Hamburg war noch immer Britische Zone. Es gab eigene Busse und Straßenbahnen für die Briten und in den S-Bahnen Sonderabteile. Im Sommer 1947 lebten 30 000 Briten in Hamburg, Soldaten mit ihren Familien. Sie hatten englische Musik nach Deutschland gebracht, und die Soldaten waren nun freundlicher, grüßten uns und durften sogar mit deutschen Frauen ausgehen. Uschi nutzte die Gelegenheit und freundete sich mit ein paar Uniformierten an. Ging mit ihnen auf den *Sommerdom*, der auch *Hummelfest* genannt und in diesem Jahr zum ersten Mal abgehalten wurde. Sie war noch immer auf der Suche nach der großen Liebe, während ich meine schon gefunden hatte. Und jeden Tag hoffte ich, dass wir bald wieder beisammen sein würden.

*

Ich starre Oma an. Und jetzt verstehe ich es endlich. All die Marmeladenportionen in den Schubladen, die abgelaufenen Lebensmittel in ihren Küchenschränken, die vielen Einmachgläser, all die selbst gemachte Marmelade damals im Garten, das eingemachte Obst und das eingelegte Gemüse … Meine Oma hat den wohl schlimmsten Hunger durchmachen müssen, den man sich vorstellen kann. Und natürlich war mir immer klar, warum sie Lebensmittel hortet, aber dass diese »schlechten Zeiten« *so* schlimm ausgesehen haben, das habe ich nicht gewusst.

Ich nehme mir vor, nie wieder etwas zu sagen, wenn ich kleine Marmeladen finde oder ein Brötchen im Beistelltisch oder einen Joghurt in der Handtasche. Ich bin ziemlich aufgewühlt. Dass Oma so viel durchmachen musste, nimmt mich mit, sehr sogar.

Oma scheint es mir anzusehen. »Was ist denn los, Ela?«

»Das ist einfach so schrecklich, was du mir da erzählst. All die Menschen, die verhungert sind ... Und die schlimmen Zeiten, die ihr durchstehen musstet.«

»Aber Ela, wir *haben* sie durchgestanden. Das ist alles, was zählt.«

Ich nicke. Sehe auf die Uhr. »Leider ist es gleich Zeit fürs Mittagessen. Aber vielleicht komme ich diese Woche noch mal vorbei. Ich muss doch hören, wie du und Opa endlich wieder zusammengefunden habt.«

Oma lächelt, und kurz glaube ich, ein wenig Traurigkeit in ihren Augen zu sehen. Aber wahrscheinlich sind es noch immer die Gedanken an den schrecklichsten Winter ihres Lebens.

Als ich sie ein paar Minuten später zur Cafeteria bringe, glänzen ihre Augen auch schon wieder. Wir haben nämlich auf der Karte gelesen, dass es heute endlich mal wieder Kartoffelpuffer gibt. Oma freut sich. Und ich freue mich mit ihr.

HERZSCHMERZ

Als ich am nächsten Tag mit Kimmy beim Fußballtraining bin und ihm dabei zusehe, wie er einmal um das Feld läuft, muss ich noch immer an Omas letzte Geschichte denken. An den schlimmen Winter, in dem sie so hungern mussten. Und an Opa, der noch immer in britischer Gefangenschaft war, obwohl der Krieg längst vorbei war und Oma zu Hause in Hamburg sehnsüchtig auf ihn wartete.

Ich habe mir die Fotopostkarten erneut angesehen, und jetzt macht alles endlich Sinn. Dass darauf *Germany, British Zone* steht, und dass Opa auf den Bildern schon so alt aussieht.

Ich habe ein bisschen recherchiert. Die letzten POWs aus britischer Gefangenschaft sind erst 1948 entlassen worden, und die letzten aus sowjetischer sogar erst 1955! Wie schlimm das gewesen sein muss, so lange von seinen Liebsten getrennt zu sein. Väter haben die gesamte Kindheit ihrer Sprösslinge versäumt. Söhne haben nicht Abschied nehmen können von ihren im Sterben liegenden Eltern. Ehemänner haben ihre Frauen an andere Männer verloren, weil diese glaubten, dass sie nicht zurückkehren würden. So vielen wurde so vieles verwehrt, und das alles wegen eines sinnlosen Krieges, der niemandem irgendetwas gebracht hat. Der 70 Millionen Tote gefordert hat. Unvorstellbar, nach wie vor.

Irgendwann steht Kimmy wieder bei mir. Das Training ist vorbei. Ich habe nicht einmal mitbekommen, wie spät es bereits ist, weil ich so viel nachgedacht habe. Und weil mir bewusst geworden ist, dass ich wirklich nicht bis nächste Woche warten kann, um zu erfahren, wie und wann meine Großeltern endlich wiedervereint waren.

Am nächsten Morgen schreibe ich ein paar Seiten und mache mich dann auf zu Oma. Ich treffe sie im Gang an und frage sie, ob wir uns nicht draußen auf die Bank setzen wollen. Zum Glück ist heute ein schöner sonniger Tag. Oma ist einverstanden, und ich kann es kaum erwarten zu hören, wie die Geschichte weitergeht.

»Ich konnte gar nicht richtig schlafen, weil ich so neugierig bin«, sage ich. Wir sind dem Happy End schon so nah.

Oma blickt zu den Hortensien, die nun auch noch das letzte bisschen Farbe verloren haben. Die Blüten sind bereits ganz eingetrocknet, und irgendwie überkommt mich ein komisches Gefühl.

»Oder magst du mir nicht erzählen, wie es weiterging?«, frage ich Oma.

Sie ist ganz still, scheint zu überlegen. Als würde es sie Überwindung kosten, mit ihren Erzählungen fortzufahren.

»Ach, weißt du, Ela«, sagt sie schließlich. »Irgendwann war ich gar nicht mehr sicher, ob alles gut ausgehen würde.«

»Wie meinst du das?«

»Nun, ich wusste nicht, ob Werner überhaupt zu mir zurückkommen wollte.«

Ich halte die Luft an, denn jetzt bin ich wirklich gespannt.

*

Die Monate vergingen. Werner und ich schrieben uns weiterhin und warteten auf den Tag, an dem er die Nachricht erhalten würde, dass er zurück nach Hause durfte. Er berichtete, dass die Regeln im Camp gelockert worden waren, er nun sogar Freigang hatte, und er durfte mir endlich auch Pakete schicken, was vorher verboten gewesen war. Einmal schickte er mir ein paar Schachteln Kekse namens Shortbread, die köstlich waren, ein anderes Mal ein Rosenwasser, das ich mir nun immer aufs Kopfkissen träufelte, in der Hoffnung, von Werner zu träumen. Von einer wunderbaren gemeinsamen Zukunft.

Und dann kam die Stille.

Wochenlang kein Brief von Werner. Keine Nachricht. Kein Lebenszeichen.

Ich machte mir unglaubliche Sorgen, konnte nicht schlafen, nicht essen, malte mir die schrecklichsten Szenarien aus.

»Hast du immer noch nichts von ihm gehört?«, fragte Uschi mich eines sommerlichen Abends, als wir durch Billstedt spazierten.

»Nein, noch immer nicht«, antwortete ich und fühlte wieder diesen Kloß im Hals, der mir in letzter Zeit so oft die Kehle zuschnürte.

»Er ist bestimmt wohlauf«, versuchte Uschi, mich zu beruhigen. »Vielleicht sind seine Briefe nur in der Post verloren gegangen.«

»Ja, vielleicht«, sagte ich, auch wenn ich nicht daran glaubte. Weil ich spürte, dass etwas passiert war. Ich spürte es einfach.

Und dann, drei weitere Wochen später, hörte ich endlich von Werner. Ich nahm dem Briefträger den Umschlag ab, setzte mich in unseren Garten und begann mit pochendem Herzen zu lesen.

August 1947

Liebe Lisa,

ich weiß, Du wartest schon auf Post von mir, und es tut mir leid, dass ich Dich so lange im Ungewissen gelassen habe. Ich wusste nur nicht, wie ich es Dir sagen sollte ...
Zuerst einmal, sei unbesorgt, es geht mir gut. Gesundheitlich könnte es mir nicht besser gehen. Aber was andere Dinge betrifft, muss ich Dir sagen, dass ich leide. Ich fühle mich einsam, und ich weiß, Dir geht es genauso. Natürlich kann ich nicht erwarten, dass Du verstehst, was ich durchmache, doch ich will versuchen, es Dir zu erklären.
Ich bin hier in der Fremde und spreche die Sprache noch immer nur sehr mangelhaft. Seit fünf Jahren bin ich nun schon fort von daheim, ich vermisse Hamburg, das deutsche Essen, meine Mutter, meine Freunde und besonders Dich. Ich schlafe hier in einem Raum mit zig anderen Männern, mit denen ich mich zwar teilweise unterhalten kann, die aber niemals meine Liebsten ersetzen könnten. Und was mir am meisten fehlt, ist die Nähe zu einem anderen Menschen. Einfach nur mal kuscheln, miteinander lachen, sich Dinge anvertrauen oder auch mal eingestehen, wie verletzlich man sich bei all dem fühlt.
Und dann begegnete ich ihr. Diese junge Britin fühlte sich genauso einsam wie ich. Ihr Mann ist im Ausland gefallen, und sie – weißt Du, sie versteht mich.
Bitte, Lisa, glaube mir, ich habe das nie gewollt. Und es bedeutet nicht, dass ich Dich nicht mehr liebe, aber es ist schön, einen Menschen zu haben, der hier in meiner Nähe ist. Der mich einfach nur hält, wenn ich traurig bin.

Bitte verzeih mir, Lisa, ich wollte Dich nie verletzen.
Ich hoffe, Du verachtest mich jetzt nicht. Ich hoffe, Du gibst
uns nicht auf und träumst noch immer von einer gemeinsamen
Zukunft mit mir. Denn nichts hat sich geändert. Ich liebe Dich
noch immer mehr als das Leben selbst.

Vergib mir.
Dein Werner

Ich musste den Brief dreimal lesen, um zu begreifen, was Werner mir da schrieb. Und ich weinte bittere Tränen.

Natürlich hatte ich nicht erwarten können, dass er mir für immer treu war, denn immerhin war er ein junger Mann, der weit weg von seiner Liebsten war, und der, wie er schrieb, die Nähe zu einem anderen Menschen vermisste. Ich konnte es ja nachvollziehen, und doch tat es furchtbar weh.

Das Schlimmste war jedoch, dass ich nun nicht wusste, ob Werner zu mir zurückkehren würde. Was hielt ihn davon ab, bei dieser anderen Frau zu bleiben, wenn er endlich frei war?

Was, wenn er sich in sie verliebte und sie ihm am Ende mehr bedeutete als ich?

Ich lief in mein Zimmer, warf mich weinend auf mein Bett und wollte es zwei Tage nicht mehr verlassen.

*

Ich starre Oma an. Kann gar nicht glauben, was sie mir da erzählt. Mein Opa hatte in England eine Freundin? Das hätte ich nie für möglich gehalten. Weil sie sich doch so geliebt haben.

»Oh mein Gott, Oma, das tut mir so leid. Es muss schrecklich gewesen sein, das zu erfahren.«

»Oh ja, ich habe befürchtet, dass es das Ende für uns und unserer Liebe wäre.«

Ich sehe bedauernd auf die Uhr. »Du musst leider gleich zum Mittagessen, es ist schon Viertel vor zwölf.«

»Oh.« Oma erhebt sich von der Bank.

Ich fasse einen Entschluss. Habe zwar eigentlich vorgehabt, mich gleich wieder an mein Manuskript zu setzen, aber das hier ist wichtiger.

»Du, Oma, wäre es okay, wenn ich noch bleibe? Ich könnte auf dich warten, bis du vom Essen zurückkommst.«

Oma scheint sich über meinen heute mal längeren Besuch zu freuen. »Komm doch mit zum Essen. Und danach erzähl ich dir noch ein bisschen von früher.«

Ich könnte jetzt niemals etwas runterbekommen. Nicht nach dieser Offenbarung.

»Ach, weißt du, ich hatte ein großes Frühstück und hab noch keinen Hunger«, sage ich auf dem Weg zum Fahrstuhl. »Aber lass du dir ruhig Zeit. Ich beschäftige mich schon irgendwie. Vielleicht gehe ich mal nachsehen, was sie für neue Bücher im Regal haben.«

»Mach das, Ela.«

Wir gehen zur Cafeteria. »Bis gleich, Oma«, sage ich.

Ich will sie umarmen, sie ganz fest drücken, ihr sagen, wie sehr ich mit ihr fühle. Doch stattdessen sehe ich ihr nur nach, wie sie durch die Tür geht. Und dann stehe ich da und weiß nicht, wohin mit meinen Emotionen.

Schließlich mache ich mich tatsächlich auf nach unten, doch die Bücher interessieren mich heute wenig. Ich setze mich in die Leseecke und lege das Gesicht in die Hände.

Was Oma mir da gerade anvertraut hat, zerstört die Vorstellung, die ich immer von meinen Großeltern hatte, irgendwie. Ich hatte doch geglaubt, sie wären das perfekte

Paar gewesen, hätten ihr ganzes Leben nur einander geliebt. Und jetzt erfahre ich, dass es da diese andere Frau gegeben hat. Die Britin ohne Namen, die meinem Opa in schweren und einsamen Zeiten Trost gespendet hat.

Jetzt verstehe ich endlich, was Oma zu Beginn unserer Reise in die Vergangenheit damit meinte, dass ich Opa und sie mit anderen Augen sehen könnte. Und ich frage mich, ob ich das nun tue. Ich kann das Ganze zumindest noch immer nicht fassen. Und ich möchte unbedingt hören, wie es dann weiterging. Mit Lisa und Werner, die dieser verdammte Krieg fast entzweit hätte.

HEIMKEHR

Als Oma vom Mittagessen zurückkommt, warte ich bereits in ihrem Zimmer. Ich sitze am Tisch und gehe ihr Fotoalbum durch. Betrachte die Bilder, auf denen Oma und Opa so verliebt wirken. Niemals – niemals! – hätte ich es für möglich gehalten, dass etwas ihre Liebe in Gefahr gebracht hat.

»Du bist ja wirklich noch da!«, sagt Oma überrascht.

»Ja natürlich«, antworte ich. »Wie hat der Kaiserschmarrn geschmeckt?« Ich habe auf meinem Rückweg von der Leseecke Rosi getroffen, die mir erzählte, dass es heute welchen gab. Ich hab ihr ein paar Gummischlümpfe gegeben, und sie war glücklich.

»Lecker«, sagt Oma.

»Freut mich.« Ich betrachte Oma, frage mich, ob sie heute überhaupt noch in der Stimmung sein wird, weiterzuerzählen. Denn diese Offenbarung ist sicher emotional sehr anstrengend gewesen.

Andererseits wünsche ich mir nichts mehr. Denn ich kann doch nicht so in der Schwebe bleiben bis zu meinem nächsten Besuch.

Doch Oma setzt sich zum Glück gleich zu mir und fragt: »Du wartest bestimmst schon darauf, zu hören, wie es weiterging, oder?«

»Nur, wenn du es erzählen möchtest«, erwidere ich.

»Ich habe noch nie jemandem davon erzählt«, sagt sie. »Nur Uschi damals. Aber danach nie mehr.«

Ich fühle mich geehrt, dass sie heute eine Ausnahme machen möchte.

»Danke, dass du mich daran teilhaben lässt, Oma. Das bedeutet mir wirklich viel.«

»Ach«, sagt Oma und winkt ab. »Es ist doch nun schon so lange her. Da macht es auch nichts mehr aus. Zumal wir darüber hinweggekommen sind.«

»Seid ihr das?«, frage ich voller Hoffnung, und dann warte ich gespannt auf die Fortsetzung dieses alles entscheidenden Kapitels.

*

Herbst/Winter 1947

So betrübt ich war, verstand ich Werner doch auch. Wir hatten uns seit Ewigkeiten nicht gesehen und wussten nicht, ob wir uns je wiedersehen würden. Vielleicht musste Werner noch Jahre in England bleiben, wer konnte das schon sagen? Wir konnten nicht erahnen, wie die Zukunft aussah, und es frustrierte mich selbst mehr und mehr, meine besten Jahre wartend zu verbringen. Und deshalb fing ich irgendwann auch an, mich mit anderen jungen Männern zu verabreden. Ich erzählte Werner davon und versprach ihm, dass ich niemals einen anderen lieben, ja, nicht einmal einen anderen küssen würde. Aber tanzen wollte ich, mich unterhalten und lachen. Einfach wieder fröhlich sein. Das Leben musste weitergehen, das musste es einfach.

Und dann, Ende November, erhielt ich eine Postkarte von Werner, auf der nur vier Worte standen: ICH KOMME NACH HAUSE!

Ich war überglücklich und konnte es kaum erwarten, meinen Liebsten bald wieder bei mir zu haben. Wenn er denn noch bei mir sein wollte. Denn obwohl Werner mir immer wieder beteuerte, dass er nur mich liebe und zu mir zurückkehren wolle, befürchtete ich doch, dass er mehr Gefühle für seine britische Bekanntschaft entwickelt hatte, als er zugab. Und dass er bei ihr bleiben würde.

Aber Werner nahm mir all meine Bedenken. Er schrieb mir in seinem folgenden Brief, dass er es kaum erwarten konnte, mich wiederzusehen, und er schickte mir Fotos von einem Ausflug nach London, die ihn auf der Tower Bridge und vor dem Buckingham Palace zeigten. Dazu legte er ein Glas Orangenmarmelade und zwei Schachteln meiner Lieblingskekse.

Er versprach mir hoch und heilig, dass wir ganz bald wieder zusammen sein würden. In zwei Wochen schon, an Weihnachten, und dann für immer.

Wie konnte ich da noch an seinen Worten zweifeln?

Als Werner dann wirklich vor mir stand, etliche Jahre gealtert und mit einem Lächeln im Gesicht, fiel ich ihm um den Hals und wollte ihn nie wieder loslassen. Ich weinte vor Freude, endlose Tränen liefen über mein Gesicht.

»Ich bin so froh, dass du zu mir zurückgekehrt bist!«, sagte ich und drückte ihn ganz fest. Ich atmete seinen Duft ein und konnte kaum glauben, dass er tatsächlich hier war.

»Und ich bin froh, dass du auf mich gewartet hast«, sagte er.

Und es stimmte. Ja, ich hatte mit dem einen oder anderen jungen Mann getanzt, aber nie, niemals hätte ich auch nur in Erwägung gezogen, einen anderen in mein Herz zu lassen. Da war immer nur er gewesen – mein Werner.

Ich löste mich von ihm und sah ihm in die Augen, befühlte

sein Gesicht, als wäre er gar nicht real, sondern nur ein Traumgebilde.

»Du siehst verändert aus«, sagte ich und hoffte, nicht so bald aus meinem wunderschönen Traum zu erwachen.

»Und du ebenso«, erwiderte er, wischte mir die Tränen von den Wangen und berührte mein Haar.

Ich trug es jetzt länger und zu Locken gedreht. Und der Krieg hatte seine Spuren hinterlassen – ich war nun wieder sehr viel dünner durch den jahrelangen Hunger.

Doch Werner machte es nichts aus, dass ich so abgemagert war, denn im Grunde sahen die meisten Menschen in diesen Zeiten so aus. Mit den Jahren würden wir sicher wieder ein bisschen was auf die Rippen bekommen. Wenn die Dinge sich wieder zum Guten wendeten.

Werner liebte mich noch immer, und das war das Einzige, was zählte.

»Bitte verzeih mir, Lisa«, sagte er voller Reue.

»Und verzeih du mir ebenso«, bat ich ihn.

Wir beide hatten uns nach Nähe gesehnt und waren mit anderen ausgegangen. Doch das war Vergangenheit, die Zukunft war alles, was jetzt wichtig war.

Werner sah mir tief in die Augen und versprach mir: »Ich werde dich nie mehr verlassen, Lisa.«

Und ich glaubte ihm.

*

Oma hat Tränen in den Augen, als sie fertig erzählt hat. Und ich ebenso. Die Geschichte war einfach so bewegend, so schön, so romantisch. Manchmal kann ich noch immer nicht glauben, dass sie wirklich wahr ist und vor allem, dass Oma sie nach all den Jahren mit mir teilt.

Wie froh ich bin, dass damals doch noch alles gut für die beiden ausgegangen ist. Dass sie sich wiedergefunden haben. Und dass ihre Liebe noch so groß war wie vor dem Krieg, ja, wahrscheinlich noch viel größer. Und nein, ich sehe meine Großeltern nicht mit anderen Augen, ich sehe sie noch immer als die beiden wundervollen und großherzigen Menschen, die sie waren.

Ich bin dankbar. Nichts als das. Und ich kann gerade gar nichts sagen, so ergriffen bin ich.

Als Oma noch nach einem Taschentuch sucht, klopft es an der Tür. Olga schaut herein.

»Ich wollte nur nachsehen, ob Sie irgendetwas brauchen, Lisa. Haben Sie noch genug Wasser?« Dann erkennt Olga, wie verheult Oma und ich sind. »Huch, ist etwas passiert?«

»Meine Oma hat mir gerade eine ganz wundervolle Geschichte von früher erzählt«, lasse ich sie wissen. »Sie war sehr emotional, weshalb uns beiden die Tränen gekommen sind.«

»Ach, na dann ist ja gut. Ich dachte schon, es wäre jemand gestorben.«

»Nein, zum Glück haben wir es überlebt«, sagt Oma leise, und ich lege ihr mit neuen Tränen in den Augen eine Hand auf den Arm.

HOCHZEIT

Omas Geschichte lässt mich nicht los. Ich kann an nichts anderes denken. Und endlich, endlich fällt mir wie von selbst die perfekte Lovestory ein, die ich Jane Austen in meinem Roman erleben lassen möchte. Weil Liebe weder Raum noch Zeit kennt, weil Liebe manchmal bis in die Unendlichkeit anhält.

Völlig beschwingt besuche ich Oma an diesem Mittwochvormittag, und als sie fragt, wie es mir geht, antworte ich: »Super. Ich komme richtig gut voran mit meinem Roman.«

Natürlich schreibe ich zusätzlich an meinen Sachen im Selfpublishing, weil ich ja auch Geld verdienen muss, aber ich habe die letzten Tage in jeder freien Minute am Roman gesessen, und es macht so Spaß, ihm Leben einzuhauchen. Es ist so erfüllend, dass es mir endlich gelingt, die Dinge so umzusetzen, wie ich es mir vorgestellt habe. Ich habe mir zwar wirklich viel vorgenommen, und diese Zeitreise ist kein leichtes Unterfangen, aber ich werde dieses Buch zu Ende schreiben und dabei mein Bestes geben.

»Ja? Und konnte ich dir helfen, was die Liebesgeschichte angeht?«, fragt Oma, die mir an dem Tisch am Fenster gegenübersitzt. Lotti döst wieder mal vor sich hin.

»Sehr sogar. Deine eigene wundervolle Liebesgeschichte hat mich so berührt, dass mir dann auch endlich etwas eingefallen ist.«

»Heißt das, Jane Austen, die du in die Zukunft reisen lässt, verliebt sich?«, fragt Oma erstaunt.

Ich grinse sie an. »Ganz genau.«

»In ihrer eigenen Zeit oder etwa in der heutigen?«

»Das wird noch nicht verraten«, sage ich.

»Na, du machst es aber spannend«, meint Oma.

»Du wirst es dann ja irgendwann selbst lesen können.«

Oma druckst ein bisschen herum. »Ich glaube an dich, Ela, das weißt du, aber was ist, wenn du am Ende doch keinen Verlag für das Buch findest? Es wird so eine schöne Geschichte, die solltest du unbedingt trotzdem veröffentlichen.«

»Das mache ich auch. Falls ich keinen Verlag finden sollte, kann ich es immer noch selbst herausbringen, im Internet, so wie meine bisherigen Bücher. Aber noch habe ich Hoffnung.«

»Die sollst du auch haben. Gib die ja nicht auf!«, sagt Oma, greift über den Tisch und tätschelt mir die Hand.

»Werde ich nicht.« Noch lange nicht. Denn bei diesem Buch habe ich wirklich das Gefühl, es könnte klappen. Zum allerersten Mal.

»Ich freu mich für dich«, sagt Oma.

»Ich freu mich auch.«

Wir lächeln einander an.

Ich habe die Fotobox noch mal durchstöbert und nach den Bildern gesucht, die Oma beim letzten Mal erwähnt hat. Und dabei habe ich tatsächlich eins gefunden, auf dem der junge Werner auf einer Brücke steht, die die Tower Bridge in London sein könnte. Es wäre schon toll, wenn es so wäre. Andererseits ist es auch nicht von Bedeutung, das einzig Wichtige ist, dass Opa seinen Weg zurück nach Hause gefunden hat.

Irgendwann frage ich: »Du Oma, magst du mir davon erzählen, wie es damals war, als Opa wieder zurück war? Ihr habt doch dann auch bald geheiratet, oder?«

»Oh ja.« Ihre Augen nehmen wieder diesen gewissen Blick an. Diesen Blick voller Liebe und Zuneigung, und ich freue mich auf das, was nun kommt.

*

1948/1949

Langsam ging es bergauf. Die Wirtschaft erholte sich ein wenig, die D-Mark wurde eingeführt, und die Leute fingen wieder an zu hoffen und nach vorne zu blicken. So auch Werner und ich.

Werner arbeitete als Bäcker, während ich weiterhin Schuhe verkaufte. Da noch immer Wohnungsnot herrschte, wohnten wir bei meinen Eltern, im Zimmer unterm Dach. Es war eng, aber es machte uns nichts aus, solange wir zusammen waren.

Unsere Brüder waren inzwischen alle zurück nach Hause gekehrt, und wir waren dankbar und froh, dass unsere Familien keine Verluste erlitten hatten, was einem Wunder glich.

Wir gingen wieder ins Kino und auf den *Dom*, hatten hin und wieder ein Doppel-Rendezvous mit Uschi und einem ihrer Verehrer, und lebten das Leben, von dem wir jahrelang im Stillen geträumt hatten. Das Leben, von dem wir nicht mehr geglaubt hatten, dass es uns gegönnt sein würde.

Eines Tages saßen wir mit meinen Eltern am Abendbrottisch, und die jungen Männer erzählten Geschichten aus dem Krieg. Bis meine Mutter sie stoppte. »Keiner will das mehr hören!«, sagte sie mit kraftvoller Stimme. »Lasst diese schrecklichen Jahre endlich hinter euch und seid froh, dass ihr am Leben seid. Jetzt ist es Zeit, nach vorne zu blicken.«

Werner nahm sich ihre Worte wohl zu Herzen. Denn ein paar Tage später, als wir zusammen in unserem engen Bett lagen, sagte er: »Lisa, ich möcht dich heiraten.«

Ich sah ihn an und freute mich. Auf diese Worte hatte ich schon so lange gewartet.

»Ja?«, fragte ich, weil ich es ihm dann doch nicht ganz so leicht machen wollte. »Und warum?«

Werner stützte sich auf seinen Ellbogen. »Na, weil du die beste und schönste Frau auf der ganzen Welt für mich bist. Du hast fünf Jahre lang auf mich gewartet und nie aufgehört, an uns zu glauben.«

»Das ist ein guter Grund«, sagte ich. »Na schön, dann will ich deinen Antrag annehmen.«

Als ich am nächsten Tag Uschi davon erzählte, sagte sie: »Oh, ich freu mich für dich, Lisa. Auch wenn es kein sehr romantischer Antrag war.«

Die Romantik hatte ich längst hinter mir gelassen. Der Krieg hatte sie mir mit so vielen anderen Dingen genommen, an die ich davor noch geglaubt hatte. Jetzt kam es auf wichtigere Dinge an, auf Solidarität und Vertrauen, und darauf, zusammenzuhalten, was auch geschah.

»Ach, Uschi. Du und deine Romantik. Vielleicht solltest du diese kindlichen Träumereien auch mal aufgeben.«

»Niemals!«, sagte Uschi jedoch. »Ich halte an meinen Träumen fest. Und eines Tages werde ich meinen Prinzen in Uniform treffen, der mich weit fortbringt und mir all meine Wünsche erfüllt.«

»Und wenn du ihn nicht findest?«, fragte ich Uschi. »Gibst du dich dann auch mit einem Bäcker oder Schuster zufrieden?«

»Weißt du, Lisa, wir haben doch immer noch die Wahl, wen wir heiraten. Da will ich von allen nur den Besten.«

Das waren ganz schön hohe Ansprüche, dachte ich, zumal man ja nicht mehr die große Auswahl hatte, was die Männer betraf. Außerdem wusste ich, dass Märchen nun mal nicht immer gut ausgingen. Dass das Leben kein Wunschkonzert war. Und dass Träume etwas für Kinder waren.

Aber ich wollte meiner Freundin ihre Hoffnung nicht nehmen, also sagte ich nur: »Dann wünsche ich dir viel Glück bei deinem Vorhaben.«

»Danke«, sagte Uschi.

»Zu meiner Hochzeit kommst du aber trotzdem, ja? Auch wenn du da wahrscheinlich auf keinen Prinzen treffen wirst.«

»Ich würde es mir für nichts auf der Welt nehmen lassen«, sagte Uschi und umarmte mich.

Wir heirateten am 05. Juli 1949, drei Tage nach Werners fünfundzwanzigstem Geburtstag.

Die Feier fiel klein aus. Wir gingen zum Standesamt, trugen beide sehr schlichte Kleidung, Werner einen dunklen Nadelstreifenanzug und einen Schlips, ich ein dunkles Kostüm, eine weiße Bluse und eine seidene Strumpfhose. Und ich hielt einen Strauß weißer Nelken im Arm, die für Reinheit und Glück standen.

»Hast du kalte Füße?«, flüsterte Werner mir kurz vor der Trauung zu.

»Nein. Du?«, flüsterte ich zurück.

»Ein bisschen schon. Ich hab nämlich ein wenig Angst davor, für den Rest meines Lebens jeden Morgen an deiner Seite aufzuwachen.«

Ich sah Werner schockiert an. Er hatte Zweifel? Ich hätte es nicht für möglich gehalten, nachdem wir doch so froh waren, wieder zusammen zu sein.

»Und warum?«, wagte ich zu fragen.

»Na, weil du jeden Morgen mit mir schimpfst, dass ich zu laut geschnarcht habe.«

Ich musste lachen. Mir fiel ein Stein vom Herzen.

»Ich verspreche dir, nie wieder deswegen zu schimpfen«, sagte ich.

»Manchmal darfst du schon, nur bitte nicht *jeden* Morgen.« Werner grinste mich an.

»Abgemacht.« Ich nahm seine Hand, und zusammen traten wir vor den Standesbeamten.

Danach wurde im Garten meiner Eltern gefeiert. Es kamen einige Gäste: meine und Werners Familien, ein paar von Werners Kameraden, die nicht gefallen waren, mehrere meiner Freundinnen und Arbeitskolleginnen und natürlich Uschi. Es gab Kartoffeln und Gemüse und an diesem besonderen Tag sogar Fleisch, das wir in den vergangenen zehn Jahren nur sehr selten gesehen hatten. Und selbstverständlich gab es Werners berühmten Butterkuchen! Er backte zwei große Bleche, und alles wurde bis auf den letzten Krümel verputzt.

Wir spielten Musik von einem Plattenspieler ab, es wurde gesungen und getanzt, gelacht und ausgelassen gefeiert – während die Hortensien in unserem Garten aufs Neue blühten.

Es war der schönste Tag in meinem Leben, an den ich schon gar nicht mehr geglaubt hatte. Doch jetzt war ich Lisa Peinemann, und ich wollte es für immer bleiben.

HUNDERT

Es sind Herbstferien. Kimmy ist in der Ferienbetreuung, sie machen heute einen Ausflug zum Ponyhof. Leila kommt mit mir Oma besuchen.

Als wir im Heim eintreffen, merken wir schnell, dass heute kein normaler Mittwoch ist. Oma sitzt im Gang und informiert uns auch gleich: »Marie feiert ihren hundertsten Geburtstag! Alle bekommen ein Stück Kuchen, und es ist sogar jemand vom *Horner Wochenblatt* da und schreibt darüber. Marie kommt in die Zeitung!«

»Wow«, sage ich und betrachte Marie. Die Gute läuft die ganze Zeit mit einem Lächeln im Gesicht herum, weil sie von allen beglückwünscht wird. Und Rosi läuft immer neben ihr her und nimmt sich ganze drei Stücke Kuchen.

Rosi mag es gerne süß. Was genau mit ihr los ist, und warum sie ein wenig anders ist, weiß ich nicht. Vielleicht war sie mal krank, vielleicht ist sie aber auch so geboren. Ich mag sie trotzdem, und ich gebe ihr wieder ein paar Bonbons, als sie mich danach fragt.

Rosi umarmt mich dafür und düst dann wieder ab. Marie läuft auch heute den Gang rauf und runter. Sie ist nun hundert, ich frage mich, wie lange sie das noch machen kann.

Und ich frage mich auch, wie lange Oma noch kann. Laufen kann. Erzählen kann. Sich erinnern kann.

Ich bekomme ja mit, wie einige Erinnerungen verschwimmen. Und ich denke, ich muss mir langsam eingestehen, dass ihr Gedächtnis nicht mehr das ist, was es einmal war. Vielleicht erzählt sie deshalb immer so viel von früher und natürlich ihre Witze. Und vielleicht hat sie sich auch deshalb endlich dazu entschlossen, mir vom Krieg zu erzählen. Weil sie selbst ahnt, dass sie es bald nicht mehr kann.

»Marie hat einen großen Blumenstrauß bekommen«, erzählt sie uns jetzt. »Mit Rosen und Dahlien und Chrysanthemen.«

»Ja, der Strauß ist wirklich schön«, sagt Gerda, die nun wieder laufen kann. Oder es zumindest versucht.

»Wie geht es Ihnen, Gerda?«, frage ich sie. »Vermissen Sie den Rollstuhl?«

»Kein bisschen!«, entgegnet sie und hält sich an ihrem Rollator fest. »Ich bin froh, endlich wieder allein voranzukommen. Auch wenn es manchmal noch wehtut.«

»Bald kannst du wieder tanzen«, sagt Oma.

»Mit wem soll ich denn tanzen?«, fragt Gerda.

»Na, hier gibt es doch genügend Männer.«

»Turteln Franz und Mona immer noch herum?«, frage ich.

»Und ob! Neulich hat er gesagt, wenn sie noch jünger wären, hätte er ihr glatt einen Antrag gemacht«, sagt Oma und lacht.

Leila kichert auch ein bisschen.

»Wie geht es dir, meine Süße?«, fragt Oma und streichelt Leila über die Wange, wie sie es bei Inge immer tut. Die sitzt übrigens an ihrem gewohnten Platz und beobachtet das ganze Spektakel stillschweigend.

»Gut«, antwortet Leila. »Es sind ja Ferien, ich kann ausschlafen und mich mit meinen Freundinnen treffen.«

»Ja? Was sind denn jetzt schon wieder für Ferien?«, fragt Oma.

»Herbstferien.«

»Die Zeit vergeht ...« Oma sieht Leila lächelnd an. »Was sind denn deine Lieblingsblumen?«

»Weiße Lilien.«

»Oh, was ganz Ausgefallenes. Ich mochte ja immer Hortensien am liebsten. Und Alpenveilchen, Nelken, Astern und Strohblumen. Ich hatte ein kleines rundes Beet weiter hinten im Garten, gleich neben dem Schuppen, da wuchsen die schönsten Strohblumen in allen nur erdenklichen Farben. Manchmal habe ich mir ein paar abgeschnitten und sie in eine Vase gestellt. Blumen brauchte ich nie zu kaufen, ich musste nur vor die Tür gehen, um mir welche zu besorgen.«

»Ja, ich fand all die bunten Blumen immer total schön«, sagt Leila.

»Meine Urenkelin war oft bei mir im Garten«, erzählt Oma jetzt Gerda. »Manchmal hat sie bei mir übernachtet, und dann haben wir zusammen in der Sonne gelegen. Leila hat dabei immer *Micky Maus* gelesen.«

Genau wie ich als Kind, denke ich und muss lächeln. Auch ich habe schon zusammen mit Oma in der Sonne gelegen und *Lustige Taschenbücher* gelesen. Ich finde es so schön, dass meine Tochter und ich die gleichen Erinnerungen teilen. Weil sie so unglaublich wertvoll sind.

»Oma, weißt du noch, wie du mir das Kartoffelschälen beigebracht hast?«, fragt Leila.

»Oh ja! Du hast die Schale immer viel zu dick abgeschält. Aber du hast es ja erst noch lernen müssen. Dafür warst du sehr gut im Unkrautjäten.«

Eine weitere geteilte Erinnerung. Auch ich habe früher stundenlang am Boden gehockt und das Unkraut zwischen den Gehwegplatten und auch in den Blumenbeeten herausgeholt.

»Und als du ganz klein warst«, fährt Oma fort, »da hast du immer deine Gießkanne gefüllt und bist damit zur Vogeltränke gelaufen, um sie dort zu entleeren. Wieder und wieder, du schienst überhaupt nicht genug davon zu bekommen.«

»Wie alt war ich da?«, fragt Leila.

»Noch sehr klein. Du hattest noch eine Windel an.« Oma lacht. »Und wie du immer an dem Gartenzwerg neben der Haustür vorbeigelaufen bist. Der hatte doch einen Bewegungsmelder und hat jedes Mal laut gepfiffen. Das fandst du zu toll.«

»An den kann ich mich noch erinnern. Und auch an den Hund von den Nachbarn.«

»Rex, ja. Ich habe dir immer Wurst gegeben, mit der du ihn füttern solltest. Du hattest aber Angst vor ihm, hast ihm die Wurst nur hingeworfen und bist dann schnell weggelaufen.«

»Was war das denn für ein Hund?«, fragt Gerda. »Einer von diesen Kampfhunden?«

»Nein, ein kleiner Dackel«, antworte ich, und wir müssen alle lachen.

»Ach, waren das schöne Zeiten«, sagt Oma. »Ich vermisse meinen Garten sehr. Manchmal wünschte ich, ich hätte ihn noch und könnte mich dorthin aufmachen, um wieder an meinen Beeten entlangzuschlendern und an meinen Blumen zu schnuppern.«

Ich streichle Omas Arm und wünschte mir dasselbe.

Oma schaut noch eine Minute traurig drein, dann sagt sie zu Leila und mir: »Ich will mir mal ein bisschen die Füße vertreten. Kommt ihr mit?«

»Klar«, sage ich. Und wir laufen zu dritt den Gang hinunter. Dabei fällt mir auf, dass Leila Oma fast schon über den Kopf wächst. Früher war Oma einmal einen Meter sechsundsechzig groß, so steht es auch noch in ihrem Personalausweis, und doch ist sie inzwischen ein ganzes Stück geschrumpft. Opa war mit einem Meter siebzig auch nur ein paar Zentimeter größer. Ich frage mich, ob er, wenn er noch am Leben wäre, wohl mit ihr zusammen kleiner geworden wäre – weil sie doch sonst auch alles gemeinsam gemacht haben.

»Na, Leila, dann erzähl doch mal, was es bei dir Neues gibt«, fordert Oma meine Tochter auf.

»Nicht so viel. Wir haben vor den Ferien eine Mathearbeit geschrieben, die hab ich aber noch nicht zurück.«

»Hast du ein gutes Gefühl?«

»Nein«, antwortet Leila. »Ich hasse Mathe.«

Oma betrachtet sie. Ihr Blick wandert zu ihrer Frisur. Sie hat ihr lockiges Haar zu einer Palme nach oben gebunden.

»Mathe habe ich auch nie gemocht«, sagt Oma dann. »Und deine Mama auch nicht.«

Das ist noch untertrieben. In der achten Klasse hatte ich eine Fünf und verstand nur noch Bahnhof. Ich habe immer schon lieber Deutsch gemocht. Wenn die anderen genervt gestöhnt haben, weil unsere Deutschlehrerin einen Aufsatz oder ein Diktat angekündigt hat, habe ich innerlich gejubelt. Ich hätte schon damals wissen sollen, dass es für mich nur ein Berufsziel gibt. Doch statt Autorin wollte ich mit vierzehn noch Floristin werden. Auch nicht verwunderlich bei all den Blumen, mit denen ich aufgewachsen bin.

Wir erreichen das Ende des Flurs, Oma bleibt am Fenster stehen und blickt hinaus.

»Wusstest du, dass ich ganz in der Nähe zur Schule gegangen bin? Gleich die Straße runter, ihr seid wahrscheinlich daran vorbeigekommen auf dem Weg von der Horner Rennbahn.«

»Ja, das hast du schon mal erzählt«, sagt Leila.

»Oh, habe ich das? Ja wahrscheinlich. Ich habe in letzter Zeit das Gefühl, ich erzähle immer alles doppelt. Aber wie sagt man so schön? Doppelt hält besser!« Oma lacht, aber mich macht das ehrlich gesagt eher traurig.

»Wie gefällt es dir denn an deiner Schule?«, erkundigt Oma sich bei Leila. »Du gehst doch jetzt aufs Gymnasium.«

»Gut. Aber der Unterricht ist echt schwer.«

»Das kann ich mir vorstellen.« Stolz sieht Oma sie an. »Weißt du eigentlich, dass du die Erste in der Familie bist, die aufs Gymnasium geht?«

»Echt?«

»Oh ja. Werner und ich waren ja bloß acht Jahre auf der Volksschule, und dein Opa Jürgen und deine Mama waren auf der Realschule.«

»Daddy war aber auf dem Gymnasium, oder so was Ähnliches«, informiert Leila sie.

»Ach ja? In Ghana?«

Leila nickt.

»Ja«, bestätige ich. »Er hat sogar ein paar Jahre am College studiert, bevor er nach Deutschland gekommen ist«, erzähle ich Oma. »Aber das wird hier leider alles nicht so richtig anerkannt.«

»Ach, ich glaube, Ali wäre auch Koch geworden, wenn er zehn Jahre studiert hätte. Er kocht doch so gerne und so gut«, sagt Oma. Sie zieht jetzt die Bremse ihres Rollators an und setzt sich auf die Sitzplatte.

Ich lächle. »Ja, das stimmt.«

Oma wendet sich wieder Leila zu. »Deine Mama hat mir erzählt, dass dein Daddy manchmal Afrikanisch kocht. Mit Fischköpfen. Isst du die auch?«

Leila lacht. »Die Fischköpfe nicht. Ich bin doch Vegetarierin!«

»Ach ja, stimmt. Wie deine Mama.«

»Genau. Aber er kocht auch manchmal andere Sachen. Zum Beispiel Yam oder Fufu oder Plantain. Das sind frittierte Kochbananen. Die sind echt lecker.«

»Ja? Ich hab noch niemals welche gegessen.«

»Soll ich dir mal welche mitbringen?«

»Darüber würde ich mich freuen«, sagt Oma. »Ich war ja schon immer ein Mensch, der gerne Sachen ausprobiert hat.«

»Ja, ich kann mich noch an den Rucola erinnern«, sagt Leila und lacht. Oma verzieht das Gesicht, und ich muss ebenfalls lachen. Denn ich kann mich auch noch gut an den selbst angebauten Rucola erinnern, den Omas Gartennachbar Dirk ihr eines Tages vorbeigebracht hat. Ich war gerade mit den Kindern da. Dirk wollte, dass Oma gleich probierte, und sah ihr gespannt dabei zu. Dann fragte er, wie er ihr schmecke, und Oma sagte »lecker«, und setzte ein Lächeln auf. Sobald er aber weg war, meinte sie: »Das schmeckt ja wie Seife!« und musste erst mal was trinken, um den Geschmack wegzuspülen. Leila hat sich kaputtgelacht, das weiß ich noch, und Kimmy und ich haben mit eingestimmt.

»Danach habe ich nie mehr welchen gegessen und immer einen großen Bogen um ein Gericht auf der Speisekarte gemacht, wenn Rucola mit dabeigestanden hat«, sagt Oma.

»Das waren echt schöne Zeiten«, sage ich und denke erneut an die Billerhuder Insel zurück. Ich glaube, Leila tut dasselbe, denn sie tritt zu mir und schmiegt sich an mich.

Ich halte sie umschlungen, und wir werden beide ganz wehmütig. »Wie lange hattest du den Schrebergarten noch mal, Oma?«

»Über vierzig Jahre.«

»Was war dein Lieblingsmoment?«, fragt Leila.

»Das kann ich gar nicht sagen«, entgegnet Oma. »Es waren zu viele.«

»Und wenn du dich entscheiden müsstest?«

Ich bin mir ziemlich sicher, dass es einer mit meinem Opa Werner war. Stattdessen sagt Oma aber: »Das muss wohl dieser eine Tag im Sommer gewesen sein ... Es war ein Freitag, der dreizehnte, das weiß ich noch, und du warst acht oder neun Monate alt. Du konntest schon krabbeln und alleine stehen, und an dem Tag hast du zum ersten Mal *Mama* gesagt. Deine Mama war überglücklich und sehr stolz, und ich war es auch.«

»Ehrlich?« Leila löst sich von mir und strahlt Oma an.

»Aber ja.«

Ich muss lächeln, weil ich Oma so dankbar bin, dass sie diesen Moment genannt hat. Damit hat sie Leila eine große Freude gemacht.

»Voll cool, dass du dich noch daran erinnern kannst, als ich ein Baby war«, sagt Leila.

»Aber natürlich! Ich erinnere mich auch noch daran, als deine Mama eins war. Und als dein Opa Jürgen eins war.«

»Ehrlich? Wie war das damals so?«, möchte Leila gern wissen.

Und Oma versetzt sich einundsechzig Jahre zurück.

WÄSCHEKORB

Anfang 1950er

Anfang der Fünfziger wurden die letzten Briten aus Hamburg abgezogen, Adenauer war der erste Bundeskanzler, der König von Schweden starb, Persil kam wieder auf den Markt, und Werner und ich gewöhnten uns an das Eheleben. Eines Tages im Schuhhaus wurde mir übel, und ich musste auf die Toilette rennen und mich übergeben.

»Ist alles in Ordnung, Lisa?«, fragte meine Kollegin Irma.

»Ja, ja. Ich muss nur etwas Verdorbenes gegessen haben. Vielleicht waren es die sauren Gurken gestern beim Abendbrot, es hatte sich schon Schimmel unterm Deckel gebildet.«

»Wenn es dir sehr schlecht geht, frag doch, ob du nach Hause gehen kannst«, schlug Irma vor.

»Nein, es geht schon«, sagte ich. Doch es wurde eher schlimmer statt besser. Und auch die nächsten Tage verbrachte ich mehr Zeit über der Toilette als bei den Schuhen.

»Gehen Sie zum Arzt, Frau Peinemann«, sagte mir mein Chef, und ich befolgte seinen Rat.

Am Abend war ich noch immer ganz baff. Und ich wusste nicht, wie ich es Werner sagen sollte. Immerhin wohnten wir noch immer in dem Dachgeschosszimmer meiner Eltern!

Doch er musste es wissen, also bat ich ihn nach dem Abendbrot um einen kleinen Spaziergang.

Werner erzählte von irgendwelchen neuen Brötchen, die sie jetzt backen mussten, doch meine Gedanken waren ganz woanders.

»Könntest du bitte kurz von den Brötchen aufhören?«, bat ich ihn.

Werner sah mich überrascht an, wohl wegen des Tonfalls in meiner Stimme, der mir ebenfalls aufgefallen war.

»Was ist denn los, Lisa? Ist dir immer noch schlecht? Du solltest keine von den Gurken mehr essen.«

»Es liegt nicht an den Gurken, Werner.«

»Vielleicht an der Leberwurst? Sie hatte auch schon eine komische Farbe.«

»Oh, bitte, Werner, sei doch still und hör mir zu!«

Jetzt blieb er stehen und schaute mich gespannt an. Und ich wusste, nun war der Zeitpunkt gekommen, der unser beider Leben komplett verändern würde.

»Ich war heute beim Arzt«, begann ich, und bevor Werner wieder etwas von verdorbener Leberwurst erzählen konnte, fügte ich schnell hinzu: »Er sagt, ich bin schwanger.«

»Du bist was?«, rief Werner aus und starrte mich ein wenig verwirrt und auch ein wenig erfreut an, wenn ich es richtig deutete.

»Ich trage unser Kind in mir, Werner.«

»Na, das ist ja wunderbar!«, sagte er, hob mich hoch und drehte sich mit mir im Kreis.

Ich musste lachen. »Bitte, Werner, mir ist doch sowieso schon schlecht.«

»Oh, entschuldige bitte«, sagte er und ließ mich wieder runter. Doch er nahm meine Hände in seine und sagte mir, wie sehr er sich freue.

»Tust du das wirklich?«

»Ja natürlich! Das sind doch großartige Neuigkeiten. Freust du dich etwa nicht?«

»Doch, schon, aber wir leben in einem Zimmer bei meinen Eltern. Jetzt wird es nur noch ein wenig enger werden.«

»Dann wird es nur noch kuscheliger.«

»Wir haben nicht mal ein Bett für das Kleine.«

»Uns wird schon etwas einfallen.«

»Hast du denn gar keine Bedenken?«, fragte ich, auch wenn ich mich natürlich über Werners Begeisterung freute.

»Überhaupt keine, Lisa. Ich kann es kaum erwarten, eine eigene kleine Familie mit dir zu gründen«, antwortete er und küsste mich.

Ich konnte nicht anders, als zu lächeln. Und ich ließ mich von Werners Begeisterung anstecken. Gemeinsam freuten wir uns nun also auf unser erstes Kind, das, wenn es nach Werner ging, ein Junge werden sollte.

»Und wenn es ein Mädchen wird?«, fragte ich ihn.

»Na, dann versuchen wir es eben gleich noch mal.«

Am 16. April 1951 wurde unser Sohn geboren. Ich machte keinen Mucks, als er zur Welt kam, während die anderen Frauen alle schrien vor Schmerzen. Nachher sagte der Arzt zu mir: »Frau Peinemann, im Betragen bekommen Sie eine Eins«, das hat mich natürlich gefreut.

Wir waren so glücklich, ich hatte Werner noch nie so stolz gesehen. Als er seinen Sohn zum ersten Mal auf dem Arm hielt, war er doch glatt sprachlos. Und ich war einfach froh, dass wir jetzt zu dritt waren, mit unserem hübschen kleinen Jungen, den wir Jürgen nannten.

Der Kleine wog bei seiner Geburt ganze neun Pfund und war ein richtiger Wonneproppen.

»Er ist das dickste Neugeborene, das ich je gesehen habe«, sagte meine Schwester Annemie.

Da wir kein Bett für ihn hatten, schlief Jürgen vorerst in einem Wäschekorb, den wir mit Decken auslegten. Einen alten Kinderwagen bekamen wir von Verwandten geschenkt, und meine Eltern unterstützten uns, wo sie konnten.

Es waren schöne Zeiten. Werner und ich fuhren den Kleinen spazieren, erzählten ihm Geschichten und sangen ihm Lieder vor. Werner sang noch immer für sein Leben gern. Wenn er eine bessere Gesangsstimme gehabt hätte, dann hätte er glatt Sänger werden können. So musste er aber weiter als Bäcker arbeiten, und dazu gehörte auch, nachts aufzustehen und schon früh in die Backstube zu fahren. Die Brötchen wollten gebacken werden, bevor der Rest von Hamburg erwachte und nach einem Frühstück verlangte.

Das Gute war, dass Werner oft Brot, Brötchen und auch mal Gebäck mit nach Hause brachte. Wenn zum Beispiel etwas auf den Boden gefallen oder verformt war.

Ich arbeitete bald nach Jürgens Geburt wieder im Schuhhaus Werner. Jürgen blieb dann bei meiner Mutter und oft auch bei Werners Eltern. Seine Mutter Käthe verhätschelte ihn sehr. Wenn er schrie, steckte sie ihm einen Schnuller in den Mund. Und wenn das nichts brachte, tauchte sie den Schnuller in den Zuckertopf und versuchte es noch einmal.

Doch ich beklagte mich nicht, weil ich doch froh war, Hilfe zu haben. Und weil sich niemand mehr wegen solcher Belanglosigkeiten beklagte. Dafür hatten wir alle zu viel durchgemacht. Wir wussten, was wir hatten, und wir wussten es zu schätzen.

*

»Opas Bett war also wirklich ein Wäschekorb?«, fragt Leila erstaunt, als Oma fertig erzählt hat.

»Ein brauner Weidenkorb, ja«, sagt Oma.

»Echt heftig!«, findet meine Tochter. »Und was habt ihr gemacht, als er größer wurde?«

»Da haben meine Eltern angebaut, damit Jürgen ein eigenes Zimmer bekam.«

»Zum Glück. Das ist bestimmt voll nervig, mit bei den Eltern zu schlafen.«

Ja, heutzutage gibt es so etwas nicht mehr, denke ich. Heute leben wir alle im Luxus, haben eigene Betten, eigene Zimmer. Und ich muss zugeben, dass ich schon gerne ein eigenes Büro hätte, in dem ich mich richtig schön ausbreiten könnte und in dem ich meine Ruhe hätte. Eines Tages vielleicht, das wäre schön. Solange arbeite ich halt im Wohnzimmer, das ist auch nicht das Ende der Welt.

Zurzeit arbeite ich sehr viel, weil ich einen richtigen Schreibfluss habe. Und doch weiß ich, dass es eine ganze Weile brauchen wird, bis ich dieses Projekt vollendet haben werde. Diesen Roman, der mindestens dreihundert Seiten haben soll. Vielleicht brauche ich ein Jahr oder auch zwei, bis ich fertig bin, bis ich zufrieden bin. Bis ich alles noch zig Mal überarbeitet habe und mich wieder auf Verlagssuche machen werde. Nach zwölf langen Jahren. Ich muss gestehen, ich habe ein bisschen Angst davor, aber es ist noch lange nicht so weit, und ich möchte noch gar nicht allzu viel darüber nachdenken. Gerade bin ich einfach nur froh, dass es endlich läuft. Und dass ich über mich selbst hinauswachse.

»Warum hast du eigentlich nur ein Kind bekommen, Oma?«, möchte Leila jetzt wissen.

»Ach, weißt du, meine Süße. In diesen schweren Zeiten war eins genug.«

Leila nickt, obwohl ich nicht weiß, ob sie es wirklich versteht. Denn sie weiß nichts vom Krieg und von allem, was Oma und Opa durchmachen mussten. So glücklich ich bin, nun selbst endlich mehr erfahren zu haben, so sicher weiß ich auch, dass diese Dinge nicht für die Ohren einer Zehnjährigen bestimmt sind. Oder für ihre zerbrechliche kleine Seele. Es reicht, wenn Leila von dem Wäschekorb weiß, in dem ihr Opa als Baby geschlafen hat, und von Zuckerschnullern, die ihn beruhigt haben, wenn er geweint hat. Weil dies Omas übliche fröhliche Geschichten sind, und manchmal bin ich doch einfach nur froh, wenn sie solche erzählt.

FREUNDINNEN

Ich sitze mit Oma auf der Bank vor dem Heim. Es ist kühler geworden, weshalb wir unsere Herbstjacken anhaben. Außerdem habe ich eine Wolldecke auf die Bank gelegt, wegen Omas Blase.

Oma betrachtet wie immer die Blumen, jetzt rote und orangefarbene Herbstastern, und lächelt verzückt. Und ich betrachte sie dabei und sage kein Wort, weil ich dieses wunderbare Bild nicht zerstören möchte.

»Was hast du so gemacht seit deinem letzten Besuch?«, fragt sie mich nach einer Weile.

»Ich habe mich mit Maike getroffen und soll schön von ihr grüßen«, erzähle ich. Maike ist meine älteste Freundin, wir haben fast unsere ganze Kindheit lang im selben Mehrfamilienhaus gelebt. Maike ist zweieinhalb Jahre älter als ich, und von ihr habe ich meine ersten Geschichten über feste Freunde und Zungenküsse gehört. Noch heute treffen wir uns hin und wieder, verbringen einen Abend im Restaurant, essen gut, trinken gut, erzählen uns, was es Neues gibt.

»Oh, das ist ja nett. Wie geht es ihr denn?«

»Ihr geht es super. Und Lilly auch.« Lilly ist Maikes kleine Tochter. Sie ist jünger als mein jüngstes Kind. Maike hat später als ich eine Familie gegründet, was ja nicht allzu schwer ist. Immerhin war ich schon mit neunzehn schwanger und mit zwanzig Ehefrau und Mutter.

»Ja? Ist sie schön gewachsen?«, erkundigt Oma sich.

»Ist sie.« Ich sehe Oma an. »Erinnerst du dich, sie waren vorletztes Jahr bei meiner Geburtstagsfeier.« Ich war neunundzwanzig geworden und hatte zu Kaffee und Kuchen geladen. Unfassbar, dass Oma vor zwei Jahren noch fit genug war, in den Bus zu steigen und mich besuchen zu fahren. Und dass sie es noch die Treppen hoch in den dritten Stock geschafft hat! Sie hat zwar ewig gebraucht, aber irgendwann ist sie oben angekommen.

»Aber natürlich.« Oma sieht wieder zu den Blumen, scheint an etwas zurückzudenken. »Ich erinnere mich auch noch gut daran, wie ihr Kinder wart, und du deine Freundinnen mit in den Garten gebracht hast.«

Ich muss lachen. Ja, ich kann mich auch noch erinnern. »Nicht selten sind sie mit Tüten voll Obst wieder nach Hause gegangen.«

»Ja.« Omas Blick wandert zu mir. »Und dann warst du plötzlich erwachsen und bist nach England gegangen. Da hab ich dich ganz schön vermisst.«

England, ja. Das war so eine Idee von mir. Nach meinem Schulabschluss wollte ich unbedingt für ein Jahr ins Ausland, und zwar als Au-Pair-Mädchen. Ich musste warten, bis ich achtzehn war, wurde einer Familie zugeteilt und kam nach Oxford. Eigentlich gefiel es mir dort gut, aber ich hatte so schreckliches Heimweh, dass ich schon nach ein paar Monaten wieder zurück nach Hause kam.

Natürlich habe ich damals noch nicht gewusst, was mein Weggang in Oma auslösen würde. Erst jetzt wird es mir so richtig klar, nämlich dass ich wie mein Opa in England war und Oma nicht wusste, wann und ob ich zurückkehren würde.

Ich schaue sie an und bin genauso froh wie sie, dass ich

dann doch ganz schnell wieder zurückgekommen bin. »Du kannst dir gar nicht vorstellen, wie sehr ihr mir gefehlt habt«, sage ich. Und dann: »Ich habe noch die Briefe, die du mir damals geschrieben hast.«

»Ja?« Oma lächelt. »Weißt du, darin war ich geübt. Weil ich im Krieg mit Werner Briefe geschrieben habe, und Uschi und ich haben uns all die Jahre auch immer welche geschickt.«

Nun muss ich auch lächeln. Uschi. Sie ist Omas ganzes Leben lang ihre beste Freundin gewesen. Die beiden konnte nicht einmal ein ganzer Ozean trennen.

»Du, Oma, wann ist Uschi eigentlich damals nach Amerika ausgewandert?«, frage ich.

Und Oma macht sich bereit für eine Geschichte.

AMERIKA

1953

Ich war unendlich traurig. Denn meine beste Freundin hatte vor, aus Deutschland wegzuziehen. Uschi hatte doch tatsächlich ihren Traumprinzen in Uniform gefunden. Einen Piloten namens Gerd, der sie geheiratet hatte und sie nun nach Amerika bringen wollte.

»Und wo wollt ihr da wohnen?«, fragte ich sie bei einem unserer letzten Treffen. Wir spazierten um die Binnenalster und waren beide ganz wehmütig. Wobei Uschi natürlich auch voller Vorfreude war.

»In Salt Lake City«, erzählte sie mir.

»Wo bitte schön ist Salt Lake City?«, wollte ich wissen, denn von diesem Ort hatte ich noch nie gehört.

»In Utah. Das liegt im Westen der Vereinigten Staaten von Amerika.«

»Und warum muss es ausgerechnet Amerika sein?«, fragte ich betrübt.

»Na, weil Gerd dort eine gute Stelle angeboten wurde. Das habe ich dir doch bereits erzählt, Lisa.«

»Mir gefällt es nicht, dass du auf einen anderen Kontinent ziehst«, sagte ich. »Wen hast du denn da schon? Du wirst ganz allein sein, wenn Gerd auf Reisen ist.«

»Ich werde bestimmt ein paar neue Freunde finden.«

»Und wie willst du dich eigentlich verständigen? Du sprichst doch gar kein Englisch!«, erinnerte ich sie.

»Na, ich werde es lernen.« Uschi blieb stehen und sah mich an. »Sag, gönnst du es mir denn überhaupt nicht? Ich werde ein neues, aufregendes Leben anfangen.«

»Natürlich gönne ich es dir«, sagte ich. »Ich werde dich nur so schrecklich vermissen.«

»Ich werde dich auch ganz schrecklich vermissen«, erwiderte Uschi, und schon lagen wir uns wieder weinend in den Armen.

Was würde ich nur ohne Uschi machen? Meine beste Freundin, meine Vertraute. Mit wem würde ich auf den *Hamburger Dom* gehen und mir Schmalzkuchen teilen? Mit wem würde ich mich treffen, wenn Werner wieder einmal mit seinen Freunden zum Fußball ging oder mit unseren Brüdern zur Pferderennbahn? Wem würde ich von meinen Sorgen erzählen? Besonders in den letzten Jahren war Uschi mir eine Stütze gewesen. Ihr hatte ich von Werners Albträumen erzählt, die ihn dann und wann noch immer einholten. Und sie hatte mir gesagt, ich solle geduldig und einfach für ihn da sein. Uschi hatte mir so oft gute Ratschläge gegeben, ich wusste nicht, von wem ich sie mir zukünftig holen sollte.

»Wir werden uns schreiben«, sagte Uschi. »Und ich werde herkommen und dich besuchen, das verspreche ich hoch und heilig.«

Ich glaubte meiner Freundin. Doch es würde nicht dasselbe sein, und das wussten wir beide.

Uschi zog also weg und schrieb mir wöchentlich eine Karte oder einen Brief. Sie berichtete mir von ihrem Leben in Amerika, dem Land der Freiheit, von den Mormonen, die keinen Kaffee trinken durften, und von den endlosen Weiten des

Staates Utah, wo alles größer, besser und moderner war. Wo sie riesige Supermärkte hatten und Dinge namens Cheeseburger und Hot Dogs aßen. Wo sie Rock'n'Roll tanzten und Milkshakes schlürften. Uschi klang sehr glücklich und schien ihr neues Leben zu genießen, und ich freute mich wirklich für sie. Doch wenn sie mich fragte, ob ich sie eines Tages besuchen wollte, schrieb ich zurück, dass das wohl nichts werden würde. Amerika war für mich so unglaublich weit weg. Und ich war zufrieden hier in Hamburg mit meiner kleinen Familie.

Ich traf mich nun öfter mit meinen Kolleginnen aus dem Schuhhaus Werner, mit Irma und Traude, in denen ich ebenfalls sehr gute Freundinnen gefunden hatte.

Oft kamen auch unsere Männer mit, Irmas Mann Hans war ein lustiger Geselle, Traudes Mann Andreas war eher ruhig, er hatte im Krieg einen Arm verloren. Manchmal gingen wir abends nett essen, manchmal besuchten wir einander, tranken Kaffee, aßen Kuchen und genehmigten uns einen Likör. Die Männer redeten über die Arbeit, Politik und Fußball, und wir Frauen erzählten uns den neuesten Klatsch und Tratsch.

Es waren angenehme Tage, und doch war mein Herz nicht mehr ganz. Es fehlte etwas. Uschi fehlte, und niemand würde sie je ersetzen können.

FUSSPFLEGE

Als ich heute mit einem Strauß Gerbera Omas Zimmer betrete, telefoniert sie gerade und gibt mir ein Zeichen, dass sie nicht mehr lange braucht. Ich halte nach Lotti Ausschau, die sich aber nicht im Zimmer befindet, stelle die neuen Blumen ins Wasser und erahne, dass am anderen Ende der Leitung Inge ist. Nicht Inge aus dem Heim, die so gerne Bananen isst, sondern Inge, Omas Nichte, die Tochter von Artur und Grete. Oma erzählt ihr noch eben von Maries Geburtstag und dem dazugehörigen Zeitungsartikel, dann wünscht sie einen schönen Tag und beendet das Gespräch.

»Entschuldige, Ela, das war Inge. Wir haben schon eine ganze Weile nicht miteinander geklönt.«

»Alles gut, Oma.« Es hat mir wirklich nichts ausgemacht. So konnte ich in Ruhe noch eine Szene meines Romans im Kopf durchgehen. Die Liebesgeschichte darin wird nun immer konkreter.

Ich sehe Oma an, die ihr Handy weggelegt und einen Schluck Wasser getrunken hat. »Wie geht es Inge denn?«

»Ihr geht es gut.« Omas Blick fällt auf die Gerbera, die jetzt auf ihrem Tisch stehen. »Oh, du hast mir frische Blumen mitgebracht, danke.«

»Gerne.«

»Die Chrysanthemen waren nicht mehr schön, die musste ich wegwerfen«, sagt Oma bedauernd.

»Ja, leider halten Blumen nicht ewig.«

»Nichts hält ewig, nur die Liebe«, sagt Oma.

»Ja, da hast du wohl recht.« Ich lächle sie an. Dann deute ich zu dem Zettel, der auf Omas Beistelltisch liegt. »Du hast heute einen Termin für die Fußpflege?«

»Ach, ist der heute?«, fragt sie.

»Mittwoch, elf Uhr, steht drauf.«

»Ach herrje. Ich hab das wohl alles nicht sehr gut organisiert.«

»Ist nicht schlimm. Dann leiste ich dir eben dabei Gesellschaft, wenn es dich nicht stört.«

»I wo!«, sagt Oma und fragt, wie es mir geht.

Ich lächle. Das ist mein Stichwort. Ich hole meinen neuen, frischgedruckten Kurzroman mit dem Titel *Rosa Rosen* aus der Tasche und reiche ihn Oma.

»Dein neues Buch?«, fragt sie begeistert.

»Nur die Geschichte, die ich selbst veröffentlicht habe. Ich hatte dir doch davon erzählt. Sie handelt von zwei befreundeten Mädchen im Zweiten Weltkrieg und wie sich ihre Leben auf sehr unterschiedliche Weise weiterentwickeln.«

»Ich werde nachher gleich reinlesen«, sagt Oma und betrachtet das Cover, das eine rosafarbene Rose ziert.

»Das würde mich sehr freuen«, sage ich.

»Na, ich wünsch dir auf jeden Fall viel Erfolg damit.«

»Danke, Oma.«

Sie legt das Buch in ihren Rollatorkorb. »Und wie kommst du voran mit deinem Roman?«, erkundigt sie sich dann.

»Wirklich gut.«

»Hat Jane Austen schon ihre große Liebe gefunden?«

Ich lächle. »Sie ist dabei.«

Ich habe gestern Abend meinem Mann ausführlich von

meinen Ideen erzählt, und auch wenn er nicht viel Ahnung von Jane Austen oder der Liebe im neunzehnten Jahrhundert hat, findet er sie toll. Er freut sich sehr für mich, dass ich jetzt etwas habe, in das ich so viel Leidenschaft stecke, etwas, das mich so erfüllt.

»Ich hätte wirklich mal wieder Lust auf einen von diesen alten Filmen«, sagt Oma. »*Stolz und Vorurteil* oder *Vom Winde verweht*. Kannst du nicht mal nachgucken, ob bald einer im Fernsehen läuft?«

»Zu Weihnachten laufen diese Filme bestimmt wieder. Und auch *Der kleine Lord*«, sage ich, weil ich weiß, dass Oma den Film sehr mag.

»Bis Weihnachten dauert es doch aber noch eine ganze Weile, oder?«

»So lange ist das gar nicht mehr hin.«

Oma nickt, dann fragt sie nach den Kindern.

Ich erzähle ihr von Kimmys Fußballspiel am vergangenen Samstag und von Leilas Rastazöpfen, die sie von einer Bekannten neu geflochten bekommen hat.

»Kannst du das nicht?«, erkundigt sich Oma.

»Oh Gott, nein, das ist echt schwer und dauert Stunden!«

»Du liebe Güte.«

»Es sieht richtig hübsch aus«, sage ich und zeige ihr ein Foto auf meinem Handy.

»Leila wird von Tag zu Tag hübscher«, sagt Oma, und ich muss lächeln. Weil ich an den Tag von Leilas Geburt denke. Oma und Papa sind mich im Krankenhaus besuchen gekommen. Das Erste, was Papa gesagt hat, war: »Sie ist so schön. Sie sieht aus wie ein Model.«

Er war sehr bewegt, und Oma war es ebenso. Sie meinte: »Oh ja, und vielleicht wird sie ja eines Tages sogar eins.«

Die Tür wird geöffnet, und die Fußpflegerin kommt herein.

»Guten Tag, Frau Peinemann.«

»Guten Tag«, erwidert Oma.

»Hallo«, sage ich.

»Das ist meine Enkelin Ela«, informiert Oma die etwa vierzigjährige Frau, die sich mir als Hanna vorstellt.

Sie lächelt mich an, dann Oma, schließlich holt sie alles aus ihrer Tasche, was sie gleich braucht, und füllt eine Schüssel mit warmem Wasser. Sie bittet Oma, ihre Füße hineinzutun, und dann legt sie auch schon los.

Oma wäre nicht Oma, wenn sie nicht auch die Fußpflegerin auf den neuesten Stand bringen würde. Als die Heimgeschichten abgehakt sind, reden sie übers Wetter.

Omas Nägel sind gekürzt, und Hanna konzentriert sich auf ihre Hornhaut.

»Ich bin ja eine waschechte Hamburger Deern, wussten Sie das?«, fragt Oma.

»Ja? Wie schön«, erwidert Hanna, ohne aufzublicken.

»Sind Sie in Hamburg geboren?«

»Geboren und aufgewachsen. Ich bin höchstens mal für ein paar Wochen in den Urlaub gefahren, ansonsten war ich immer hier.«

»Hamburg ist ja auch eine schöne Stadt«, sagt Hanna.

»Ja, das finde ich auch. Wo kommen Sie her?«, fragt Oma neugierig.

»Ursprünglich aus Ungarn, aus der Nähe von Budapest.«

»Oh, da war ich auch schon mal«, sagt Oma.

Jetzt sieht die Frau überrascht auf. »In Budapest?«

»Oh ja.« Oma nickt bestätigend. »Ich habe früher viele Reisen unternommen. Mit dem Seniorenklub.«

»Das ist ja großartig. Und sind Sie noch immer in dem Seniorenklub?«

»Nein. Leider nicht. Ich komme nicht mehr hin zur Billerhuder Insel. Da ist der Kleingartenverein, wo ich meinen Schrebergarten hatte. Über vierzig Jahre lang.«

»Erzählen Sie mir davon«, bittet Hanna und macht sich wieder an Omas Füße.

»Oh, das war ein schöner Garten, ne, Ela?«

»Ja, er war sogar sehr schön«, sage ich.

Oma fährt fort: »Wir hatten einen Zwetschgenbaum, der so viele Früchte getragen hat, dass die Nachbarn vorbeikamen und sich ein paar Eimer voll pflückten. Bis auf das eine Jahr, in dem alle Zwetschgen Würmer hatten.«

Hanna verzieht das Gesicht. »Hatten Sie auch noch anderes Obst?«

»Oh ja. Kirschen und Birnen, und einen kleinen Apfelbaum, den mein Mann für unsere Enkelin gepflanzt hat. Erinnerst du dich, Ela?«

»Ja klar.« Ich war so glücklich über diesen winzig kleinen Apfelbaum, den ich zusammen mit meinem Opa in die Erde gesetzt und dem ich die folgenden Jahre beim Wachsen zugesehen habe. Ich habe ihn im Sommer Abend für Abend gegossen und mich so gefreut, als ich irgendwann den ersten Apfel entdeckt habe.

»Und dann hatten wir noch ein paar Johannisbeersträucher und Stachelbeeren«, erzählt Oma weiter. »Ich habe daraus immer Marmelade gemacht oder auch mal Saft. Und meine Rote Grütze, die war allseits beliebt.«

»Das stimmt«, sage ich. »Alle Gartennachbarn haben Oma ständig nach dieser Roten Grütze gefragt.«

»Das kann ich mir vorstellen. Ich hätte sie gern mal probiert«, meint Hanna.

»Es ist schon ein paar Jahre her, dass ich welche gemacht habe«, sagt Oma. »Hach, ich denke so gerne an meinen Garten mit all dem Obst zurück.«

Hanna lächelt sie an und trocknet ihr dann die Füße ab. »Wir sind fertig«, verkündet sie, und ich wundere mich, wie die Zeit so schnell rumgehen konnte. Sie geht allgemein viel zu schnell herum.

Manchmal frage ich mich, wo all die Jahre hin sind. Und ich frage mich, wie es Oma wohl geht, die bereits den Großteil ihres Lebens hinter sich hat.

Als wir wieder allein sind, rutsche ich näher zu ihr und lehne mich sachte an sie. »Ich erinnere mich so gerne zurück an die alten Zeiten.«

»Das geht mir genauso«, sagt sie. »Weißt du noch, als ihr im Garten Ostereier gesucht habt, du und Christian?«

»Ja. Darauf habe ich mich immer total gefreut.«

»Werner und ich haben uns auch gefreut. Wir haben euch zu gerne dabei zugesehen, wie ihr hin und her geflitzt seid und gejubelt habt, wenn ihr ein Ei gefunden habt.«

»Das ist schon so unendlich lange her.«

»Was macht dein Bruder denn eigentlich? Wie geht es ihm?«, erkundigt sich Oma.

»Ihm geht es gut. Er arbeitet noch immer für diese Website.«

»Davon versteh ich nichts.« Oma zuckt die Schultern. »Hat er denn endlich mal eine Freundin?«

»Nicht, dass ich wüsste.«

»Sag ihm, dass ich mich über einen Besuch sehr freuen würde.«

»Das mache ich.« Ich lächle Oma an. »Ich glaube, es ist bald Zeit fürs Mittagessen. Ich hab gelesen, es gibt Matjes.«

»Oh, wirklich?« Oma freut sich mächtig.

»Ja. Mit Pellkartoffeln und Quark.«

»Willst du nicht noch zum Essen bleiben? Sie haben bestimmt was für dich übrig.«

»Ich wollte noch ein bisschen schreiben, bevor ich Kimmy aus dem Hort abhole. Aber am Wochenende komme ich mit den Kindern vorbei, ja? Dann können wir wieder ins Café gehen und Kuchen essen.«

»Das fände ich schön.«

Ich bringe Oma zur Cafeteria. Auf dem Weg treffen wir auf Pfleger Timo, den Oma mir sogleich vorstellt. Dann kommen wir an Inge vorbei, die noch in ihrem Rollstuhl vor dem Pflegerzimmer sitzt. Oma streichelt ihr die Wange und geht voran zu dem Raum, aus dem es schon nach Fisch duftet. Ich schaue durch die offene Tür. Mona und Franz sitzen beieinander und turteln herum. Die Gräfin ist gekleidet, als würde sie auf eine Gala gehen.

»Huhu, Lisa! Ich habe dir einen Platz freigehalten!«, ruft Gerda Oma zu.

»Tschüss, Ela, bis bald«, sagt Oma, als ich sie sachte drücke.

»Bis bald«, erwidere ich und winke ihr nach.

MANDARINENKUCHEN

Es ist Sonntagnachmittag, und es ist schon richtig herbstlich geworden. Wir sitzen mit Oma im Café, neben den Kindern ist auch Ali mit dabei. Ich habe ein Stück Mandarinenkuchen vor mir stehen und genieße einen Becher Pfefferminztee.

Oma isst auch Mandarinenkuchen und trinkt Kaffee.

»Wusstet ihr, dass die Mormonen keinen Kaffee trinken?«, fragt sie in die Runde.

»Ja, das wusste ich«, antworte ich. »Die haben einige ziemlich strenge Regeln.«

»Was sind Mormonen?«, möchte Leila wissen.

»Das sind die Angehörigen einer Religion, die überwiegend in Amerika leben«, erkläre ich ihr.

»Und ihr Zentrum ist Salt Lake City. Da hat ja Uschi gelebt«, sagt Oma.

»Kenn ich Uschi?«, fragt Kimmy, kurz bevor er sich einen Löffel voll Schokoladeneis mit Sahne in den Mund stopft. Heute hat er keine Lust auf Kuchen à la Onkel Artur.

»Nein, du und deine Schwester habt sie leider nie kennengelernt. Sie hat lange Zeit in Amerika gelebt. Sie war mit einem Piloten verheiratet«, erzählt Oma.

»Ich mag Flugzeuge«, sagt Kimmy, der mit seinen sechs Jahren schon einige Male in einem gesessen hat.

»Ich bin ja noch nie geflogen«, sagt Oma, und Kimmy starrt sie mit großen Augen an.

»Noch nie?«

»Nein. Wir sind immer überall mit dem Auto oder dem Reisebus hingefahren. Sogar bis ganz nach Italien.«

»Ich war auch schon siebzehn, als ich zum ersten Mal geflogen bin«, erzähle ich meinem Sohn.

»Echt?« Jetzt macht auch Leila große Augen. »Und wohin?«

»In die Türkei. Mit Omi und Onkel Chrischi.«

»Na, inzwischen bist du ja aber schon etliche Male geflogen«, sagt Oma.

»Ja, das stimmt.« Und zwar nicht nur mit Ali und den Kindern. Da ich ein Mensch bin, der ab und an ein bisschen Zeit für sich braucht, und da Ali immer mal wieder für mehrere Wochen in seine Heimat fliegt, haben wir eine Vereinbarung. Ich darf mir auch einmal im Jahr freinehmen, und er übernimmt dann die Kinder. Ich spare also immer ein ganzes Jahr darauf hin und kann meine Vorfreude kaum zügeln. Manchmal bin ich nur für ein paar Tage weg, manchmal aber auch für eine Woche oder länger. In den vergangenen Jahren war ich bereits in Amsterdam, New York und San Francisco, und auf einer Nil-Kreuzfahrt mit meiner Mutter. Ich genieße diese kleinen Auszeiten sehr und tanke Kraft für die kommenden Monate. Außerdem brauche ich es, mal was anderes zu sehen. Denn ich bin immerhin Schriftstellerin und möchte sehen und erleben, worüber ich schreibe. Ich bin unendlich dankbar, einen Mann zu haben, der das mitmacht, der mich sogar dazu ermutigt, weil er weiß, wie viel es mir bedeutet.

»Wo willst du denn als Nächstes hin?«, fragt Oma mich.

»Das weiß ich noch nicht. Ich möchte gerne mal nach Los

Angeles, aber das ist ganz schön teuer. Da muss ich wohl erst noch ein bisschen sparen. Außerdem wollen wir als Nächstes wieder einen Familienurlaub machen.«

»Ja? Wohin wollt ihr denn?«

»Vielleicht mal wieder nach London. Das neue Baby von Alis Bruder kennenlernen.«

»Wie viele Kinder hat er denn jetzt schon?«, fragt Oma.

»Es ist das sechste«, erzähle ich, und Oma staunt nicht schlecht.

»So viele!«

Ali lacht. »In Ghana ist das normal«, sagt er. Er hat selbst drei Brüder und vier Schwestern.

»Ja, hier war es früher auch nichts Außergewöhnliches«, meint Oma. »Da hatten die meisten Paare drei oder vier Kinder, oder sogar mehr. Meine Eltern hatten vier, und die Eltern von Werner auch.«

Ja, und dann kam der Krieg. Und Oma und Opa bekamen nur ein einziges Kind.

»Wollt ihr denn auch noch mehr haben?«, fragt Oma uns.

»Nein, nein, zwei reichen«, sage ich, und zum Glück stimmt mein Mann mir zu. Ich drücke seine Hand und bin dankbar, dass wir so oft einer Meinung sind, zumindest, was die wichtigen Dinge betrifft.

»Na, dann … Was macht denn die Arbeit, Ali?«, erkundigt Oma sich als Nächstes.

Er setzt seine Kaffeetasse ab. »Alles gut. Immer viel los«, sagt er. Ali arbeitet als Küchenchef in einem kleinen Restaurant in den Großen Bleichen. Oma und Silke waren vor einem Besuch im Ohnsorg-Theater mal da. Haben einen Kaffee getrunken und sich mit Ali unterhalten.

»Und waren wieder irgendwelche Prominenten da?«, erkundigt Oma sich neugierig. Ali erzählt ihr nämlich hin und wieder davon, wenn jemand zu Gast war. Der Moderator Oliver Geissen war schon da, der Schauspieler Ralf Moeller auch, und Ali hat schon Frühstück gemacht für Sylvie van der Vaart.

Ali lacht. Weil er weiß, wie heiß Oma auf Klatsch und Tratsch ist.

»Im Restaurant nicht«, sagt er. »Aber neulich ist Dieter Bohlen direkt daran vorbeigegangen. Ich hatte gerade Pause und saß mit meinem Essen draußen.«

»Ja wirklich? Sieht er so aus wie im Fernsehen?«, will Oma wissen.

»Nein. In echt sehen sie alle ein bisschen anders aus.«

»Na, das hab ich mir irgendwie gedacht«, meint Oma.

»Ich sag dir Bescheid, wenn mal wieder ein Promi vorbeikommt«, verspricht Ali, und Oma lächelt zufrieden.

»Das ist gut. Dann hab ich wieder etwas, das ich meinen Freundinnen hier erzählen kann. Die haben nämlich nie so tolle Geschichten auf Lager.«

Sie isst ein bisschen von dem Mandarinenkuchen.

»Wisst ihr, dass ich früher immer Mandarinenkuchen gebacken habe?«, fragt sie ihre Urenkel. »Ein einfacher Puffer, halb Mandarine, halb Schokolade. Das war der Lieblingskuchen eurer Mama.«

»Ich kann mich noch an den Kuchen erinnern«, sagt Leila, und das freut Oma.

»Was mochtest du am liebsten, Mama? Mandarine oder Schoko?«, fragt Kimmy, der zu klein ist, um sich zu erinnern. Er war kaum älter als drei Jahre, als Oma ihren letzten Kuchen gebacken hat.

»Ich hab immer versucht, ein Mittelstück abzubekommen, eins mit Mandarinen *und* Schokolade«, sage ich.

Oma erinnert sich gut. »Ja, und ich habe dir immer ein besonders dickes vom Übergang abgeschnitten.«

»Ich vermisse deinen Kuchen«, sage ich. »Vielleicht versuche ich ihn mal nachzubacken.«

»Dann bring mir ein Stück mit«, bittet Oma.

»Das mache ich.« Ich lächle Oma an. »Du hast immer toll gebacken, Oma. Und Opa auch.«

»Bei Werner konnte ich nie mithalten, er hat ja eine Lehre zum Bäcker gemacht und sein ganzes Leben lang gebacken.«

»Und trotzdem mochte ich deinen Schoko-Mandarinen-Kuchen lieber als seinen berühmten Butterkuchen.«

»Da warst du aber die Einzige.« Oma sieht nach draußen, wo das Laub langsam von den Bäumen fällt. »Ich vermisse Werner«, sagt sie.

»Ich vermisse ihn auch«, sage ich.

Ich esse noch ein bisschen Kuchen und habe dabei einen Kloß im Hals. Weil mein Opa an manchen Tagen einfach besonders fehlt.

»Dürfen die Moronen auch keinen Kakao trinken?«, fragt Kimmy plötzlich und reißt mich aus meinen Gedanken.

»Mormonen!«, korrigiert Leila ihn lachend.

»Doch, Kakao dürfen sie trinken«, sagt Oma und erzählt uns: »Uschi hat übrigens auch immer gerne Kakao getrunken. In Amerika hatten sie einen ganz besonderen von der Marke *Hershey's*, von dem hat sie immer geschwärmt und ihn jeden Abend vorm Schlafengehen getrunken.«

»Was hat Uschi sonst noch so in Amerika gemacht?«, will Leila wissen.

Und Oma freut sich, uns von ihrer besten Freundin erzählen zu dürfen, die auch heute noch einen besonderen Platz in ihrem Herzen hat.

NEUIGKEITEN

August 1956

Meine liebste Uschi,

*wie geht es Dir? Bist Du noch immer so begeistert von Amerika?
Du schreibst von großen Supermärkten und von all den Dingen, die es bei Euch zu essen gibt. Das klingt ja alles spannend,
ich glaube aber, ich bleibe lieber bei Kassler und Grünkohl.
Und beim Hamburger Speck. Werner und ich waren kürzlich
auf dem Dom mit Jürgen, er ist mit dem Karussell gefahren
und hat Schmalzkuchen gegessen, genau wie wir früher.
Wie verläuft Deine Schwangerschaft? Glaubst Du, es wird
ebenfalls ein Junge? Oder hättest Du lieber ein Mädchen? Ich
wünsche Dir einfach nur, dass es ein gesundes Kind wird und
freue mich schon auf Fotos.
Nun wirst Du so bald wohl nicht zu Besuch kommen, oder? Ich
würde Dich so gerne sehen. Ich vermisse Dich nämlich sehr.
Wie geht es Gerd? Werner geht es gut, er backt fleißig und hilft
beim Anbau. Habe ich Dir schon erzählt, dass meine Eltern
anbauen? Sie vergrößern das Haus um ein Zimmer, damit
Jürgen sein eigenes bekommt. Trotzdem hoffe ich darauf, eines
Tages ein eigenes Zuhause zu haben. Es werden ja nun überall
neue Wohnungen gebaut. Aber fürs Erste ist der Anbau eine
gute Idee.*

Jürgen wird sich freuen, sein eigenes kleines Reich zu haben. Werner hat schon versprochen, ihm das Zimmer grün zu streichen, weil der Junge so gerne Fußball mag. Die beiden spielen oft zusammen und schießen einander stundenlang den Ball zu. Ich muss sagen, Werner macht das ganz wunderbar mit Jürgen, er ist ein guter Vater, auch wenn er manchmal noch ein wenig ungeduldig ist. Aber das wird sich mit der Zeit schon legen, spätestens wenn Jürgen älter wird und nicht mehr den ganzen Tag lang altkluge Fragen stellt. Wobei dann sicher neue Eigenheiten auftauchen, die Werner in den Wahnsinn treiben.

Weißt Du, Jürgen ist für meine Eltern noch immer der einzige Enkelsohn, Artur und Annemie haben ja nur Töchter. Aber Werners Bruder Egon und dessen Frau Rosi haben nach einer Tochter nun endlich auch einen Jungen bekommen, mit dem Jürgen spielen kann. Er heißt Volker und ist ein süßer kleiner Fratz.

Ich bin so froh, dass sie alle in Hamburg leben, meine und auch Werners Familie, so können wir häufig zusammenkommen. An Feiertagen, bei Familienfesten und hin und wieder einfach nur so. Ich treffe mich gerne mit der Familie und mit Freunden, das weißt Du ja, und Werner geht es genauso. Und ich glaube, selbst wenn mein Liebster die Gesellschaft anderer nicht so zu schätzen wüsste wie ich, dann hätte er sie mir zuliebe dennoch ertragen.

Werner ist der Beste, und ich bin jeden Tag dankbar, ihn zu haben. Letzten Monat zu unserem siebten Hochzeitstag hat er mir eine wunderschöne Brosche geschenkt. Ich habe sie auf der Arbeit getragen und viele Komplimente bekommen.

Hier sind jetzt schwarze Pumps sehr in Mode, und bei Euch? Ich habe Bilder gesehen von Frauen in weiten Kleidern, die wild zum Rock'n'Roll tanzen. Und obwohl ich Elvis gut leiden kann und seine Musik auch, mag ich doch die deutschen Lie-

der immer noch am liebsten. Werner hört ja am liebsten Hans Albers und Freddie Quinn, ich dagegen mag Peter Alexander und Caterina Valente. Erzähl mir doch mal, was Du zurzeit am liebsten hörst.
Ich freue mich schon, wieder von Dir zu lesen.

Alles Gute weiterhin für die Schwangerschaft!

Meine allerherzlichsten Grüße
Deine Freundin Lisa

*

Oktober 1956

Meine liebe Lisa,

es tut mir leid, dass ich Dir so lange nicht geschrieben habe. Aber hier ging es drunter und drüber, und dann kam auch schon meine kleine Tochter zur Welt. Wir haben sie Angela genannt. Sie ist so niedlich, ich lege Dir ein paar Fotos bei, damit Du Dich selbst überzeugen kannst. Gerd hilft mir sehr, auch wenn ich wünschte, ich könnte ihn mal dazu überreden, die Windeln zu wechseln. Aber das wird wohl auf ewig an uns Frauen hängen bleiben, genauso wie das Aufstehen und Stillen mitten in der Nacht. Aber all das mache ich gerne, denn ich liebe dieses neue Leben als Mutter.
Ich freue mich so, zu hören, dass es Euch gut geht, dass Jürgen wächst und gedeiht und nun sein eigenes Zimmer bekommt. Und ich hoffe, dass Ihr bald eine eigene Wohnung findet. Es ist gut, dass sie Hamburg wieder aufbauen, kannst Du Dich noch daran erinnern, wie es vor zehn Jahren nach dem Krieg

aussah? Ich mag nicht einmal daran denken. Und doch tue ich es oft, die Bilder wollen einfach nicht verschwinden. Geht es Dir genauso? Ich bin so froh, dass ich Dich hatte in diesen schweren Zeiten, dass wir zusammen durch dick und dünn gegangen sind. Und Du fehlst mir genauso, liebe Lisa, das kannst Du mir glauben.

Wenn Du vom Dom erzählst, vermisse ich Hamburg und die guten alten Zeiten richtig. Andererseits bin ich sehr glücklich, jetzt hier in Amerika zu sein. Hier können Gerd und ich noch einmal neu anfangen, und ich sage Dir, wir genießen es in vollen Zügen. Bald wird hier Halloween gefeiert, und zwar am 31. Oktober. Das ist so ähnlich wie Fasching in Deutschland, und die Kinder verkleiden sich. Nur gehen sie dann von Tür zu Tür und sammeln Süßigkeiten. Ich kann es kaum erwarten, dass meine Angela auch mitmachen kann.

In Amerika sind schlichte schwarze Pumps fast schon wieder vergessen. Jetzt trägt man hier Peeptoes, vor allem seit Marilyn Monroe es vorgemacht hat. Diese vorne offenen Pumps kennst Du in Deinem Beruf sicher, oder? Gefällt Dir die Arbeit im Schuhgeschäft noch? Wie geht es Irma und Traude? Richte ihnen bitte meine Grüße aus.

Nun möchte ich noch zu Deiner Frage kommen, welche Musik ich zurzeit gern höre. Neben Elvis mag ich Paul Anka und Frank Sinatra sehr. Mein allerliebstes Lied ist aber »True Love« von Bing Crosby und Grace Kelly. Es stammt aus dem Film »Die oberen Zehntausend«, Gerd und ich haben ihn im Kino gesehen, er war toll. Was hast Du zuletzt gesehen?

Oh, liebe Lisa, bitte schreib mir schnell zurück und lass mich wissen, was es bei Dir Neues gibt.

Bis dahin meine herzlichsten Grüße
Deine Uschi

SAURE GURKEN

Als ich an diesem Mittwoch Omas Zimmer betrete, sagt Lotti mir, dass Oma beim Friseur ist. Ich rede ein paar Worte mit ihr und mache mich dann auf nach unten ins Erdgeschoss, wo sich der Friseursalon befindet.

Oma lässt sich gerade die Haare stylen und erzählt dabei von ihrem Schrebergarten. In letzter Zeit tut sie das wirklich häufig, und ich frage mich, warum sie neuerdings so selbstverständlich Dinge und Zeiten reflektiert, die sie sonst ausgelassen hat. Ist es, weil sie weiß, dass es irgendwann zu spät sein wird, diese noch einmal aufleben zu lassen? Oder macht es ihr einfach nicht mehr so viel aus, sich daran zurückzuerinnern? Kommt das mit dem Alter? Findet man sich irgendwann damit ab, dass einiges nun mal passiert ist? Kann man eines Tages ohne Schmerzen an gewisse Ereignisse, Orte und Personen zurückdenken und einfach nur noch das Gute daran sehen?

»Hier bist du, Oma«, sage ich.

Sie hält mir eine Hand hin, die ich ergreife. »Hallo, Ela.« Sie dreht sich zur Friseurin um und sagt: »Das ist meine Enkelin.«

»Freut mich, Sie kennenzulernen«, sagt die Frau, eine junge Türkin, die an mehreren Tagen in der Woche ins Seniorenheim kommt und den älteren Herrschaften die Haare schneidet. Bisher hat Oma nur nie einen Termin an einem Mittwoch ausgemacht. Sie hat es wohl einfach verplant.

»Gleichfalls«, sage ich.

»Wir sind sofort fertig«, lässt die Friseurin mich wissen und bürstet Oma noch einmal über das Haar. Sie sprüht sie ein wenig mit Haarspray ein und sagt: »Das war's auch schon.«

»Sehe ich nicht toll aus?«, fragt Oma.

»Sehr schick«, bestätige ich.

Oma zieht sich ihren Rollator heran, holt ihr Portemonnaie heraus und bezahlt. Dann gehen wir zusammen zum Fahrstuhl und fahren hoch in die zweite Etage. Auf dem Weg zu Omas Zimmer treffen wir auf Rosi, die mal wieder nach Bonbons fragt.

»Ich habe welche von Halloween übrig. Hier, für dich«, sage ich und gebe Rosi eine ganze Handvoll.

Rosi zieht glücklich von dannen, und ich folge Oma in ihr Zimmer.

Oma setzt sich aufs Bett, und ich setze mich dazu. Lotti sieht sich jetzt eine Sendung über die Eisenbahn im Fernsehen an.

»Ich hab dir Lebkuchenherzen mitgebracht«, sage ich zu Oma und hole sie aus der Handtasche.

»Gibt es die schon?«

»Ja klar, nächsten Monat ist Weihnachten.«

»Das kann doch nicht sein! Haben wir schon wieder November?«, fragt Oma.

Ich nicke. »Die Zeit vergeht unglaublich schnell, oder?«

»Oh ja.« Oma nimmt die Lebkuchenpackung in die Hand und betrachtet sie. Es sind die gefüllten Herzen, die mag sie am liebsten.

»Kannst du mir beim nächsten Mal auch ein paar Schokoladentafeln mitbringen? Bring am besten gleich zehn Stück«, sagt sie dann.

Ich runzle die Stirn und öffne die Tür ihres Beistelltisches, wo sie im untersten Fach ihre Süßigkeiten aufbewahrt.

»Da war doch neulich noch einiges drin. Hast du das etwa alles schon aufgegessen?«, frage ich ein wenig verwirrt.

Oma lacht. »Na, so viel kann ich auch nicht allein essen. Ich habe ein paar Sachen verschenkt.«

»An Rosi?«

»Nein, an die Pflegerinnen und an Timo. Die sind alle so nett, weißt du?«

»Ja, aber ... dürfen die das denn überhaupt annehmen?« Ich betrachte sie skeptisch.

Oma zuckt die Schultern. »Na bestimmt. Ich finde ja, sie haben sich hin und wieder eine Kleinigkeit verdient.«

»Ach Oma, so warst du schon immer. Ich glaube, du bist der großzügigste Mensch, den ich kenne«, sage ich und sehe sie liebevoll an. Meine Oma ist einfach die Beste. Hat immer schon gern gegeben, hat mich und andere so oft unterstützt, finanziell und vor allem emotional. Von ihr habe ich gelernt, wie gut und richtig es sich anfühlt, etwas zu geben.

»Ach was«, sagt Oma und winkt ab.

Ich küsse sie auf die Wange und frage, was es Neues gibt.

»Hier ist alles beim Alten. Erzähl du mir lieber, was es bei euch gibt. Was machen die Kinder?«

»Denen geht es gut. Leila war zum ersten Mal allein in der Innenstadt. Sie war mit Freundinnen bummeln.«

»Na, das ist ja ein Ding!« Oma bittet mich, die Lebkuchen- packung zu öffnen, und ich tue ihr den Gefallen. Sie nimmt sich einen heraus und isst. »Die sind immer wieder lecker«, sagt sie und bittet mich, Lotti einen zu geben. Schließlich sagt sie mir, ich soll mir auch einen nehmen.

Ich beiße ab. »Ja, du hast recht. Die sind immer wieder lecker, jedes Jahr aufs Neue.«

»Was machen wir denn dieses Jahr zu Weihnachten?«, fragt Oma dann. »Gehen wir wieder zum Chinesen?«

»Ja natürlich«, sage ich. Das ist bei uns schon Tradition. Früher waren wir immer bei einem Chinesen an der Billstedter Hauptstraße, aber der hat leider zugemacht.

»Wo gibt es denn einen guten?«, fragt Oma nach.

»Chrischi hat uns ein nettes Restaurant in Wandsbek rausgesucht«, erzähle ich.

Mein Bruder ist Fan von allem, was asiatisch ist. Seine Wohnung hängt voll mit Postern von japanischen Anime-Figuren.

»Ja? Ist es gut?«, erkundigt sich Oma.

»Das hoffe ich. Ich war da leider auch noch nie.«

»Es wird uns schon schmecken. Ich freu mich drauf«, sagt sie.

Ich will gerade etwas erwidern, als die Tür aufgeht. Timo kommt herein und hat Toilettenartikel in den Händen.

»Oh, entschuldigen Sie die Störung, ich bringe nur ein paar Sachen«, sagt er.

»Sie stören doch nicht!«, entgegnet Oma. »Kennen Sie meine Enkelin Ela schon?«

»Ja, Oma, du hast uns doch neulich schon bekannt gemacht«, sage ich. Oma scheint in letzter Zeit vermehrt Dinge zu vergessen. So langsam muss ich mich wohl wirklich an den Gedanken gewöhnen, dass ihre Erinnerung nachlässt.

Timo ist ein wenig verlegen und bringt schnell die Damenbinden und das Klopapier ins Bad.

»Danke, Timo«, sagt Oma, als er wieder herauskommt, und ich bin mir fast sicher, sie hätte ihm jetzt eine Tafel

Schokolade gegeben, wenn noch welche im Fach gewesen wären.

»Aber gerne.«

»Wussten Sie, dass wir früher gar kein Toilettenpapier hatten?«, fragt Oma.

»Nein? Was haben Sie denn dann benutzt?«, erkundigt sich Timo. Er ist mittelgroß, schlank und brünett. Ich schätze ihn auf allerhöchstens Mitte zwanzig.

»Zeitungspapier«, sagt Oma.

»Autsch!«, sagt Timo, und ich lache.

»Oder Blätter von den Bäumen«, sagt plötzlich Lotti, und wir alle drehen uns zu ihr. Sie war die letzten Minuten so still, dass ich angenommen hatte, sie wäre wieder mal eingenickt.

»Klingt ziemlich übel«, meint Timo.

»Oh, das waren keine schlechten Zeiten«, erwidert Oma. »Wir hatten zwar wenig, aber wir haben das Beste draus gemacht.«

»Ich kann mir das gar nicht vorstellen«, sagt Timo. »Hatten Sie wenigstens Strom und fließendes Wasser?«

»Wasser hatten wir schon«, erzählt Oma. »Aber Strom erst später. Als ich noch ein Kind war, haben wir mit Holz und Briketts geheizt. Und wir hatten Petroleumlampen, die uns Licht gespendet haben.«

»Damals gab's auch noch keine Fernseher, Telefone und so weiter, oder?«, fragt Timo.

Lotti lacht.

»Telefone waren zwar schon erfunden, aber wir hatten noch keins«, klärt Oma Timo auf. »Und die Fernsehapparate kamen erst in den Fünfzigerjahren. Und da war natürlich alles noch schwarz-weiß.«

»Ich hab mal einen Schwarz-Weiß-Film gesehen«, erzählt Timo. »Mit Dick und Doof. Zusammen mit meinem Opa, als er noch am Leben war.«

»Das tut mir leid, Timo, dass er nicht mehr am Leben ist«, sagt Oma einfühlsam. »Dick und Doof mochte ich aber auch immer gerne. Ich glaube, ich habe sogar mal einen Film im Kino gesehen.«

»Kinos gab es also damals schon?«, fragt Timo nach. Ich weiß das natürlich alles bereits aus etlichen Erzählungen. Wäre aber meine Oma nicht, wäre ich in vielen Dingen wahrscheinlich genauso ahnungslos wie der junge Pfleger.

»Oh ja. Die gab es sogar schon vor dem Krieg.«

Timo sieht sie bedauernd an. »Vielleicht erzählen Sie mir nächstes Mal mehr davon? Ich muss jetzt leider weiter.«

»Ja, natürlich.« Oma lächelt zufrieden, und Timo ist schon wieder draußen.

»Ich will dir mal eben das Geld für die Schokolade geben, bevor wir es noch vergessen«, sagt Oma dann zu mir und kramt in ihrer Handtasche. Statt ihres Portemonnaies holt sie aber etwas hervor, das in eine Papierserviette eingewickelt ist.

»Was ist das?«, frage ich.

»Ach, nur eine saure Gurke, die ich gestern beim Abendbrot eingesteckt habe.«

»Eine saure Gurke?« Ich nehme sie ihr mitsamt der Serviette ab und betrachte sie misstrauisch. Ich weiß, ich wollte nichts mehr sagen, wenn Oma etwas für »schlechte Zeiten« mitnimmt, aber es handelt sich hier immerhin um eine feuchte eingelegte Gurke! Die hat nicht nur einen starken Eigengeruch, sondern könnte auch anfangen zu schimmeln, wenn Oma sie vergisst. »Du solltest solche Sachen vielleicht besser nicht in die Handtasche stecken«, sage ich deshalb so behutsam wie möglich.

»Die ist noch gut«, erwidert Oma jedoch. »Leg sie bitte in mein Fach.«

»Oma, die sieht echt nicht mehr ganz frisch aus. Wollen wir sie nicht lieber wegwerfen?«

»Nein! Die esse ich noch!«

Ich begutachte das Ding erneut, schnuppere daran und lege es schließlich in ihr Fach. »Na gut. Die geht wohl gerade noch.«

Dann holt Oma ihr Portemonnaie hervor und gibt es mir. Ich ziehe einen Fünfeuroschein heraus.

»Reicht das denn auch?«, fragt Oma.

»Na klar, Oma, keine Sorge.« Natürlich werden fünf Euro nicht für zehn Schokoladentafeln reichen. Aber Oma hat nicht mehr allzu viel, seit sie höhergestuft wurde und das Heim teurer geworden ist. So richtig nimmt sie das wohl noch immer nicht wahr, ich will sie aber auch nicht ständig daran erinnern.

»Wenn du meinst.« Oma packt das Portemonnaie zurück.

Ich stecke das Geld ein und sehe auf die Uhr. Eine halbe Stunde haben wir noch. Da Oma heute auch Timo schon ein bisschen was von früher erzählt hat, hoffe ich, dass sie mir ebenfalls noch das Vergnügen erweist.

»Du, Oma, Timo hatte zwar keine Zeit mehr, weiter zuzuhören, aber ich würde gerne noch ein bisschen was hören über die guten alten Zeiten. Wenn du magst.« Über die Kriegszeiten sind wir zwar anscheinend hinaus – entweder weil es darüber nicht mehr zu erzählen gibt oder Oma einfach nicht mehr erzählen möchte –, ich finde es aber auch sehr spannend, wie es damals weiterging. Nachdem Uschi in Amerika war und als Oma dann Mutter und Ehefrau war. Da ich nun die ganze Liebesgeschichte meiner Großeltern kenne, sehe ich die beiden noch mal in einem anderen Licht, und ich würde mich freuen, zu erfahren, wie ihr gemeinsames Leben sich weiterentwickelte. Ob sie immer nur Hochs oder auch Tiefs hatten, und ob ihre Liebe all die Jahre so stark blieb wie am Anfang.

Oma sieht rüber zu Lotti, die nun wirklich vor sich hin schlummert. »Ja natürlich. Wo waren wir denn?«, fragt sie dann.

»Beim letzten Mal hast du von Uschi erzählt und den Briefen, die ihr euch geschickt habt. Ich glaube, wir waren irgendwo in den Fünfzigerjahren stehen geblieben.«

»Ach ja, genau, die Fünfziger ...«, sagt Oma und nimmt diesen gewohnten verträumten Blick an.

»Vielleicht kannst du mir ja ein bisschen was über euer Eheleben erzählen? Wie lange habt ihr noch bei deinen Eltern im Dachzimmer gewohnt? Und wie war das sonst so nach den ersten Jahren als Ehepaar? Habt ihr viel unternommen? Habt ihr euch vielleicht auch mal gestritten?«

Oma muss schmunzeln. »Na, du hast aber heute viele Fragen.«

»Erzähl nur das, was du erzählen möchtest«, sage ich, und Oma schließt die Augen, was bedeutet, sie erinnert sich zurück, trägt wahrscheinlich gedanklich schon einen Petticoat und Peeptoes.

Ich freue mich wie irre, zu hören, wie es damals weiterging. Und ich sauge jedes Wort in mich auf.

FERNSEHER

Ende der 1950er/Anfang der 1960er

In den Fünfzigerjahren wandelte sich alles, die deutsche Wirtschaft wuchs, neue Unternehmen wurden gegründet, und es wurden deutsche Güter ins Ausland exportiert. Ende der Fünfziger gab es kaum noch Arbeitslose in Hamburg.

Auch uns ging es gut. Wir unternahmen viel, auch mit Jürgen, der ein lieber Junge war. Wir gingen mit ihm ins Kino, in den Tierpark, auf den *Hamburger Dom* und auf Reisen. Einmal fuhren wir zu fünft in Arturs kleinem VW-Käfer in den Schwarzwald.

Zehn Stunden saßen Grete und ich – mit Jürgen in der Mitte – eingezwängt auf der Rückbank, bis wir Oppenau endlich erreichten. Aber dort gefiel es uns wunderbar. Wir machten einen Ausflug nach Straßburg, erholten uns gut und tranken abends Wein.

Der Pensionswirt machte mir schöne Augen, aber Werner lachte nur darüber, weil er doch wusste, dass mein Herz allein ihm gehörte.

Werner und Jürgen waren weiterhin sehr fußballbegeistert, und nachdem sie die Weltmeisterschaft in Schweden 1958 noch im Radio verfolgen mussten, wollte Werner unbedingt, dass wir uns einen Fernseher anschafften.

»Weißt du denn nicht, wie teuer diese Apparate sind?«, fragte ich ihn. »Wir sind immerhin auf der Suche nach einer eigenen Wohnung und müssen sparen.«

»Lisa, meine Süße«, sagte er und zog mich zu sich heran. »Wir verdienen jetzt besser. Ich weiß ja, dass wir was beiseitelegen müssen, aber wir haben so viele Jahre auf alles verzichtet, da sollten wir uns wenigstens diese eine Sache gönnen.«

Ich gab nach, und Werner bekam seinen Fernseher.

Darauf sahen wir uns dann jeden Abend die Nachrichten an, in denen sie in den folgenden Jahren von so einigen unglaublichen Dingen berichteten.

Im April 1961 flog Juri Gagarin als erster Mensch in den Weltraum, und im August zeigten sie Bilder vom Mauerbau. Wir konnten es nicht fassen: Deutschland sollte geteilt werden! Es war ein großes historisches Ereignis, das niemand so recht verstehen konnte.

In Amerika fanden derweil schlimme Rassenunruhen statt. Ich machte mir Sorgen um Uschi, denn das ganze Land schien in Gewalt und Demonstrationen zu versinken. Doch meine Freundin beruhigte mich und sagte mir, dass es bei ihr in Utah nicht so schlimm wäre.

Anfang 1962 war dann in Hamburg die große Sturmflut, und wir kriegten es ganz schön mit der Angst zu tun.

Der Hafen und ganze Stadtteile standen meterhoch unter Wasser, und es kamen auch ein paar Hundert Menschen um. Jürgen bibberte und fragte, ob das Wasser auch uns erreichen würde. Wir beschwichtigten ihn und beteuerten, hier würde es nicht hinkommen, aber ganz sicher sein konnten auch wir nicht. Denn wer wusste schon, was geschah? Es waren so viele schreckliche Dinge passiert, die wir nie für möglich gehalten hätten.

Zum Glück blieben wir verschont, und meine beiden Liebsten konnten sich die nächste WM im Fernsehen ansehen. Allabendlich schaute ich ihnen im Juni 1962 dabei zu, wie sie sich mit Spannung die Aufzeichnungen aus Chile anguckten, und ich freute mich mit ihnen jedes Mal, wenn Deutschland ein Tor machte.

Und dann, am 22. November 1963, erhielt ich einen Anruf von Uschi.

Sie weinte, und ich dachte, es müsse etwas Schreckliches passiert sein. Ihre Angela sei krank oder Gerd mit dem Flugzeug abgestürzt. Doch dann erzählte Uschi: »Präsident Kennedy wurde erschossen!«

»Wie meinst du das, erschossen?«, fragte ich.

»Es ist überall in den Nachrichten! Sie haben ihn in seinem Auto erschossen. Jackie saß neben ihm.«

Ich konnte kaum fassen, was meine Freundin mir da erzählte. Der Präsident der Vereinigten Staaten war tot?

»Aber wer hat ihn denn erschossen?«, fragte ich nach. »Und warum?«

»Das weiß ja gerade keiner! Ich kann es noch gar nicht glauben, Lisa.«

Uschi schien wirklich erschüttert. Sie hatte ihre neue Heimat sehr lieben gelernt und verehrte wie die meisten Amerikaner den Präsidenten und die First Lady über alle Maßen. Das hatte ich schon bei früheren Gesprächen mitbekommen.

Ich versuchte sie also zu trösten. »Das tut mir sehr leid, Uschi. Es wird sich bestimmt bald alles aufklären, und sie werden die Übeltäter finden und zur Rechenschaft ziehen.«

»Das wird aber auch nichts daran ändern, dass der Präsident tot ist«, schluchzte Uschi.

»Geht es seiner Frau denn wenigstens gut?«

»Ihr Mann ist tot, wie soll es ihr da gehen?« Uschi war richtig aufgebracht.

»Ich meinte ... Ich wollte doch nur wissen, ob sie ebenfalls getroffen wurde.«

»Nein. Sie scheint wohlauf.« Ich hörte Uschi schluchzen. »Oh, Lisa, es ist so schrecklich.«

»Ja, das ist es«, sagte ich, und es war einer dieser Momente, in denen ich wünschte, wir wären nicht so weit voneinander entfernt. Wie gerne würde ich meine Freundin einfach nur im Arm halten und ihr Trost spenden. »Uschi, du fehlst mir«, sagte ich ihr. »Wann sehen wir uns endlich wieder?«

»Ich habe schon mehrmals mit Gerd darüber gesprochen und hoffe, im nächsten Jahr wird es endlich was werden.«

»Das wäre so schön. Dann könnten wir zusammen an der Alster spazieren und stundenlang über alles reden, was wir versäumt haben.«

»Das wäre schön, Lisa. Und ich bringe dann ein paar leckere amerikanische Lebensmittel mit und zeige dir, was ich hier so lieben gelernt habe.«

»Ja, darüber würde ich mich freuen.« Ich wollte nämlich wirklich gern verstehen, was Uschi an Amerika fand. Das Land schien eine andere Welt zu sein, das merkte ich auch wieder, als ich mir später die Nachrichten zu John F. Kennedys Tod im Fernsehen ansah. Ganz Amerika schien zu trauern. Auf eine Weise, die ich aus Deutschland nicht kannte. Menschen, die dem Mann wahrscheinlich niemals persönlich begegnet waren, brachen in Tränen aus und weinten, als würde die Welt untergehen. Und Uschi war nun einer von ihnen. Sie war keine Hamburger Deern mehr, und das musste ich wohl hinnehmen. Dennoch konnte ich es kaum erwarten, sie wiederzusehen, denn obwohl ich inzwischen viele andere Freundinnen hatte, konnte doch niemand eine beste Freundin ersetzen.

Und dann kam Uschi endlich! Ein Dreivierteljahr später stand sie nach so langer Zeit wieder vor mir, und wir fielen uns in die Arme. Es war einfach wundervoll, es war genau wie früher, als wäre kein einziger Tag vergangen. Unsere besondere Verbindung war noch immer da, und ich war sehr froh, weil ich befürchtet hatte, dass Uschi nach der Zeit in Amerika eine andere sein würde. Diese Sorgen hatte ich mir aber umsonst gemacht.

Meine Freundin war zurück und hatte nicht nur ihr Töchterchen Angela mitgebracht, das ich nun endlich persönlich kennenlernen durfte, sondern, wie versprochen, auch einen ganzen Koffer voll amerikanischer Leckereien. Ich durfte Chocolate Chip Cookies probieren und Marshmallows, Erdnussbutter und von Uschi selbst gemachte Pancakes. Doch so köstlich diese Dinge auch sein mochten, waren Uschi und ich uns einig, als wir nach so vielen Jahren endlich wieder zusammen auf den *Hamburger Dom* gingen: Nichts, wirklich nichts kam über unsere geliebten Schmalzkuchen.

Es waren vier wundervolle Wochen. Uschi und ich unternahmen viel. Oftmals waren Jürgen und Angela dabei, manchmal ließen wir die Kinder aber auch bei unseren Müttern und machten uns allein auf. Gingen tanzen wie früher oder spazierten stundenlang durch die Innenstadt, die nun so ganz anders aussah. Die wieder aufgebaut war mit neuen Gebäuden und Geschäften, als wäre der Krieg nie geschehen.

»Erinnerst du dich noch daran, wie es hier vor fünfzehn Jahren aussah?«, fragte Uschi. »Alles zerstört, überall Trümmer.«

»Ja, ich erinnere mich, und ich glaube, diesen Anblick werde ich nie vergessen. Ich finde aber, wir sollten nicht mehr daran denken und lieber nach vorne schauen. Denn vor uns liegen noch viele schöne Jahre.«

Uschi nickte und hakte sich bei mir ein. »Weißt du, Lisa, es gab Zeiten, da habe ich nicht mehr an ein Morgen geglaubt.« Ich wusste genau, was sie meinte. »Ja, ich auch nicht. Aber wir haben es überstanden. Und nun ist alles gut.«

»Ja. Nun ist alles gut«, wiederholte Uschi und lächelte vor sich hin.

»Bist du glücklich in Amerika, Uschi? Ich meine, wirklich glücklich?«

Meine Freundin blickte mich an, und eine Antwort war eigentlich überflüssig, weil der Glanz in ihren Augen mir bereits alles verriet. »Ja, Lisa, das bin ich. Überglücklich.«

»Das freut mich für dich«, sagte ich, auch wenn in diesem Moment das letzte bisschen Hoffnung schwand, dass Uschi eines Tages nach Deutschland zurückkehren würde.

»Und du, Lisa? Bist du es auch?«

»Ich bin es«, antwortete ich aus dem Herzen heraus. Weil es wahr war. Weil ich mir kein größeres Glück vorstellen konnte als das Leben mit Werner und Jürgen.

Uschi schmiegte sich an mich, und zusammen spazierten wir die Mönckebergstraße hinunter zur Alster, wie wir es in jungen Jahren so oft getan hatten.

*

Ich sehe Oma an, sehe ihr an, wie sehr sie ihre beste Freundin vermisst.

»Eure Freundschaft war wirklich einzigartig«, sage ich, nun selbst voller Trauer darüber, dass sie enden musste, und auch, weil ich diese wunderbare Frau namens Uschi niemals kennenlernen durfte.

Uschi ist inzwischen verstorben, was Oma das Herz gebrochen hat. Sie war untröstlich, als die Nachricht kam.

All die Jahre haben die beiden sich Briefe geschrieben und miteinander telefoniert, und einige Male ist Uschi zurück nach Deutschland gekommen, um ihre Familie – und Oma – zu besuchen. Dann vor ein paar Jahren erhielt Oma einen Brief. Er war in Englisch verfasst, und sie konnte ihn nicht verstehen, also habe ich ihr weitergeholfen. Der Brief stammte von Uschis Tochter Angela, die Oma darüber informierte, dass ihre beste Freundin friedlich eingeschlafen war.

Meiner Oma diesen Brief zu übersetzen, war eines der schwersten Dinge, die ich je tun musste.

»Ja, es gab keine Zweite wie sie«, sagt Oma, und ich weiß nicht, ob sie die Freundschaft oder Uschi meint oder beides. Es ist aber auch egal. Uschi ist jetzt an einem anderen Ort. Und dennoch lebt ein Teil von ihr in Oma weiter. Weil eine Freundschaft wie diese sogar den Tod überdauert.

So wie die Freundschaft in meinem neuen Kurzroman. Ich habe übrigens heute bei meiner Ankunft im Heim ein Exemplar unten ins Bücherregal gestellt. Vielleicht möchte es ja irgendwer lesen.

»Du bewahrst doch all meine alten Fotos bei dir auf, oder, Ela?«, fragt Oma.

»Ja. Soll ich dir welche mitbringen?«

»Tu das doch bitte bei deinem nächsten Besuch. Die Fotos von Uschi, falls du sie findest.«

Ich nicke. Es wird eine Weile dauern, bis ich die Box danach durchsucht habe, und ehrlich gesagt weiß ich auch nicht genau, wer auf diesen vielen alten Fotos Uschi ist und wer eine von Omas anderen Freundinnen. Doch ich werde sie mitbringen, und das verspreche ich ihr jetzt.

»Natürlich, Oma. Nächstes Mal habe ich sie dabei.«

»Danke, Ela«, sagt sie. Und nun schmiege ich mich an

sie und wünschte, ich könnte mit ihr die Mönckebergstraße entlangschlendern bis runter zur Alster. Wie wundervoll das wäre. Doch diese Dinge liegen in der Vergangenheit, und sie gehören allein Oma und Uschi, und das ist auch
gut so.

HUMMEL, HUMMEL

Es ist Samstag, Kimmy ist mit meinem Vater beim Fußball, Leila trifft sich mit einer Freundin, und ich besuche Oma. Zumindest hatte ich das vor. Als ich aber ihr Zimmer betrete, ist niemand da, und auch im Gang herrscht gähnende Leere. Ich frage also Olga, wo alle sind.

»Na, die sind unten beim Herbstfest. Im Festsaal.«

Oh. Stimmt, ich hatte ein Plakat am Eingang gesehen und etwas von einem Fest gelesen, aber nicht realisiert, dass das heute stattfindet. *Ach, was soll's*, denke ich. *Dann verbringe ich meinen freien Samstag halt auf einem Fest mit den lieben Senioren.*

Als ich den großen Saal betrete, entdecke ich Oma auch gleich. Sie sitzt an einer langen Tafel mittig von Gerda und Mona, ihr gegenüber sitzen Gisela und Lotti. Sie freut sich, mich zu sehen, und sagt mir, ich soll mir einen Stuhl heranziehen. Alle rücken ein wenig zusammen, und ich quetsche mich zwischen Oma und Mona.

»Nimm dir ein Stück Kuchen«, sagt Oma, und ich betrachte den langen Tisch, auf dem Platten mit verschiedenstem Gebäck stehen. Ich nehme mir einen Schokokeks.

»Oh, es geht los!«, sagt Oma und schaut aufgeregt zur Bühne.

Eine Gruppe von Männern betritt sie. »Hummel, Hummel!«, rufen sie uns zu.

»Mors, Mors!«, rufen alle zurück. Der typische Hamburger Gruß, den es wahrscheinlich schon länger gibt als meine Oma.

Nachdem die Herren, die auch schon um die sechzig sein müssen, uns begrüßt haben, fangen sie an, auf ihren Akkordeons, mit ihren Gitarren, dem Hackbrett und der Zither zu spielen, und dazu singen sie altbekannte Lieder: *Ein Schiff wird kommen, De Hamborger Veermaster* und *Mein Hamburg, ich liebe dich.*

Natürlich singen alle lauthals mit, außer mir, da ich die Texte erstens nicht kenne und zweitens nicht unbedingt jemand bin, der lauthals vor anderen singt.

Aber Oma tut das gerne, und ihr Gedächtnis funktioniert noch einwandfrei. Nicht in jeder Hinsicht, aber die Songtexte hat sie alle drauf.

Es bereitet mir große Freude, Oma so zu sehen. So ausgelassen und glücklich. Ich schaue ihr eine Weile beim Singen und Schwanken zu, dann nehme ich mir ein Stück Schokokuchen. Direkt auf die Hand, weil ich keinen Teller habe. Aber das macht nichts.

»Schmeckt der Kuchen?«, fragt Oma, die schon ein Stück Donauwelle verputzt hat.

»Sehr lecker.«

»Heute Mittag gab es Grünkohl und Kassler. Hätte ich mal bloß nicht so viel gegessen, dann würde jetzt mehr Kuchen reinpassen.«

»Lass doch die Donauwelle ein bisschen sacken. Vielleicht geht später noch was rein«, schlage ich vor.

»Was gibt es denn noch Leckeres?« Oma lässt den Blick über den Tisch wandern.

»Da vorne steht ein Teller mit Hanseaten«, sage ich. »Es sind aber nicht mehr viele übrig.«

»Oh, dann gib mir doch bitte einen«, sagt Oma, und ich gehe ihr einen holen und lege ihn auf ihren Teller.

Keine zehn Minuten später ist er aufgegessen.

Ich muss schmunzeln. »Hat also doch noch was reingepasst?«

»Man gönnt sich ja sonst nichts«, sagt Oma grinsend.

Seit sie hier im Heim wohnt, hat sie schon ein paar Kilo zugelegt. Das Essen schmeckt ihr einfach so gut. Und in Gesellschaft schmeckt es wahrscheinlich noch ein bisschen besser. Sie hat auch nicht mehr so viel Bewegung wie früher im Garten, was sie all die Jahre schlank gehalten hat. Ich finde aber, die Extrapfunde stehen ihr super. Ihre Wangen sind jetzt so richtig voll und rosig.

»Sind die nicht großartig?«, fragt Gerda. Gerade spielt die Gruppe *Auf der Reeperbahn nachts um halb eins*. Ein Lied von Hans Albers. Mein Opa Werner hätte sich gefreut. Er hat das Lied geliebt und es immer so gerne gesungen. Als ich noch ein kleines Kind war, hat er es mir beigebracht.

Oma lachte und schimpfte damals gleichzeitig. »Du kannst ihr doch nicht solch ein Lied beibringen!«, sagte sie ihm. Denn im Grunde ging es darin ja darum, auf der Hamburger Vergnügungsmeile eine junge Frau aufzugabeln, um die Nacht mit ihr zu verbringen – und das war wohl eher nicht für kleine Mädchen geeignet.

»Ach, was macht das schon?«, entgegnete Opa jedoch. »Es ist ein schönes Lied, und Ela versteht den Inhalt doch noch gar nicht.«

Also ließ sie uns singen und hörte einfach belustigt zu.

Ich werde ganz wehmütig, wenn ich an meinen Opa denke. Ihm hätte es hier auch gefallen. Ich wünschte, meine Großeltern könnten zusammen hier leben. Aber Opa war das leider nicht vergönnt. Ich besuche hin und wieder sein

Grab und pflanze neue Blumen. Oma sagt mir immer, welche ich nehmen soll. Im Frühling sind es Stiefmütterchen, im Sommer Eisbegonien, im Herbst Heide. Ich tue das gerne, weil Oma es nicht mehr machen kann. Und weil ich weiß, wie sehr sie das bedrückt.

»Ganz toll«, antwortet Oma auf Gerdas Frage. »Meinem Werner hätte es auch gefallen.«

Ich muss lächeln. Weil Oma und ich den gleichen Gedanken hatten.

Dann spielen sie Omas Lieblingslied. *In Hamburg sagt man Tschüss* von Heidi Kabel, ich hatte so darauf gehofft. Oma singt mit, sie kennt natürlich jedes Wort. Und die anderen singen ebenfalls.

In Hamburg sagt man Tschüss, das heißt Auf Wiedersehn,
In Hamburg sagt man Tschüss, beim Auseinandergehn,
In Hamburg sagt man Tschüss, das klingt vertraut und schön,
Und wer einmal in Hamburg war, der kann das gut verstehn,
Und wer einmal in Hamburg war, der kann das gut verstehn.

Ich betrachte meine Oma und erinnere mich an viele Feste, auf denen sie dieses Lied gesungen hat. An gute alte Zeiten, in denen so viele geliebte Menschen noch am Leben waren. In denen Oma so richtig glücklich war.

Dieses Lied macht sie glücklich. Und ich weiß, ich werde immer an sie denken, wenn ich es irgendwo höre. An sie und ihr strahlendes, überglückliches Gesicht.

HEIMGESPRÄCHE

»Hast du es schon gehört?«, meint Gerda, als Oma und ich uns an einem Mittwochvormittag Mitte November zu ihr in den Gang setzen.

»Nein, was denn?«, fragt Oma gespannt, denn Gerda sieht so aus, als hätte sie etwas wirklich Aufregendes zu berichten.

Gerda senkt ihre Stimme. »Die Mona hat sich letzte Nacht zum Franz ins Zimmer geschlichen.«

»Ja?« Oma macht große Augen. Und ich ebenso. Dass die beiden einander mögen, ist ja nicht zu übersehen, aber dass sie die Nacht miteinander verbringen wollen, ist fast schon skandalös – zumindest in den Augen von Omas Freundin, wie es scheint.

»Und woher weißt du das?«, fragt Oma, die nun auch ganz hibbelig wirkt.

»Es wird schon den ganzen Morgen darüber gemunkelt. Die beiden wurden nämlich erwischt!«

»Von wem?«

»Von der Nachtschicht. Marion. Sie wollte nach dem Rechten sehen und hat die beiden zusammen entdeckt. In seinem Bett!«

»Das gibt's ja nicht!«, sagt Oma. »Warum war das denn beim Frühstück noch kein Thema?«

Gerda zuckt die Achseln. »Weil es da erst so langsam ans

Licht gekommen ist. Christa hat es wohl irgendwie mitbekommen und es der Frieda erzählt, und das hat wiederum die Gisela mit angehört.«

»Das ist ja ein Ding!«, sagt Oma.

Und als kurz darauf erst Franz in seinem Rollstuhl angefahren kommt und nur eine Minute später Mona dazustößt und sich zu ihm setzt, starren alle die beiden an. Unauffällig, versteht sich.

»Glaubt ihr, sie kriegen Ärger?«, flüstere ich, weil die beiden zwar ein Stück von uns entfernt sitzen, ich aber trotzdem nicht möchte, dass sie mitbekommen, wie wir über sie reden.

»Ach, was sollen sie schon tun?«, meint Gerda. »Mehr als ihnen zu sagen, dass sie es nicht wieder machen sollen, können sie wohl nicht, oder?«

»Ja, wahrscheinlich hast du recht«, sagt Oma und schielt wieder zu den beiden hinüber. Dann wandert ihr Blick zu mir. »Wie war denn Leilas Geburtstag?«

Meine Tochter hatte am Montag Geburtstag und ist elf geworden.

»Schön. Sie hatte ja lange Schule und konnte deshalb noch nicht so richtig feiern. Das holen wir aber am Wochenende nach.«

»Ja? Kommt ihr dann auch her, und wir gehen ins Café?«

»Na sicher. Da Leila am Samstag mit ihren Freundinnen ins Kino will, kommen wir am Sonntag her, ja?«

»Das klingt gut. Ich freu mich schon. Und ich hab mich übrigens auch sehr über Leilas Besuch neulich gefreut.« Leila hat zusammen mit einer Freundin vorbeigeschaut. Ich fand es wirklich toll, dass sie das gemacht hat.

»Ja, ich habe mir gedacht, dass dir das gefallen hat.« Ich lächle Oma an.

»Oh ja. Sie kann gerne öfter mal kommen, sag ihr das bitte.«

»Mache ich.«

Omas Blick fällt auf Gerdas Schuhe. »Hast du neue Schuhe?«, fragt sie ihre Freundin, die weiße Schuhe trägt, wie ältere Leute sie oft tragen. Sie sehen sehr bequem aus. Oma hat wie immer ihre Hausschuhe an, geschlossene mit einer festen Sohle, damit sie nicht fällt. Ich trage Chucks.

»Ja, die hat Erika mir mitgebracht«, berichtet Gerda. »Sind sie nicht hübsch?«

»Sehr hübsch. Das sind ECCO-Schuhe, oder?« Oma erkennt das natürlich sofort, sie war ja mehr als ihr halbes Leben lang Schuhverkäuferin.

»Ja«, bestätigt Gerda.

»Weißt du, einmal habe ich im Schuhladen Walter Giller bedient«, erzählt Oma. »Das war irgendwann in den Achtzigern, nachdem ich zu Elsner gewechselt habe.«

»Walter Giller, der Schauspieler?«, fragt Gerda.

»Ja, der.«

Ich habe leider noch nie etwas von dem guten Mann gehört, werde aber sicher bald erfahren, wer er ist.

»Der spielt doch in *Drei Mann in einem Boot* mit«, meint Gerda auch sogleich.

»Ja, und in *Die Feuerzangenbowle*«, sagt Oma. »Er war mit seiner Frau da, Nadja Tiller, und ich habe ihn beraten und ihm dann Freizeitschuhe gebracht.«

»Die beiden mochte ich immer gerne«, sagt Gerda.

»Ja, ich auch«, sagt Oma.

»Ist er nicht erst kürzlich gestorben?«, fragt Gerda.

Oma sieht sie überrascht an. »Ja? Das wusste ich nicht.«

»Ja, ich glaube schon. Wissen Sie das vielleicht?«, wendet Gerda sich an mich.

»Tut mir leid, aber das weiß ich auch nicht. Wenn ich ehrlich sein soll, kenne ich Walter Giller überhaupt nicht«, antworte ich. Wenn Oma und Gerda über irgendwelche alten Schauspieler sprechen, ist es genauso, als würde ich mit Leila über die aktuellen sprechen. Oma hätte auch keinen blassen Schimmer, wer Channing Tatum oder Zac Efron sind. Leila mag Zac Efron gerade total gerne, sie guckt sich die *High School Musical*-Filme wieder und wieder an. Ich kenne sie so langsam auch schon auswendig. Als ich im Mai dieses Jahres mit Leila in Amerika war, haben wir uns dort den Film *The Lucky One* im Kino angesehen, in dem der Schauspieler mitspielt. Da waren wir in Boston, nur zu zweit, weil ich es wichtig finde, Special Time mit jedem meiner Kinder zu verbringen. Es war ein unglaublich schöner Urlaub.

Als ich aus meinen Tagträumen erwache, sehen mich Oma und Gerda fragend an. Ich habe wohl etwas versäumt.

»Entschuldigt bitte, was?«

»Na, ich habe gesagt, dass du ihn doch kennen musst, weil du früher mal mit Werner zusammen *Drei Mann in einem Boot* geguckt hast«, meint Oma.

»Daran kann ich mich leider nicht erinnern.« Ich habe so viele alte Filme mit meinem Opa gesehen, dass ich mich unmöglich an alle erinnern kann. »Aber ich weiß noch, dass wir die Bud-Spencer-Filme geguckt haben. Und *Fackeln im Sturm*.« Und dabei haben wir Pralinen gegessen, und Peter ist im Zimmer hin und her geflogen und hat sich auf meine Schulter oder meinen Kopf gesetzt. Peter war der Wellensittich meines Opas. Er hat ihn abgöttisch geliebt. Einmal ist er aus dem Gartenhaus rausgeflogen und wie wild in der Luft umhergeflattert. Opa dachte schon, er hätte seinen Vogel für immer verloren. Aber dann landete Peter auf Opas Arm und ließ sich von ihm zurück ins Haus bringen. Ich kann mich noch gut an die Erleichterung im Gesicht meines Opas erinnern. Und auch an die in Omas Gesicht. Da sie ja wusste, wie viel der Vogel ihm bedeutete.

»Oh, ich habe gleich einen Friseurtermin«, sagt Gerda plötzlich. »Den hätte ich beinahe vergessen.« Sie verabschiedet sich und eilt mit ihrem Rollator davon, so schnell es ihr mit ihrem Knie möglich ist.

Oma und ich bleiben zurück. Franz und Mona halten Händchen, sonst ist heute nicht viel los im Gang.

»Komm, Ela, lass uns in mein Zimmer gehen«, sagt Oma.

Als wir dort sind, setzt Oma sich aufs Bett, holt ein belegtes Brötchen aus der Handtasche und verstaut es im Fach ihres Beistelltisches.

Ich sage nichts mehr dazu. Wenn Oma Essen horten will, dann soll sie das gerne machen. Ich werde nur hin und wieder unauffällig in ihre Schränke schauen und, wenn nötig, aussortieren, was nicht mehr gut ist.

Lotti schaut leise fern, und Oma fragt: »Wie läuft es denn eigentlich mit der Wohnungssuche?« Wir suchen schon seit einer ganzen Weile.

»Leider nicht so gut. Es ist echt schwer, in Hamburg etwas Größeres zu finden, das man sich auch leisten kann.«

»Ach, das wird schon noch klappen«, sagt Oma. »Wir hatten damals noch viel weniger Platz als ihr. Nachdem wir aus Billstedt weggezogen sind.«

»Wann seid ihr da eigentlich weggezogen?«, frage ich.

»Oh, das muss Mitte der Sechziger gewesen sein. Meine Eltern mussten das Grundstück ja verkaufen, weil dort eine Schnellstraße gebaut werden sollte. Als Werner, Jürgen und ich dann nach Hamm gezogen sind, hatten wir nur zwei Zimmer.«

Klar, ich kenne die Wohnung am Osterbrook, in der Oma

bis vor anderthalb Jahren gelebt hat. Sie hat direkt neben der Bille gelegen, vom Küchenfenster aus konnte man auf den Fluss runtersehen. Und auf die Brücke, auf der ich als Kind oft gestanden und den Enten, Möwen und Tauben altes Brot zugeworfen habe.

»Papa hat mir mal erzählt, dass er damals in der Küche geschlafen hat«, sage ich.

»Ja, das stimmt. Er hatte ja kein eigenes Zimmer, also haben wir sein Bett in die Küche gestellt«, erzählt Oma. »Damals war das so. Es gab zwar viele neue Wohnungen, aber da rissen sich die Leute drum.«

»Ja, das kann ich mir denken.« Es gab ja in den Jahren nach dem Krieg so viele Menschen ohne Heim. Menschen, die alles verloren hatten. Nach wie vor unvorstellbar.

Oma will gerade noch etwas erzählen, als die Tür geöffnet wird. Olga kommt, um Lotti zu duschen. Ich weiß, das ist immer ein ganz schöner Aufwand, weil Lotti ja nicht mehr allein stehen kann. Sie setzen sie auf einen Stuhl und duschen sie ab. Oma braucht dabei inzwischen auch ein wenig Hilfe.

»Im Garten hatten wir überhaupt keine Dusche, erinnerst du dich?«, sagt Oma, als Olga und Lotti im Bad verschwunden sind. »Da haben wir uns einmal die Woche ein Bad eingelassen und uns nacheinander hineingesetzt. Und früher, als wir noch Kinder waren, haben wir es genauso gemacht, nur dass wir da lediglich eine große Waschschüssel hatten. Meine Mutter hat den Kessel aufgesetzt und Wasser heißgemacht. Es dauerte eine Weile, bis die Schüssel voll war. Und dann mussten wir vier Geschwister uns das Wasser teilen.«

Es ist echt unglaublich, wie sich die Dinge verändert haben und in was für einem Luxus wir heute leben, denke ich. Und doch beschweren wir uns ständig über dies und das.

Oma fährt fort: »An manchen Tagen kann ich noch meine Mutter in der Küche summen hören oder meinen Vater pfeifen bei der Arbeit auf dem Acker. Ich kann Werners Lachen hören, und ich kann sein Lächeln sehen. Den Duft seiner Zigarillos riechen.«

»Ja, die kann ich auch noch riechen«, sage ich. Mein Opa hat etliche Jahre Zigarillos geraucht. Und meine Oma Zigaretten. Am Ende hatte sie es sich abgewöhnt, aber hin und wieder hat sie sich noch eine gegönnt. »Damit ich besser zur Toilette kann«, hat sie dann gesagt. Über diese Ausrede habe ich immer schmunzeln müssen.

»Mir fiel neulich ein Witz ein, den ich bei meiner silbernen Hochzeit erzählt habe«, sagt Oma.

»Ja? Erzähl doch mal«, fordere ich sie lächelnd auf.

»Na gut. Wenn du möchtest.« Oma schließt für einen kurzen Moment die Augen. Dann sind wir irgendwo in den Siebzigern.

SILBERHOCHZEIT

Ende der 1960er/Anfang der 1970er

Die Zeiten veränderten sich. Jetzt gab es auch bei uns große Supermärkte, Hippies und Cheeseburger, all die Dinge, von denen Uschi mir immer geschrieben hatte. Plateauschuhe kamen in Mode, und die Beatles eroberten die Welt.

Werner und ich gingen weiterhin unseren gelernten Berufen nach und verreisten auch noch immer gerne. Wir machten uns auf, wann immer es uns möglich war. Erneut fuhren wir in den Schwarzwald, wo der Pensionswirt mir wieder schöne Augen machte. Er fragte mich, ob ich mit ihm »in die Heidelbeeren« kommen wolle, doch ich lachte nur. Ein anderes Mal fuhren wir mit Artur und Grete nach Italien an den Gardasee. Jürgen blieb bei meiner Schwester. Es war unsere erste gemeinsame Auslandsreise, doch uns gefiel es nicht so gut, denn bei den Italienern gab es weder Brötchen zum Frühstück noch Kartoffeln zum Mittagessen. Sie aßen immer nur Nudeln, und der Kaffee war viel zu stark. Als wir zurückkamen, fiel uns Jürgen überglücklich in die Arme. Ihm hatte es bei Annemie wohl nicht allzu gut gefallen. Und wir waren auch froh, zurück zu sein, und dass es endlich wieder etwas anderes zu essen gab als Nudeln.

Jürgen machte seinen Realschulabschluss und begann eine Ausbildung zum Verwaltungsbeamten bei der Behörde für

Ernährung und Landwirtschaft. Eine Zeit lang musste er in der Verwaltung des Schlachthofs arbeiten.

Beim Abendbrot erzählte er uns dann von seinem Tag. »Das war so eklig, das könnt ihr euch nicht vorstellen. In der Mittagspause wollte ich mir was zu essen holen, und auf dem Gehweg lagen überall Kuhaugen herum!«

Werner lachte. »Oh, Junge, wenn du wüsstest, was die Leute damals im Krieg alles gesehen haben. Und was sie gegessen haben.«

Ja, ich erinnerte mich auch noch gut. An meinen Vater, der in einem besonders kalten Winter den Acker nach Kartoffeln absuchte, die er bei der Ernte eventuell übersehen hatte. Und an meine Bekannte Gitte, deren Vater im Krieg schwer verwundet wurde und keine Arbeit mehr bekam, nachdem er zurück war.

»Gitte hat mir mal erzählt, dass ihr Vater nachts an die Elbe gefahren ist, weil dann dort die meisten Ratten zu finden seien«, erzählte ich.

»Igitt!«, rief Jürgen aus. »Ratten? Haben sie die etwa gegessen?«

»Sie hatten nichts anderes, und der Hunger war groß. Was hätten sie denn sonst tun sollen?«

»Und wie haben sie geschmeckt?«, wollte mein Sohn wissen, der noch nie Hunger hatte leiden müssen.

»Sehr zäh«, sagte ich. Zumindest war es das, was Gitte mir erzählt hatte. Damals, als die Welt unterzugehen drohte.

Doch nun war das Leben wieder schön, es machte Spaß, und wir genossen es in vollen Zügen. Wann immer sich die Gelegenheit ergab, traf ich mich mit meinen liebsten Kolleginnen, Traude, Silke und Irma. Wir gingen etwas essen oder ins Theater, plauderten über dies und das und vertrauten einander an, wenn wir Eheprobleme hatten oder in finanziellen Nöten steckten. Ich wusste, ich konnte mich auf meine Freundinnen verlassen, und sie wussten es andersherum genauso.

Eines Tages geschah ein schreckliches Unglück! Der Sohn von Irma, Thorsten, wurde beim Angeln vom Blitz getroffen und kam dabei ums Leben. Der Junge war in Jürgens Alter, die beiden hatten immer Zeit miteinander verbracht, wenn Irma und ich uns gegenseitig besuchten. Und nun war er tot!

Ich fühlte mich hilflos und wusste nicht, wie ich Jürgen trösten oder wie ich meiner Freundin helfen sollte. Ich konnte mir nicht mal ansatzweise vorstellen, wie schlimm es sein musste, sein Kind zu verlieren. Und ich genoss die Momente mit Werner und Jürgen nur umso mehr – jeden einzelnen.

Dann kam der Tag, an dem wir alle wie gebannt vor dem Fernseher saßen und die Mondlandung mitverfolgten.

Es war der 21. Juli 1969, und als Neil Armstrong die US-Flagge in den Boden rammte, jubelten wir und tranken einen, oder auch zwei auf die Amis, die uns erst zerstört und uns dann zu überleben geholfen hatten.

Uschi lebte noch immer in Salt Lake City. Wir schickten uns nun keine langen Briefe mehr, aber noch immer Postkarten aus dem Urlaub, und wir telefonierten regelmäßig und hielten uns auf dem Laufenden. Uschi erzählte mir von den technischen Fortschritten in Amerika, von den Protesten gegen den Vietnamkrieg und von ihrer Tochter Angela, und ich erzählte ihr von Jürgen und von dem Schrebergarten, den wir uns Ende der Sechziger anschafften.

Der Garten kostete nur 'n Appel und 'n Ei, aber er wurde zu unserem Rückzugsort, zu unserer kleinen Oase, um die uns Freunde und Bekannte beneideten. Sie kamen oft zu Besuch, und wir feierten ausgelassene Feste. Ich war froh, dass ich wieder mein eigenes Obst und Gemüse anpflanzen und Marmelade einkochen konnte. Und Werner machte sich ebenfalls gut als Gärtner. Er pflanzte viele wunderschöne Blumen an, die mein Herz erfreuen sollten.

Bald hatte Jürgen seine Lehre beendet und wurde zum Wehrdienst eingezogen. Er absolvierte die drei Monate Grundausbildung in Pinneberg. Später kam er nach Tramm, wo er nun theoretisch durchleben musste, was sein Vater und seine Onkel im Krieg wahrhaftig erlebt hatten.

Er beklagte sich ununterbrochen.

»Wir müssen uns zu sechst ein Zimmer teilen und abends schon um zehn das Licht ausmachen!«

An fast jedem Wochenende kam er nach Hause und ließ sich von mir bekochen und verwöhnen. Sein Lieblingsessen waren ausgerechnet Nudeln. Nudeln mit Eiern. Dazu kochte ich Nudeln und briet diese zusammen mit ein paar aufgeschlagenen Eiern in der Pfanne. Jürgen hätte dieses schlichte Gericht jeden Tag essen können.

An diesen freien Wochenenden traf Jürgen sich oft mit seinem Cousin Volker. Sie hörten die Rolling Stones oder spielten Karten. Ein paarmal brachte Jürgen auch seine neue Freundin mit, die er in der Nähe seines Bundeswehr-Standortes kennengelernt hatte. Sie hieß Regine und war ein nettes Mädchen. Zusammen lagen die beiden im Garten auf der Wiese, hielten Händchen und starrten verliebt in den Himmel.

Werner und ich liebten uns wie eh und je. Natürlich gab es auch Tage, an denen wir uns nicht ausstehen konnten, aber alles in allem konnte ich mir keinen besseren Ehemann wünschen. Weil er treu war und gut, und mir niemals im Leben das Herz gebrochen hätte, nicht mehr nach dem einen Mal, das ich ihm schon vor vielen Jahren verziehen hatte.

1974 feierten wir Silberhochzeit. Wir mieteten uns einen Festsaal, luden Freunde, Kollegen und Verwandte ein, aßen gut und tranken viel. Wir sangen und wir lachten, und wir tanzten die ganze Nacht.

Während wir auf der Tanzfläche zu *Immer wieder sonntags* von Cindy & Bert tanzten, sagte mir Werner: »Weißt du, Lisa, immer wieder sonntags denke ich daran, wie sehr ich dich liebe.«

»Nur sonntags?«, fragte ich und tat auf beleidigt.

»Ja.«

»Und was denkst du an den anderen Wochentagen?«, wollte ich wissen. Natürlich war mir klar, dass Werner nur scherzte, ich kannte meinen Mann inzwischen sehr gut, und ich war gespannt, was er mir nun Lustiges erzählen würde.

»Am Montag denke ich, wie schön du bist. Am Dienstag, wie gut du kochen kannst. Am Mittwoch, wie gerne ich dir zuhöre, wenn du mir etwas erzählst. Am Donnerstag, wie froh ich bin, dich zu haben. Am Freitag, dass ich nie wieder ohne dich sein will. Und am Samstag, was für ein Glückspilz ich doch bin, mein Leben an deiner Seite verbringen zu dürfen.«

Ich starrte meinen Mann sprachlos an. So lustig war das dann doch nicht gewesen. Vielmehr war es romantisch. Ich war wirklich sehr gerührt.

»Oh, Werner«, sagte ich. »All das kann ich nur zurückgeben. Außer das mit dem Kochen.« Nun musste ich doch lachen, und Werner lachte auch, weil wir einfach so waren. Weil wir mit den Jahren gelernt hatten, dass man das Leben mit Humor nehmen sollte. Traurige Zeiten hatten wir genug durchgemacht.

»Ich liebe dich, Lisa«, sagte mir mein Mann. »Genau so, wie du bist. Und ich freue mich schon auf die nächsten fünfundzwanzig Jahre mit dir.«

»Ich liebe dich auch, Werner«, erwiderte ich. »Am meisten dafür, dass du unsere Ehe zu einem echten Abenteuer machst. Mit dir wird mir bestimmt nie langweilig werden, auch in fünfundzwanzig Jahren noch nicht.«

»Dann sprechen wir uns am fünften Juli neunzehnhundertneunundneunzig wieder«, sagte Werner, und ich musste wieder einmal lachen.

»Heißt das, bis dahin habe ich meine Ruhe vor dir?«

Werner lachte laut auf, sodass alle um uns herum zu uns sahen. »Das kannst du dir abschminken«, antwortete mein Liebster und wirbelte mich im Kreis herum.

Der Tag wurde zu einem der schönsten überhaupt. Weil wir unsere Liebe feierten und das Leben, und weil wir einfach dankbar waren, es noch immer gemeinsam verbringen zu dürfen. Doch er wäre nicht vollkommen gewesen, wenn ich keinen meiner Witze erzählt hätte. Und für diesen Anlass hatte ich einen besonderen auf Lager, den ich den Gästen schon bald verkündete, nachdem Werner mit einem Glas und einer Gabel für Aufmerksamkeit gesorgt hatte.

»Hört gut zu! Also ... Zwei Frauen unterhalten sich. Sagt die eine: ›Mein Mann und ich waren fünfundzwanzig Jahre lang die glücklichsten Menschen.‹ Fragt die andere: ›Und was ist dann passiert?‹ Sagt die erste: ›Dann haben wir uns kennengelernt.‹«

Ich erntete Gelächter und Applaus, wie es immer der Fall war, wenn ich einen Witz erzählte. Werner nahm mich in die Arme und sagte mir: »Ich bin erst glücklich, seit ich dich kenne.«

Ich küsste ihn und hoffte, noch viele glückliche Jahre an seiner Seite verbringen zu dürfen.

MUSIK

Als ich Oma heute besuchen komme, sitzt sie bereits mit ihren Freundinnen im Gang und lacht laut über irgendetwas. Ich brauche nicht lange, um zu erkennen, dass sie sich gegenseitig Witze erzählen.

»Hallo, Ela!«, sagt sie überrascht, als sie mich neben sich stehen sieht. »Wo kommst du denn auf einmal her?«

Ich muss schmunzeln. Wenn Oma in ihrer lustigen Witzewelt ist, bekommt sie nichts um sich herum mit.

»Heute ist doch Mittwoch«, erinnere ich sie.

»Ach wirklich?«

»Ja.« Ich gebe ihr einen Kuss auf die Wange, hole mir dann einen Stuhl herbei und will ihn neben Mona stellen, die links an Omas Seite sitzt.

»Nein, nein, komm hierher zu mir«, sagt Oma und bittet Mona, den Platz mit mir zu tauschen.

»Kennen Sie auch einen guten Witz?«, fragt Mona mich sogleich, doch ich muss den Kopf schütteln.

»Leider nicht. Das ist eher Omas Gebiet.« Natürlich kenne ich auch ein paar Witze, aber die habe ich entweder von Oma, oder ich bekomme sie nicht mehr richtig zusammen. Witze waren noch nie so meins.

»Na, dann müssen wir Ihre Oma noch einen erzählen lassen. Lisa, hast du noch einen auf Lager?«

»Aber klar!«, sagt Oma und überlegt eine Sekunde. Dann

sagt sie: »Ein kleiner Junge und seine Oma gehen spazieren. Liegt ein Pfennig auf dem Boden, den der Junge aufheben will. Sagt die Oma: ›Nein, nein. Was auf dem Boden liegt, darf man nicht aufheben.‹ Also gehen sie weiter. Als Nächstes findet der Junge eine Mark und will sie aufheben, doch die Oma sagt wieder: ›Nein, nein. Was auf dem Boden liegt, darf man nicht aufheben.‹ Ein paar Minuten später fällt die Oma und schafft es allein nicht wieder hoch. ›Hilf mir hoch, Junge!‹, ruft sie. Doch der Junge erwidert: ›Nein, nein, Oma, was auf dem Boden liegt, darf man nicht aufheben.‹«

Gerda lacht so heftig, dass ich glaube, sie kriegt gleich einen Hustenanfall. Und auch Mona und sogar Gisela lachen belustigt mit. Ich grinse Oma an. »Ach, Oma, du hast wirklich immer die besten Witze drauf.«

»Na, das hört man doch gerne«, sagt sie und horcht kurz darauf auf. »Ist das da Roy Black im Radio?«

Ich lausche. Die Musik ist heute so leise eingestellt, dass man kaum etwas hören kann. Ich wundere mich, wie Oma das geschafft hat.

»Ja, du hast recht«, sage ich. »Das ist *Schön ist es, auf der Welt zu sein.*«

Oma lacht und informiert ihre Freundinnen: »Als Ela noch klein war, sechs oder sieben vielleicht, da war sie in Roy Black verliebt.«

Ich versinke ein wenig im Erdboden.

»Sie hat sich immer mit Werner diese alten Filme angesehen«, fährt Oma fort. »Die kennt ihr doch sicher? *Immer Ärger mit den Paukern* und so weiter?«

»Ja, ja, den kenne ich«, sagt Gerda. »Da spielt auch die Uschi Glas mit und der Heintje.«

»In Heintje war Ela auch verliebt.« Oma lacht erneut.

»Oma, ich war doch nicht in alle verliebt!«, sage ich, weil ich finde, ich sollte die Sache mal richtigstellen. »Ich mochte halt die Filme und die Lieder. Ich hatte ja zum Beispiel auch eine Kassette von Roy Black und hab die mir immer angehört.«

»Na, wenn du nicht verliebt warst, wieso hast du dann immer gesagt, du willst Roy Black heiraten?«, fragt Oma, und ihre Freundinnen müssen kichern.

Ich glaube, jetzt laufe ich tatsächlich ein bisschen rot an. »Oma!«, schimpfe ich, weil sie langsam wirklich mal aufhören sollte, mich zu blamieren. Aber im Grunde finde ich es ja süß. Dass sie das alles noch weiß, und dass sie es mit ihren Freundinnen teilen will. Und mein Gott, ich war damals sechs Jahre alt! Was weiß man da schon? Ich hab auch mal gesagt, ich will Boris Becker heiraten, wenn ich groß bin.

Ein neues Lied ertönt. *Wunder gibt es immer wieder* von Katja Ebstein.

»Oh, das ist mein Lieblingslied!«, ruft Mona aus. »Schade, dass man kaum was hört.«

»Kannst du das nicht mal lauter machen, Ela?«, bittet Oma mich.

Ich stehe auf, sehe mich nach einem Pfleger oder einer Pflegerin um, entdecke aber leider niemanden. Also nehme ich die Sache selbst in die Hand und stelle das Radio lauter.

Und noch bevor ich zurück zu meinem Platz komme, singen Oma, Mona und Gerda das Lied mit. Erst leise, doch dann werden sie immer ausgelassener. Und eine halbe Minute später hat jeder, der im Gang sitzt – sogar Gisela –, mit eingestimmt. Es ist toll. Ich fühle mich wie im Film. Und sogar Pflegerin Irina, die wenig später um die Ecke biegt, staunt und strahlt die Bewohner überwältigt an.

Es ist ein Tag, den ich bestimmt nie vergessen werde. Die alten Damen singen weiter, bis Olga kommt und sagt, dass man den Gesang bis in den dritten Stock hört. Und da dort oben einige Bewohner liegen, denen es gesundheitlich nicht so gut geht, sollten sie jetzt bitte damit aufhören.

»Aber glauben Sie denn nicht, dass es den Leuten da oben gleich ein wenig besser geht, wenn sie schöne Lieder hören?«, meldet Gisela sich zu Wort.

Olga legt den Kopf schief und sagt: »Anweisung von oben, tut mir leid.«

Die Damen werden still. Doch die gute Stimmung verfliegt nicht. »Hach, war das schön«, sagt Oma.

»Ja, das hatten wir wohl alle mal nötig«, meint Mona.

»Und jetzt?«, fragt Gerda. »Es ist noch nicht Zeit fürs Mittagessen.«

»Wenn ihr wollt, erzähle ich euch noch ein bisschen was von Ela, als sie klein war«, bietet Oma an.

»Wenn Ela damit einverstanden ist?«, sagt Gerda und sieht mich fragend an.

»Klar, von mir aus«, antworte ich. Denn viel schlimmer als die Sache mit Roy Black kann es wohl nicht werden.

»Na gut«, sagt Oma und fängt an zu erzählen.

GROSSELTERN

Ende der 1970er/Anfang der 1980er

Wie das Leben so spielt, passierten Ende der Siebziger gleich mehrere Dinge auf einmal. Gute wie schlechte. Meine Eltern, die inzwischen in einem Altenheim wohnten, starben nacheinander dahin. Ich war sehr traurig, da sie mir immer gute Eltern gewesen waren und mich wie ihr leibliches Kind behandelt hatten.

Dafür lernte Jürgen eine neue Frau kennen, was mich wirklich glücklich machte. Sie arbeiteten zusammen, ihr Name war Barbara. Die beiden verstanden sich gut, und Anfang 1981 verkündeten sie uns, dass Barbara schwanger war.

Werner und ich waren außer uns vor Freude. Wir sollten Großeltern werden!

Es wurde noch vor der Geburt Hochzeit gefeiert, und als das Baby im September zur Welt kam, konnten wir unser Glück kaum fassen. Ein niedliches kleines Mädchen, das den Namen Manuela erhielt.

Von da an veränderte sich unsere Welt von Grund auf. Ich arbeitete nur noch in Teilzeit und hütete die Kleine, während Barbara ins Büro ging. Werner und ich unternahmen oft etwas mit Ela, wie wir alle sie nur noch nannten, gingen mit ihr in den Tierpark oder auf den *Hamburger Dom*. Und wir verbrachten viel Zeit mit ihr in unserem Garten, wo Werner eine

Sandkiste für Ela baute und eine Schaukel für sie aufstellte, und wo sie nicht nur krabbeln, sondern auch laufen lernte. Im Winter fuhr Werner mit ihr Schlitten, im Sommer schwamm ich mit ihr im Freibad. Wir gingen ganz in unserer Rolle als Oma und Opa auf.

Es waren wunderbare Jahre. Und als Ela vier war, bekam sie ein kleines Brüderchen, den Christian. Barbara arbeitete nun eine Zeit lang nicht mehr, um sich um die Kinder zu kümmern. Doch Ela war beinahe noch genauso oft bei uns wie davor. Wir hatten einen richtigen Narren an ihr gefressen. Besonders Werner, mit dem Ela ein Herz und eine Seele war.

Doch dann, als Ela sieben Jahre alt war, wurde sie krank. Schwer krank. Zuerst wusste man gar nicht, was sie hatte. Der Arzt sagte, es sei wohl eine Grippe, aber diese Grippe ging gar nicht wieder vorbei, und Ela wurde immer schwächer und musste sich ständig übergeben, obwohl sie kaum noch etwas zu sich nahm. Jürgen und Barbara wussten nicht mehr weiter und waren voller Sorge um ihre Tochter. Und Werner und mir ging es genauso.

Als Barbara die Kleine dann völlig verzweifelt erneut zum Arzt brachte, erkannte auch dieser, dass es sich um etwas Ernsteres handeln musste, und rief einen Krankenwagen.

Sie brachten Ela ins Krankenhaus und stellten fest, dass sie an einer akuten Form von Meningitis erkrankt war. Sie kam auf die Intensivstation, und es sah nicht gut aus. Wir hatten alle große Angst um sie, denn wir wussten, mit einer Hirnhautentzündung war nicht zu spaßen. Die Tochter einer unserer Gartennachbarinnen hatte als Kind eine gehabt und war heute ein Schwerbehindertenfall. Und wir wussten von Menschen, die an einer Meningitis gestorben waren.

Wir hofften und beteten, dass unsere kleine Ela die Krankheit überstehen würde.

»Es gibt ein neues Medikament«, erzählte Werner mir eines Tages, als er aus dem Krankenhaus zurückkam. Es durfte immer nur ein Besucher zu Ela auf die Intensivstation, weshalb ich nicht mitgekommen war. Ich wusste, wie sehr Ela ihren Opa jetzt brauchte. »Es ist noch nicht so richtig erforscht, erst recht nicht an kleinen Kindern. Aber sie wollen es probieren. Barbara und Jürgen müssen unterzeichnen, dass sie alle Verantwortung auf sich nehmen und das Krankenhaus nicht verklagen, falls etwas schiefgeht.«

»Was könnte denn schiefgehen?«, fragte ich voller Sorge.

»Darüber wollen wir lieber nicht nachdenken. Hoffen wir einfach, dass es ihr hilft.«

Wir hofften. Wir bangten. Und langsam, ganz langsam ging es Ela besser.

Werner, den ich noch nie so still und ängstlich erlebt hatte, besuchte sie, so oft er durfte und erzählte mir ausführlich von den Fortschritten, die Ela machte. Und als die Ärzte uns eines Tages sagten, sie sei über den Berg, atmeten wir auf und weinten vor Erleichterung.

Nun konnte Ela mir von ihrem Krankenhausfenster aus zuwinken, während ich draußen stand und zurückwinkte.

Sie blieb noch eine Weile auf der Station und durfte schließlich nach Hause, wo sie sich langsam erholte. Kurz vor Ende des Schuljahres konnte sie sogar wieder zum Unterricht gehen. Ihre Klassenkameraden hatten ihr viele Briefe und Bilder ins Krankenhaus geschickt und freuten sich, sie wieder bei sich zu haben. Und da sie so eine gute Schülerin war, musste sie trotz wochenlanger Abwesenheit das erste Schuljahr nicht wiederholen.

Ela hatte es überstanden. Und wir liebten sie nur noch mehr.

*

»Das muss ja wirklich schlimm gewesen sein«, sagt Gerda und sieht mich mitleidig an.

»Ja, das war es auch. Ich kann mich noch erinnern, wie schlecht es mir damals ging. Zum Glück habe ich mich aber fast vollständig erholt. Ich musste danach zwar noch jahrelang in regelmäßigen Abständen zum Spezialisten, um mich untersuchen zu lassen. Sie haben dann immer ein EEG gemacht und mir so komische Noppen auf dem Kopf befestigt, um meine Gehirnströme zu messen, und das hab ich als Kind wirklich gehasst, aber sonst ist alles gut ausgegangen.«

»Sie haben überhaupt keine Folgen davongetragen?«, fragt Mona erstaunt.

»Nun ja, doch, schon. Ich leide seitdem unter einer Konzentrationsstörung, aber das finde ich nicht weiter schlimm. Ich habe gelernt, damit zu leben.«

»Wie können Sie dann Ihre tollen Bücher schreiben?«, will Gerda wissen.

»Das geht schon. Ich kann mich gut auf eine Sache konzentrieren, nur nicht sonderlich gut auf mehrere gleichzeitig.«

»Das ist ja wirklich unglaublich«, meint Mona. »Ich bin sehr froh, dass Sie alles gut überstanden haben und Ihren Großeltern erhalten geblieben sind.«

»Na, und ich erst!«, sagt Oma.

Ich lächle sie an. »Weißt du noch, in dem Sommer nach meinem Krankenhausaufenthalt? Wie wir beide mit Opa Urlaub an der Ostsee gemacht haben?«

»Aber natürlich! Das war das Jahr, in dem der Strand in Travemünde komplett voll mit Marienkäfern war.«

»Mit Marienkäfern?«, fragt Gerda.

»Ja«, bestätige ich. »Man konnte den Sand vor lauter

Käfern kaum noch sehen. Es müssen Millionen gewesen sein.«

»Oder Milliarden«, sagt Oma, und ich versetze mich in diesen Sommer zurück. Neben den Marienkäfern kann ich mich noch daran erinnern, dass ich damals zum allerersten Mal Shrimps gegessen habe, und ich erinnere mich an den Ausflug mit Opa an die Einkaufspromenade. In einem Laden dort hat er mir das wohl Schönste und Wertvollste gekauft, das ich in meiner Kindheit besessen habe, zumindest in meinen Augen. Ich nehme mir vor, es hervorzuholen, wenn ich später wieder zu Hause bin. Weil ich es lange nicht mehr betrachtet habe und manchmal vergesse, wie viel es mir damals bedeutet hat.

Wir reden noch ein bisschen, dann ist es Zeit fürs Mittagessen. Ich bringe Oma wie immer zur Cafeteria und mache mich auf den Weg. Im Bus muss ich die ganze Zeit an diesen einen Sommer denken. Den Sommer, den ich beinahe nicht habe erleben dürfen. Und zu Hause hole ich meine Andenkenbox hervor und nehme ihn aus seiner kleinen Schachtel: den kristallenen Schlüsselanhänger mit der eingravierten Jungfrau, die für mein Sternzeichen steht.

Ich halte den Anhänger in meiner Hand und drehe ihn hin und her, sodass er funkelt. Früher habe ich immer so getan, als wäre er ein unglaublich kostbarer Diamant. Und kostbar war er auch, zumindest für mich. Er wird es immer sein, allein schon wegen der Erinnerungen, die ich damit verbinde. Wie froh ich bin, den Anhänger noch zu haben.

Bei kostbaren Diamanten fallen mir die Kronjuwelen von England ein, und dann natürlich Jane Austen, die darauf wartet, dass ich mich nun wieder ihr widme. Zweieinhalb Stunden habe ich noch, bis ich Kimmy aus dem Hort abholen muss. Zweieinhalb Stunden, die ich bestmöglich nutzen will. Ich lege den Schlüsselanhänger also weg, schalte den Laptop ein und begebe mich nach Bath, wo ich sogleich wieder auf meine neue Freundin treffen werde.

»Hallo, Jane, wie geht es dir heute?«, frage ich und tippe los.

SPARGELSUPPE

Gerda, Oma und ich sitzen wieder mal im Gang und unterhalten uns. Über Franz und Mona, darüber, wer wohl hier nachts noch heimlich zu wem schleicht, und über Männer im Allgemeinen.

»Ich würde mir ja in meinem Alter keinen mehr anlachen«, sagt Gerda. Sie ist noch länger verwitwet als Oma.

»Hattest du denn nach dem Tod deines Mannes je wieder einen Freund?«, fragt Oma sie.

»Nur einmal. Er war ein Nachbar und hat mir schöne Augen gemacht. Wir sind dann ungefähr zwei Jahre lang miteinander ausgegangen, bis seine Tochter ihn zu sich geholt hat. Sie hat mit Mann und Kindern in Wuppertal gelebt.«

»Oh, wie schade. Habt ihr den Kontakt gehalten?«

»Er hat noch ein paarmal angerufen. Aber wir wussten beide, dass es vorbei war.« Gerda streicht sich etwas Unsichtbares von ihrem Oberschenkel. »Und wie ist es mit dir, Lisa? Hattest du nach Werner noch mal jemanden?«

Oma schüttelt den Kopf. »Nein, niemals. Werner war mein Erster und immer auch mein Einziger. Ich konnte mir nicht vorstellen, jemand anderem nahe zu sein.«

»Das muss wohl wahre Liebe sein«, sagt Gerda.

»Ja, das war es. Er war ein guter Mann. Ein guter Vater und ein guter Opa«, sagt Oma.

Da kann ich ihr nur recht geben. Mein Opa war der Beste. Es ist so schade, dass er so früh gestorben ist, und dass er meine Kinder nicht kennenlernen durfte. Sie hätten ihn genauso vergöttert wie ich. Weil er so ein warmherziger und großzügiger Mensch war – das perfekte Gegenstück zu meiner Oma. Ich erinnere mich noch so gut daran, wie er stundenlang mit mir gespielt hat, am liebsten mochte ich es, »Laden« zu spielen. Ich war die Verkäuferin und habe einen eigenen Laden aufgebaut mit allen nur erdenklichen Dingen, die ich in der Wohnung meiner Großeltern gefunden habe, und Opa musste dann den Kunden spielen und etwas bei mir kaufen. Immer und immer wieder. Wenn wir beide auf den *Dom* gingen, kaufte er mir so viele Lose, bis ich einen Hauptgewinn hatte und eins von diesen riesigen Kuscheltieren mit nach Hause nehmen konnte, die fast so groß waren wie ich selbst. Später, als er in Rente war, hat er meine Klasse immer auf Schulausflüge begleitet – jedes einzelne Mal. Woche für Woche ist er mit zum Schwimmunterricht nach Bergedorf gekommen, obwohl er nicht einmal schwimmen konnte. Er hätte einfach alles für mich getan. Es ist wundervoll, sich als Kind so geliebt zu fühlen.

»Hast du ein Foto von ihm?«, fragt Gerda.

»Auf meinem Beistelltisch steht eins. Soll ich es herholen und dir zeigen?«

»Oh ja, gerne.«

Oma will sich bereits erheben, aber ich halte sie auf. »Nein, nein, ich geh schon.«

Ich hole das Bild in seinem Rahmen und gebe es Oma. Sie zeigt es ihrer Freundin.

»Ja, ich kann es in seinen Augen sehen«, sagt Gerda. »Er war eine treue Seele.«

Oma nickt. »Das war er. Er hat viel mitgemacht, damals im Krieg.«

»Das haben sie alle«, sagt Gerda.

»Ja, das stimmt.«

Wir sitzen still da. Oma hält Opas Bild in Händen. Inge sitzt heute nicht im Gang. Marie läuft auch nicht ihre Runden. Rosi fragt nicht nach Bonbons. Wo sind sie nur alle hin?

»Weißt du, was es heute zum Mittagessen gibt?«, fragt Oma schließlich.

»Nein, leider nicht«, antwortet Gerda.

Ich gehe nachsehen.

»Es gibt Spargelsuppe«, verkünde ich.

»Die wird bestimmt nicht aus frischem Spargel gemacht sein«, sagt Gerda. »Wir haben immerhin November.«

»Ich glaube, wir haben sogar schon Dezember«, sagt Oma.

»Ach ja?«

»Noch nicht ganz«, sage ich.

»Na, aber fast, oder?«, meint Oma. »Es gibt immerhin schon all die Weihnachtsleckereien. Ela hat mir Lebkuchen mitgebracht, und auch diese leckeren Schokokringel mit bunten Streuseln, die mochte ich immer schon gerne«, erzählt sie Gerda.

»All diese Weihnachtssachen gibt es doch heute schon im September, oder?«, entgegnet diese.

»Ja, mag sein.«

»Ich habe ja immer bis Dezember gewartet, ehe ich Lebkuchen gegessen hab«, meint Gerda.

Oma zuckt die Schultern. »Ach, mir war das immer egal. Mir schmecken sie in jedem Monat gut.«

»Aber die sind doch typisch weihnachtlich!«

»Gerda, wir wissen hier ja meistens nicht mal, welchen Monat wir haben«, erinnert Oma sie.

»Da hast du auch wieder recht. Aber früher haben wir es noch gewusst.«

»Ja«, sagt Oma. »Früher war alles anders. Früher habe ich Spargel auch noch selbst gekocht. Werner hat das Wasser immer so gern getrunken.«

»Welches Wasser?«, will Gerda wissen.

»Na, das Kochwasser vom Spargel. Er hat irgendwo gelesen, dass es sehr gesund sein soll.«

Ich erinnere mich noch gut daran, wie Opa es getrunken hat. Und dass ich es dann auch probieren wollte. Ich war weniger begeistert.

»Das wusste ich nicht«, sagt Gerda. »Aber man lernt ja nie aus.«

»Das stimmt.« Oma wendet sich an mich. »Ela, kannst du uns noch was beibringen?«

»Hm«, sage ich. »Ich wüsste nicht, was.«

»Was sagen denn die Nachrichten so? Gibt es irgendwas Neues?«

»Ich hab heute gelesen, dass in Argentinien eine große Gruppe von Menschen am 21. Dezember einen Massensuizid verüben will. Auf irgendeinem mythischen Berg.«

»Ja? Und warum?«, fragt Gerda.

»Weil sie glauben, der Weltuntergang naht.«

»Ach, das hat es doch schon öfter gegeben, dass so etwas vorausgesagt wurde«, meint Oma. »Und nie ist es passiert.«

»Dann hoffen wir mal, dass es sich wieder nur um ein paar Verrückte handelt«, sagt Gerda.

»Ja.« Oma starrt auf das Bild an der Wand, das mit dem Boot. »Unser Neffe Volker, der Sohn von Werners Bruder Egon, der hat sich ja wirklich das Leben genommen.«

»Das tut mir leid, Lisa«, sagt Gerda. »Hat er denn auch an den Weltuntergang geglaubt?«

»Nein.« Oma schüttelt den Kopf. »Er hatte Liebeskummer. Hat sich auf dem Spielplatz an einer Schaukel erhängt.«
Ich kenne die Geschichte noch nicht, und ich bin gerade ein wenig perplex. »Wann war denn das?«, frage ich.
»Es muss irgendwann Mitte der Siebziger gewesen sein. Frag am besten mal deinen Vater. Jürgen und Volker waren nämlich gut befreundet.«
»Werde ich machen«, sage ich. Denn es ist echt merkwürdig, dass bei all den vielen Geschichten, die ich über die Jahre von meinen Großeltern gehört habe, noch niemals Volkers Selbstmord erwähnt wurde. Nun ja, wahrscheinlich ist das einfach eine Sache, über die niemand gerne redet, und das ist nur allzu verständlich. Außerdem waren mir ja, wie ich inzwischen herausgefunden habe, fast ausschließlich die fröhlichen Geschichten vorbehalten.
»Damals hat sich die ganze Familie zerstritten«, erzählt Oma weiter, und ich bin froh, dass sie sich endlich durchringt, über diese Dinge zu reden. Über Ereignisse, die leider nicht so schön oder fröhlich waren. Weil sie von so großer Bedeutung sind, und weil ich finde, ich habe ein Recht, sie zu erfahren. Sie sind doch Teil meiner Familiengeschichte!
»Jeder hat dem anderen die Schuld dafür gegeben«, fährt Oma fort. »Aber ich glaube, am Ende hätte ihn doch keiner retten können.«
»Das ist wirklich traurig«, sage ich.
»Sehr traurig«, sagt Gerda.
»Lasst uns über etwas anderes reden«, meint Oma. »Kannst du mal gucken, was es zum Nachtisch gibt, Ela?«
»Das habe ich eben schon. Es gibt Mousse au Chocolat.«
»Was war das noch gleich?«, fragt Gerda.
»Das ist nur ein anderes Wort für Schokoladenpudding«, erklärt Oma ihr, während ich immer noch an den armen

Volker denken muss. Ich kann dieses Thema leider nicht so schnell abhaken wie Oma und Gerda, für die gerade der Nachtisch Vorrang hat. Ich kann sie aber verstehen, für diese Dinge leben sie nun.

»Ach so«, sagt Gerda. »Ja, ich weiß schon, dieser fluffige Pudding. Den mag ich ganz gerne.«

»Ich auch«, sagt Oma.

»Mein Mann mochte lieber Vanillepudding«, sagt Gerda. »Als er damals von mir ging, kochte ich ihn weiterhin. Manchmal vergaß ich einfach, dass niemand da sein würde, um ihn zu essen.«

»Woran ist dein Mann gestorben?«, fragt Oma.

»Krebs«, antwortet Gerda.

»Ja, Krebs war es bei Werner auch«, sagt Oma und bekommt ganz glasige Augen.

ABSCHIED

Werner und ich liebten uns wie eh und je. Und wir liebten unsere Familie. Wie gern verbrachten wir Zeit mit den Enkelkindern, und wir freuten uns auf jedes Fest, das wir anlässlich eines Geburtstages oder Feiertages alle zusammen feierten. Meistens taten wir das bei Jürgen und Barbara, oft waren auch Barbaras Mutter Elfriede und deren Lebensgefährte Walter sowie ihre Schwester Angelika und deren langhaariger Mann dabei, der ebenfalls Jürgen hieß.

Werner und ich waren inzwischen beide in Rente. Wir waren dem Seniorenverein beigetreten und verbrachten nun noch mehr Zeit in unserem Garten. Ich genoss das faule Leben und lag immer, wenn es mir beliebte, auf meiner Sonnenliege. Ich machte meine Kreuzworträtsel und traf mich zum Schnack mit meinen Gartenfreundinnen. Werner gärtnerte viel, las im Schatten unterm Birnbaum die BILD-Zeitung und klönte über die Hecke mit den Nachbarn. Und jeden Dienstag fuhr er mit dem Fahrrad zum Wochenmarkt nach Billstedt. Ich gab ihm immer eine Einkaufsliste mit, und er brachte mir frisches Gemüse, Fisch oder auch mal Kuchen mit.

Wenn Ela bei uns im Garten war, pflückte ich mit ihr Nelken, Löwenmaul und Hortensien und zeigte ihr, wie man sie zu einem Strauß band. Werner dagegen pflanzte mit ihr neue

Blumen. Er grub ein kleines Loch in die Erde, ließ Ela Wasser hineingießen und einen Setzling hineintun, dann schlossen sie das Loch gemeinsam wieder. Zusammen pflückten wir Johannisbeeren, Stachelbeeren und Kirschen. Ela kletterte auf den Kirschbaum, um an die Früchte ganz oben ranzukommen, und Werner stieg auf die Leiter, um Eimer voller Zwetschgen zu pflücken. Ich war dann dafür zuständig, all das Obst zu entsteinen und Saft, Kompott, Marmelade oder Grütze daraus zu machen. Oft half Ela auch dabei. Ich war sehr froh, sie als meine kleine Helferin zu haben.

Natürlich kamen auch Jürgen, Barbara und Christian oft in den Garten. Besonders mochten wir alle die vielen Veranstaltungen, die im Vereinshaus stattfanden. Das Sommerfest, die Weihnachtsfeier, Fasching ... Da ließ sich der Vereinsvorstand wirklich immer was Tolles einfallen. Und wenn sie vom Seniorenklub aus eine Reise oder einen Ausflug anboten, waren Werner und ich jedes Mal dabei. Obwohl wir nun immer älter wurden, wollten wir uns noch lange nicht von all den schönen Dingen des Lebens verabschieden – ganz im Gegenteil!

Wir fuhren weiter in den Urlaub, nach Travemünde und Tirol. Wir gingen ins Theater, auf Alsterrundfahrt, auf Konzerte. Und wir trafen unsere Freunde, von denen leider nicht mehr alle da waren. Manchmal sprachen Werner und ich darüber, wie es wäre, wenn einer von uns gehen müsste. Und wir waren uns einig: Wir beide fanden, dass derjenige, der zurückblieb, weiterhin froh und glücklich sein sollte. Weil das Leben so wertvoll war. Und weil wir Kinder und Enkel hatten, die uns brauchten.

Als Ela zehn Jahre alt war, fuhren wir erneut mit ihr nach Tirol. Dieses Mal war Werners Schwester Hilde mit dabei, deren Mann Hugo kürzlich verstorben war. Ich verstand mich gut mit ihr und bot ihr an, doch auch zu den Seniorenklub-treffen zu kommen. Und das tat sie, worüber ich sehr froh war. Denn ich fühlte mit ihr, es war traurig, seine zweite Hälfte nach so vielen Jahren zu verlieren und plötzlich ganz allein dazustehen. Ela verstand sich nicht ganz so gut mit Hilde, und ich konnte es nachvollziehen, denn sie war nicht so aufgeschlossen und fröhlich, wie Werner und ich es waren. Aber das machte nichts. Ela hatte ja noch Werner, mit dem sie in diesem Tirol-Urlaub viel unternahm, während ich mit Hilde schwimmen ging oder wir uns in der Sonne aalten.

Damals konnte ich nicht wissen, dass es mir in gar nicht allzu ferner Zukunft genauso ergehen würde wie meiner Schwägerin.

Die folgenden Jahre waren leider nicht mehr ganz so schön. Jürgen und Barbara trennten sich, und Jürgen zog aus. Die Kinder besuchten ihn jedes zweite Wochenende. Werner und ich bedauerten sehr, dass die Ehe unseres Sohnes nicht gehalten hatte, und wir versuchten, ihn aufzubauen. Für kurze Zeit hatte Jürgen dann noch mal eine Freundin, doch schließlich entschied er, fürs Erste lieber allein zu bleiben.

Und dann wurde Werner krank. Ich litt großen Kummer, weil diese schreckliche Krankheit namens Krebs Besitz von meinem Liebsten ergriffen hatte. Ich versuchte, es nicht zu zeigen, um stark und positiv zu bleiben – für Werner und für Ela, für die eine Welt untergehen würde, wenn ihr geliebter Opa nicht mehr wäre. Doch es war schlimm. Die Ärzte sagten Werner, er habe Blasen- und Prostatakrebs, und ihm müsse die Blase komplett entfernt werden. Er musste ins Krankenhaus und wurde operiert. Und dann hatte er statt einer Blase einen Beutel, der ihm um den Bauch hing und in den durch einen Schlauch der Urin floss. Alle paar Stunden musste ich ihn für Werner entleeren und ihn hin und wieder auch auswechseln.

Es war nicht leicht, meinen Liebsten so zu sehen. So krank, so hilflos. Zwar erholte er sich wieder und lernte, damit zu leben. Er unternahm wieder was mit Ela, und wir machten auch ein paar Ausflüge mit dem Seniorenklub. Aber der Alte wurde Werner nie mehr.

Als der Krebs wieder schlimmer wurde, hatte ich es gleich im Gefühl, dass mein Liebster dieses Mal nicht so glimpflich davonkommen würde.

Er wurde immer schwächer, lag nun nur noch im Garten auf der schattigen Liege und hatte Peter bei sich stehen. Wenn Ela zu Besuch kam, setzte sie sich dazu, und die beiden unterhielten sich über die Schule, Elas Freunde und alte Zeiten.

»Hab ich dir je davon erzählt, wie ich als Kind Äpfel geklaut habe?«, fragte Werner.

»Ja, hast du, Opa. Aber erzähl mir die Geschichte noch mal.«

Und Werner erzählte. »Wir waren so arm, dass wir immer Hunger hatten. Mein polnischer Opa war Alteisenhändler, und ich habe manchmal für ihn gearbeitet. Und Altmetall habe ich auch gesammelt, mit meinen Freunden, um mir ein paar Pfennig zu verdienen und mir davon Salmis zu kaufen. Kennst du Salmis noch?«

Ela nickte. »Ja, du hast mir früher mal welche in der Apotheke gekauft. Als ich noch klein war.«

Werner sah unsere Enkelin an, die jetzt schon zwölf war und in den Konfirmandenunterricht ging. »Du bist so groß geworden, fast schon ein kleines Fräulein«, sagte Werner und strich liebevoll über Elas Arm.

»Du hast mir noch nicht von den Äpfeln erzählt, Opa«, erinnerte sie ihn.

»Ach ja, die Äpfel. Wir sind einfach über Zäune geklettert und haben uns welche stibitzt. Das war natürlich verboten. Ein paarmal haben wir richtig Ärger bekommen.«

»Schlimm?«, fragte Ela.

»Sehr schlimm. Aber das waren uns die leckeren Äpfel wert.« Werner lachte. »Kennst du das Lied vom Äpfelklauen? *An de Eck steiht'n Jung mit'n Tüdelband?*«

»Klar, Opa, du hast es mir doch beigebracht.«

»Würdest du es mir vorsingen? Ich habe es so lange nicht gehört.«

»Aber nur, wenn du mitsingst.«

»Ich versuche es, ja?«

Die beiden fingen an zu singen. Unser Lied.

Ich stand in der Gartenhaustür und hörte mit feuchten Augen zu. Und das Kartoffelwasser, das ich draußen hatte abgießen wollen, war nicht mehr wichtig.

Werner sah sich noch immer gerne Fußball an, und alte Filme mit Hans Albers und Heinz Rühmann, aber singen tat er nun nicht mehr. Und ich spürte, dass es mit ihm zu Ende ging.

Als Werner wieder einmal im Krankenhaus war, besuchte ich ihn täglich. Jürgen und Ela kamen auch, aber ich glaube, keiner von ihnen spürte das, was ich spürte.

So viele Tage saß ich an Werners Bett. Mein Liebster glaubte nicht daran, dass es schon zu Ende sein sollte. Er wollte unbedingt wieder zurück nach Hause. Zu Peter. Zu mir. Er wollte Weihnachten mit der Familie feiern und dann im Frühjahr wieder in den Garten ziehen. Wie wir es jedes Frühjahr machten.

»Dann liege ich wieder im Schatten unter dem Birnbaum, und du liegst in der Sonne«, sagte er und schenkte mir ein kleines, hoffnungsvolles Lächeln.

Ich lächelte zurück. »Das werden wir, mein Liebster. Und ich mache dir leckere Rote Grütze.«

»Und Spargel?«

»Und Spargel.«

»Kannst du dann auch nach hinten in den Garten gehen und mir Schnittlauch abschneiden? Ich würde so gerne mal wieder ein Schnittlauchbrot essen.«

»Natürlich, das mache ich an jedem einzelnen Tag, wenn du gern möchtest«, versprach ich ihm und kämpfte gegen die Tränen an.

Viele Stunden weinte ich, doch das tat ich nur zu Hause. Wenn ich bei Werner war, war ich tapfer, sprach ihm Mut zu. Gab nicht auf. Auch wenn ich tief in meinem Innern fühlte, dass es keine Hoffnung mehr gab.

Und dann kam der Tag, an dem sie mich aus dem Krankenhaus anriefen und mir mitteilten, dass Werner es nicht geschafft hatte.

Er war in der Nacht vom vierten auf den fünften Dezember 1994 von uns gegangen. Werner war siebzig Jahre alt geworden. Und nun war er für immer fort.

Für mich brach eine Welt zusammen.

*

Als Oma diesen letzten Satz gesprochen hat, laufen mir Tränen übers ganze Gesicht, und Gerda geht es genauso. Sogar Gisela, die uns gegenübersitzt, und von der ich nicht einmal mitbekommen hatte, dass sie mithört, hat feuchte Augen. Nur Oma, die ist tapfer und lächelt, auch wenn es ein sehr trauriges Lächeln ist. Wahrscheinlich denkt sie daran, wie groß und besonders ihre Liebe war. Und womöglich fühlt sie sogar, dass sie und ihr Werner eines schönen

Tages in nicht allzu ferner Zukunft wieder zusammen sein werden.

Ich wünsche es ihnen so sehr.

Weil meine Tränen immer noch laufen, suche ich in meiner Handtasche nach den Papiertaschentüchern. Ich finde sie und reiche Gerda eins, das sie dankend annimmt. Sogar Gisela akzeptiert eins und tupft sich damit ganz Gräfinnen-like über die Augen, während Gerda sich laut die Nase schnäuzt.

»Nun hört doch auf zu weinen«, sagt Oma. »Es ist schon so lange her, und wenn ich nicht einmal mehr weine, dann müsst ihr das auch nicht.«

Ja, ich weiß, es ist schon lange her. Aber es ist so traurig. Und zudem sind mir bei Omas Erzählung natürlich eigene Erinnerungen in den Sinn gekommen. Meine Mutter hat mir damals von Opas Tod erzählt, und ich war wochenlang wie betäubt. Über Nikolaus und Weihnachten konnte ich mich in dem Jahr nicht freuen, und Opas Beerdigung war einer der schlimmsten Augenblicke meines Lebens. Noch heute kommen mir, wann immer ich das Lied *Ave Maria* irgendwo höre, sofort die Tränen.

Ich vermisse meinen Opa so sehr, auch heute noch. Und ich habe einfach Angst vor der Vorstellung, dass ich eines Tages auch meine Oma gehen lassen muss.

Ich kann nur hoffen, dass mir bis dahin noch ganz viel Zeit mit ihr bleibt. Dass meine Kinder noch viele Momente mit ihr haben werden. Und dass Oma weiterhin die sein wird, die sie heute ist. Voller Geschichten und Humor, voller Freude und Optimismus.

Und ganz ehrlich denke ich in diesem Moment, dass es nun auch reicht mit den tragischen Geschichten. Ich weiß alles, was ich wissen wollte. Nun ist es wieder Zeit für schöne Erinnerungen, für lustige Witze und für meine fröhliche Oma, die Oma, die ich am liebsten mag. Die Oma, die ich bis in alle Ewigkeit in meinem Herzen bewahren möchte.

GRIECHISCHER WEIN

Winter 2012

Ich sitze bei Oma im Zimmer und erzähle ihr von den Kindern. Oma liegt auf ihrem Bett und ruht sich aus. Heute erscheint sie mir ein bisschen schlapp, aber wie immer würde sie das sicher nicht zugeben, wenn ich sie danach fragen würde.

»Macht Leila eigentlich noch Ballett?«, fragt Oma. Sie war mal bei einem von Leilas Auftritten dabei.

»Nein, schon eine ganze Weile nicht mehr.«

»Wie schade. Sie hat das so toll gemacht.«

»Ach, weißt du, sie hat jetzt andere Dinge im Kopf«, sage ich.

»Aber Kimmy spielt noch Fußball?«

»Oh ja. Und es macht ihm riesig Spaß.«

»Das ist gut. Da freut Jürgen sich bestimmt auch drüber, oder?«

»Ja, total. Kimmy geht jetzt auch ab und zu mit ihm zum Fußball. Wenn Vorwärts-Wacker spielt«, erzähle ich und binde mir einen Pferdeschwanz.

»Haben sie dich nicht früher auch manchmal mitgenommen, Werner und Jürgen?«

Ich muss lachen. »Ja, als ich noch klein war. Ich habe mich aber nie für das Spiel interessiert, sondern bin stattdessen immer herumgegangen und habe die Zuschauer gefragt, ob ich ihre leeren Flaschen haben darf.«

»Haben sie sie dir gegeben?«, fragt Oma.

»Einige, ja. Ich hab die Flaschen dann am Stand abgegeben und mir die 50 Pfennig Pfand geholt.«

»Na, so hattest du wenigstens auch was von dem Spiel«, sagt Oma. Dann deutet sie auf ihre Schublade. »Ich habe übrigens gestern ein Bild von Leila und Kimmy gefunden. Es wurde bei einer der Faschingsfeiern im Garten aufgenommen. Hol es doch mal raus.«

Ich öffne die Schublade, ignoriere die Marmelade, und entdecke oben auf dem Stapel alter Schwarz-Weiß-Fotos ihrer Freundinnen das Foto meiner Kinder. Ich nehme es in die Hand. Kimmy ist darauf als Clown verkleidet, und Leila trägt ein Prinzessinnenkleid. Sie ist jahrelang als Prinzessin gegangen.

»Wie süß«, sage ich.

»Ja. Ich finde es wirklich schön, dass sie die Faschingsfeier immer noch veranstalten. Die gab es ja schon, als du und Christian noch klein wart.«

»Ja, ich weiß. Einmal haben sie ein Foto von mir und Maike in der Zeitung abgedruckt.« Ich habe fast jedes Jahr eine Freundin mitgenommen.

»Hast du den Artikel noch?«

»Ja, irgendwo zu Hause. Ich suche ihn gerne heraus und bringe ihn mit.«

»Mach das, Ela.« Oma schließt für einen Moment die Augen, dann öffnet sie sie wieder. »Ich bin so froh, dass ich euch habe. Meine Freundinnen haben mich immer beneidet, weißt du das eigentlich?«

»Nein. Warum haben sie dich denn beneidet?«

»Na, weil ich so tolle Enkel habe. Und Urenkel.«

Ich schenke Oma ein Lächeln, ein ehrliches und dankbares Lächeln.

»Du, Ela, das wollte ich dich schon beim letzten Mal fragen. Wie läuft es denn mit deinem neuen Buch? Das über die beiden Freundinnen? Verkauft es sich gut?«

Der Kurzroman hat sich bisher erst ein paar Hundertmal verkauft, dafür habe ich bereits einige wirklich schöne Rezensionen erhalten. »Es könnte besser laufen. Aber ich bin zufrieden.«

»Und dein großer Roman?«

Ich muss lächeln. »Da läuft alles super.« Ich habe gestern bis nach Mitternacht drangesessen und geschrieben.

»Na, das freut mich. Was denkst du denn, wann er fertig sein wird?«

»Oh, das dauert bestimmt noch eine ganze Weile. Ich will mir auch keinen Druck machen, verstehst du? Wenn es so weit ist, dann ist es so weit.«

»Das ist eine gute Einstellung«, findet Oma und trinkt einen Schluck Wasser.

Es klopft an der Tür, Timo kommt herein, sagt Hallo und geht auf Lotti zu. Sie hat wohl nach ihm geklingelt, weil sie auf die Toilette muss. Timo setzt sie in ihren Rollstuhl, fährt sie ins Bad und schließt die Tür. Ein paar Minuten später kommen die beiden wieder heraus.

Sein Blick fällt auf Oma, die ihn breit anlächelt. Sie hat ihn wirklich gern.

»Brauchen Sie etwas, Lisa? Kann ich Ihnen irgendwas bringen?«, fragt er.

»Eine Flasche Wasser wäre nicht schlecht. Meine ist alle.«

»Die hole ich Ihnen sofort«, sagt der junge Pfleger und bringt Lotti zurück in ihr Bett. Dann verlässt er mit Omas leerer Flasche das Zimmer und geht eine neue besorgen.

»Soll ich Ihnen einfüllen?«, fragt er, als er zwei Minuten später wieder zurück ist, und zeigt auf Omas leeres Glas.

»Nein, nicht nötig. Wenn Sie aber den Verschluss einmal lockern würden? Der ist immer so fest zugedreht.«

»Das kann ich doch auch machen«, sage ich.

»Ach, warum denn? Wenn wir schon einen starken Mann dahaben ...«

Timo grinst und tut Oma den Gefallen, dann sieht er hinüber zu Lotti. Mein Blick folgt seinem. Lotti ist eingenickt.

»Darf ich Sie was fragen?«, sagt Timo dann zu Oma.

»Aber natürlich.« Oma setzt sich auf.

»Können Sie mir vielleicht weiterhelfen? Ich will heute Abend für meine Freundin kochen. Ihr Lieblingsessen, Paella. Dazu möchte ich einen guten Wein kaufen, habe aber keine Ahnung von Wein. Kennen Sie sich da zufällig aus? Können Sie einen empfehlen?«

»Einen griechischen vielleicht?«, sagt Oma und lacht.

Timo runzelt die Stirn. Wohl, weil er überlegt, warum Oma lacht und ob das ein Witz sein soll.

»Das ist ein Lied«, kläre ich ihn auf.

»Genau«, sagt Oma. »Und zwar von Udo Jürgens.«

»Oh, das kenne ich nicht.«

»Soll ich es Ihnen mal vorsingen?«, fragt Oma.

»Klar, wenn Sie wollen.« Er lächelt Oma an.

Also singt sie. Weil sie einfach so gerne singt.

»Griechischer Wein ist so wie das Blut der Erde, komm, schenk dir ein, und wenn ich dann traurig werde, liegt es daran, dass ich immer träume von daheim, du musst verzeihen ...«

»Das klingt wirklich schön«, sagt Timo und sieht kurz rüber zu Lotti. Aber die ist von Omas Gesang nicht aufgewacht, sondern schlummert friedlich weiter. Er lehnt sich an die Wand und widmet sich wieder Oma. »Darf ich fragen, wo Ihre Heimat ist?«

»Oh, ich bin hier in Hamburg geboren«, erzählt Oma. »In Billstedt bin ich aufgewachsen, und später habe ich dann in Hamm gewohnt.«

»Und Sie sind niemals aus Hamburg weggezogen?«

»Niemals. Ich kann mir gar nicht vorstellen, woanders zu leben.«

»Das Gleiche sagt meine Oma auch«, erzählt der junge Pfleger.

»Dann haben Sie eine sehr schlaue Oma. Ist sie auch eine waschechte Hamburgerin? Eine Hamburger Deern?«, erkundigt sich Oma.

»Nein, sie kommt aus Mölln, lebt aber schon viele Jahre hier. Sie ist noch nicht ganz so alt wie Sie.« Er sieht Oma betreten an und schaut dann peinlich berührt zu mir. »Sorry, ich meinte damit nicht...«

»Dass ich alt bin?« Oma lacht, und Lotti gibt ein paar Geräusche von sich. »Na, das stimmt doch aber! Ich bin ja schon siebenundachtzig.«

»Ehrlich?«, fragt Timo. »Ich hätte Sie für mindestens zehn Jahre jünger gehalten.«

»Sie Charmeur!«, sagt Oma, und ich muss lachen.

Dann fällt Oma anscheinend ein, dass ich ihr neue Schokolade mitgebracht habe. Sie rutscht an ihren Bettrand und öffnet die Tür ihres Beistelltisches, sie nimmt eine *Milka*-Tafel heraus und reicht sie Timo. »Hier, für Sie.«

»Ach, das ist doch nicht nötig«, sagt er.

»Doch, nehmen Sie nur. Sie haben sich eine kleine Belohnung verdient.«

»Eine Belohnung? Wofür denn?«

»Na, dafür, dass Sie immer so freundlich sind.«

Er sieht Oma gerührt an. »Das ist doch aber mein Job. Dafür müssen Sie mir nicht immer etwas geben.«

»Nun nehmen Sie schon«, sagt Oma und drückt ihm die Tafel in die Hand.

»Das ist wirklich nett von Ihnen. Danke«, sagt Timo und geht in Richtung Tür. »Und danke auch für den Tipp mit dem Wein. Ich werde versuchen, einen griechischen zu bekommen.« Er zwinkert ihr zu und geht.

»Ist er nicht ein netter Kerl?«, fragt Oma, während sie ihm hinterhersieht.

»Sehr nett«, erwidere ich.

»Ich hoffe, das Essen und vor allem der Wein werden seiner Freundin schmecken.«

»Bestimmt.«

»Was will er noch mal kochen?«

»Paella«, sage ich.

»Was ist denn das? Das hab ich ja noch nie gehört.«

»Das ist ein spanisches Pfannengericht mit Reis, Gemüse und Fleisch. Manchmal sind auch Fisch oder Meeresfrüchte drin.«

»Klingt ja gut. Das hätte mir bestimmt auch geschmeckt, nach Spanien habe ich es aber leider nie geschafft«, sagt Oma.

»Dafür warst du an vielen anderen schönen Orten«, erinnere ich sie. »Zum Beispiel in Holland zur Tulpenzeit oder mit mir in Paris.«

»Ach, war das nicht schön?«, sagt Oma und nimmt einen schwärmenden Ausdruck an. »Wie wir in Montmartre waren und in einem Straßencafé gesessen haben? Und als wir all die Treppen hoch zu dieser Kirche gestiegen sind? Wie heißt sie noch gleich?«

»Sacré-Cœur.«

»Ja, das war wirklich schön.«

»Das war es, Oma.« Ich denke so gerne an diese Reise zurück. Es war in meinem letzten Realschuljahr, ich war sechzehn. Es war eine organisierte Busreise, und ich war wieder mal die Einzige unter sechzig. Aber das war mir völlig egal, denn ich habe diese unvergessliche Reise mit meiner Oma gemacht. »Weißt du noch, dass wir eine abendliche Bootsfahrt auf der Seine gemacht haben? Der Eiffelturm hat total schön geglitzert.«

»Ja natürlich! Da standen doch die Tage drauf, die es noch bis zur Jahrtausendwende brauchte, in großen leuchtenden Zahlen.«

»Ja.« Das stimmt, es waren noch 820.

Ich sehe meiner Oma in die glänzenden Augen und wünschte mir, wir könnten noch einmal nach Paris. Um weitere unvergessliche Momente zu sammeln.

Leider weiß ich, dass wir nie wieder eine gemeinsame Reise machen werden. Aber so ist das Leben. Irgendwann geht alles einmal zu Ende.

»Ich hab dich lieb, Oma«, sage ich. Weil ich sie wirklich über alles liebe und weil ich dankbar für alles bin, was sie je für mich getan hat.

»Ich hab dich auch lieb«, erwidert sie. Und für eine Weile sehen wir uns einfach an und sind froh, einander zu haben.

ALPENVEILCHEN

Als ich Oma an diesem Mittwoch besuchen möchte, ist sie nicht in ihrem Zimmer. Ich suche sie im Gang und will gerade Irina fragen, ob sie weiß, wo Oma ist, als ich sie um die Ecke kommen sehe.

»Hallo, Oma«, sage ich. »Wo warst du denn?«

»Hallo, Ela. Ich war nur eben bei Inge. Ihr geht's nicht gut, und deshalb habe ich sie besucht und ihr eine Banane gebracht.«

»Da hat sie sich bestimmt gefreut«, sage ich, und wage dann zu fragen: »Was hat Inge denn?«

»Ach, sie ist einfach alt und schwach. Irgendwann werden wir alle des Lebens müde, weißt du?« Oma sieht bedrückt aus. »Ich glaube, sie hält nicht mehr lange durch.«

»Das tut mir ehrlich leid.«

»Ich wollte einfach noch mal zu ihr, bevor es zu spät ist«, sagt Oma, und ich empfinde solches Mitleid mit ihr, dass ich am liebsten losgeweint hätte. Aber ich muss tapfer bleiben. Weil Inge nicht die Einzige ist, die die Hundert nicht erreichen wird. Wahrscheinlich wird meine Oma auch hier die meisten überleben. Nur braucht sie nun kein Adressbuch mehr, aus dem sie die Namen streichen muss, schließlich teilen sie alle dieselbe Anschrift.

Oma sieht wohl, wie besorgt ich wegen ihrer Worte bin, denn sie lächelt mich an und sagt: »Keine Angst, *ich* werde noch lange nicht des Lebens müde. Ich will doch hundert werden.«

Ich atme erleichtert auf.

»Kommst du mit in mein Zimmer?«, fragt Oma.

»Klar.«

Wir setzen uns an den Tisch am Fenster. Lotti ist nicht da. Oma erzählt mir, dass sie wieder im Krankenhaus ist.

»Die Arme«, sage ich. »Ich hoffe, nicht für lange.«

»Ach, Ela, hier weiß man nie, wer überhaupt aus dem Krankenhaus zurückkommt«, sagt Oma. Dann fällt ihr Blick auf die Blume, die neben ihrem Bett steht. »Oh, ein Alpenveilchen! Hast du mir das mitgebracht?«

»Ja. Ich weiß doch, wie gerne du Alpenveilchen magst.«

»Und wie! Danke dafür.«

»Gern geschehen, Oma.«

»Bald ist Weihnachten, oder?«, fragt sie.

»Ja, schon nächste Woche.«

»Kannst du für mich was an *Hagenbeck* spenden?«

»Klar, mache ich. Wie viel denn?«

»Fünfzig Mark?«

Ich muss innerlich schmunzeln. Das mit dem Euro wird Oma in diesem Leben wohl nicht mehr lernen. »Wird erledigt.«

»Und kannst du mir wieder Schokolade mitbringen? Diesmal vielleicht was Festlicheres? Pralinen oder so? Dann kann ich die hier verschenken.«

Ich sehe sie ernst an. Muss sie nun doch noch mal daran erinnern. »Oma, wir müssen langsam ein bisschen vorsichtiger mit dem Geld werden.«

»Ach, warum denn? Ich hab doch eine gute Rente«, sagt sie, womit sie ja eigentlich recht hat.

Ich seufze leicht. »Deine Rente geht jetzt aber fast komplett fürs Heim drauf, seit du höhergestuft wurdest, das habe ich dir doch erzählt.«

»Ja? Das hatte ich längst wieder vergessen.« Oma grinst mich schief an. »Bin ich denn schon bankrott?«

Ich kann nicht anders, als zu lachen. Dann versuche ich, wieder ernster zu werden. »Keine Sorge, noch kommen wir zurecht. Ich meinte nur, dass wir uns in einigen Sachen ein bisschen einschränken müssen.«

»Aber doch nicht an Weihnachten!«

Ich lächle. »Nein, nicht an Weihnachten.«

»Heute gibt es zum Mittagessen Königsberger Klopse«, erzählt Oma mir dann.

»Ja? Magst du die?«

»Gerne sogar. Du nicht?«

»Ich esse doch kein Fleisch«, erinnere ich sie.

»Ach ja, stimmt.«

Oma betrachtet das hübsche Alpenveilchen. Es ist rosa. Rosafarbene Blumen sind ihr immer die liebsten gewesen. Nur Hortensien hat sie in Blau bevorzugt.

»Wie geht es den Kindern?«, erkundigt sie sich.

»Denen geht es gut. Sie freuen sich schon auf Weihnachten. Kimmy wünscht sich ein Lego-Auto, und Leila goldene Ohrringe«, erzähle ich.

»Von mir?«, fragt Oma.

»Ganz allgemein.«

»Kaufst du ihnen was Schönes von mir und wickelst es ein? Damit ich es ihnen zu Weihnachten schenken kann?«, bittet Oma.

»Ja natürlich.«

»Danke, Ela. Ich kann ja gar nicht glauben, dass schon wieder Weihnachten ist. Wenn ich an all die Weihnachtsfeste denke, die ich bereits erlebt habe ... Früher hatten wir ja immer einen schönen großen Baum im Wohnzimmer stehen.«

»Der hier im Gang ist doch auch ganz hübsch«, sage ich. Er ist zwar nicht so groß und auch nicht echt, aber hübsch ist er trotzdem.

»Ja.« Oma sieht aus dem Fenster. Eine ganze Weile. Dann sagt sie: »Weißt du, woran ich in letzter Zeit sehr häufig denken muss?«

Oje. Ich hoffe, sie muss nicht daran denken, wie mein Opa gestorben ist. Das war immerhin auch im Dezember, und seitdem hat es oftmals Tage oder sogar Wochen in der Vorweihnachtszeit gegeben, an denen sie einfach nur niedergeschlagen war.

»Woran denn?«, wage ich zu fragen.

Oma sieht mich an und lächelt. »An all die schönen Dinge, die wir zusammen erlebt haben.«

Erst denke ich, sie meint sich selbst und Opa, doch als sie weiterspricht, verstehe ich und muss ebenfalls lächeln.

»Weißt du noch, als wir im Musical waren? Bei *Cats*?«, fragt sie.

»Natürlich. Das war wirklich toll. Und das *Titanic*-Musical war auch richtig gut.«

»Oh ja. Und dann die Staatsoper! Ich hab mich so gefreut, dass du mich damals dazu eingeladen hast.«

Es war ein großer Wunsch meiner Oma gewesen, einmal in die Oper zu gehen. Sie hatte zwar unendlich oft das Ohnsorg-Theater besucht, aber in die Hamburgische Staatsoper hatte sie es noch nie geschafft. Also habe ich ihr vor ein paar Jahren Karten für *Die Zauberflöte* geschenkt. Das Stück war ziemlich lang und auch ein bisschen fad, und Oma ist noch vor der Pause eingenickt. Aber das war nicht schlimm, die

Hauptsache war, dass sie einen weiteren Wunsch von ihrer Liste abhaken konnte.

»Ich bin froh, dass wir das zusammen gemacht haben«, sage ich und drücke Omas Hand.

»Am besten war aber das Helmut-Lotti-Konzert, in das du mit mir gegangen bist.«

Ich muss lachen. Helmut Lotti, ja. Oma ist eine große Bewunderin des Schlagersängers. Natürlich trifft seine Musik nicht meinen Geschmack, und doch habe ich Oma begleitet. Und auch da war ich wieder eine der wenigen Besucherinnen unter sechzig. Ich muss gerade einmal achtzehn oder neunzehn gewesen sein.

»Erinnerst du dich, wie er dir zugezwinkert hat?«, fragt Oma.

»Oh ja«, antworte ich und muss nur noch mehr lachen. Weil es im Nachhinein echt lustig ist. Damals habe ich das nicht ganz so gesehen. Der große Helmut Lotti hat nämlich mitten in einem Song seinen Blick durch das Publikum schweifen lassen, an all den älteren Damen entlang, und mich entdeckt – und er hat mir doch tatsächlich zugezwinkert. Ich bin knallrot angelaufen, und Oma hat sich kaputtgelacht. Und alle um mich herum mussten ebenfalls lachen oder wenigstens schmunzeln. Oma hat es dann noch all ihren Freundinnen erzählt, und meine kleine, aber feine Liaison mit Helmut Lotti war eine Weile das Gesprächsthema Nummer eins.

»Ach, das waren schöne Momente«, sagt Oma jetzt. »Und ich möchte dir dafür danken, dass du sie mir ermöglicht hast.«

Gerührt sehe ich meiner Oma in die Augen, in denen es glitzert und funkelt. Und in diesem Moment erkenne ich eins: Bisher habe ich immer geglaubt, dass meine Oma *mir* im Leben so viel ermöglicht hat, einfach weil sie immer für mich da war und so wunderbare Sachen mit mir unternommen hat. Aber vielleicht war ich ja in ihrem Leben genauso ein wichtiger Mensch. Vielleicht habe auch ich ein kleines bisschen dazu beigetragen, dass sie ihren Lebensabend so glücklich und mit so vielen wundervollen Erinnerungen verbringen kann.

»Ich habe das alles unglaublich gerne für dich getan«, sage ich. Und ich wünschte, ich könnte ihr zu Weihnachten statt neuen Hausschuhen eine weitere unvergessliche Erinnerung schenken. Leider kann ich sie nicht mehr nach Paris bringen, um mit ihr in einem Straßencafé *Café au lait* zu trinken, und ich kann auch nicht mehr mit ihr in die Oper gehen. Aber ich kann für sie da sein, bei ihr sitzen und mit ihr in Erinnerungen schwelgen. Und vielleicht ist das ja genug.

»Ich habe dir auch Mandarinen mitgebracht«, sage ich und hole sie hervor.

»Ohne Kerne?«

»Ja, ich hab extra drauf geachtet.« Ich schäle eine für sie und lege sie ihr auf den Tisch. Oma nimmt ein Stück und steckt es sich in den Mund. »Oh, die sind gut. Schön sauer.«

Ich muss schmunzeln. »Sauer macht lustig«, sage ich. Denn das ist ein Spruch, den Oma schon immer gerne benutzt hat.

»Ganz genau.«

Wir reden noch eine Weile, dann sehe ich auf die Uhr. Es ist zehn vor zwölf. »Es ist Zeit fürs Mittagessen, Oma. Ich bringe dich langsam hin, ja?«

»Gut.« Oma steht auf, zieht sich ihren Rollator heran und spaziert in Richtung Tür. Dann fällt ihr noch was ein. »Ach, Ela, nimm dir doch noch Marmelade mit!«

Ich seufze innerlich, gehe aber zum Beistelltisch, öffne die Schublade und nehme mir eine Handvoll Marmeladenschälchen heraus. »Danke, Oma«, sage ich, und Oma lächelt mich strahlend an.

»Lass dir die Königsberger Klopse schmecken«, sage ich wenig später vor der Cafeteria. Aus dem Radio ertönt *Leise rieselt der Schnee.*

»Das mache ich«, erwidert Oma. »Schön, dass du da warst. Grüßt du Ali und die Kinder von mir?«

»Natürlich, Oma.« Wir wollen später noch auf den Weihnachtsmarkt, dem an der Alster, und ich werde auf jeden Fall daran denken, ihr Hamburger Speck mitzubringen.

Ich gebe ihr eine Umarmung und einen Kuss. Dann höre ich Gerda nach Oma rufen.

»Huhu, Lisa. Ich hab dir einen Platz freigehalten.«

Ich winke Gerda durch die gläserne Front zu und sehe Oma dann nach, wie sie zu ihrer Freundin geht.

Und dann mache ich mich auf nach Hause, wo ich heute ein paar alte Fotoalben hervorholen und sie mir mit meinen Kindern zusammen ansehen werde. Weil es so wichtig ist, schöne Erinnerungen zu bewahren.

WINTER

Es ist Sonntag. Ali ist mit den Kindern unterwegs, und ich bin zusammen mit Papa bei Oma. Wir sitzen in ihrem Zimmer und unterhalten uns.

»Der Pullover steht dir gut«, sagt Papa zu Oma.

Er ist blau. Blau hat Oma schon immer gut gestanden.

»Danke, Jürgen. Was macht denn die Arbeit?«, erkundigt sie sich bei meinem Vater.

»Ach, weißt du, Mama, so langsam habe ich wirklich keine Lust mehr. Ich kann es kaum erwarten, in Rente zu gehen.«

»Wann ist es denn so weit?«

»In zweieinhalb Jahren. Ich werde schon mit 64 in Rente gehen, auch wenn ich dann ein bisschen weniger bekomme.«

»Arbeit ist nicht alles«, sagt Oma. »Und aus dem Grund habe ich mich damals dazu entschlossen, die letzten Jahre nur noch in Teilzeit zu arbeiten. Ich bekomme deswegen ja nun ebenfalls ein bisschen weniger Rente. Aber das ist nicht schlimm. Das war es mir wert – tausendmal.«

Ich muss lächeln. Oma hat damals wegen mir in Teilzeit gearbeitet, um auf mich aufzupassen. Ich bin froh, dass sie es nie bereut hat.

»Ja, da hast du recht«, sagt Papa.

»Dann hast du auch mehr Zeit für deine Hobbys. Für den Fußball und fürs Bowling«, sagt Oma.

»Ja, das stimmt. Wobei ich ja nur hin und wieder noch mit Ela und den Kindern bowlen gehe.«

»Bist du denn in keiner Mannschaft mehr?«, fragt Oma.

»Nein, schon lange nicht mehr.«

Papa war früher in einer Betriebsmannschaft der Umweltbehörde, wo er seit vielen Jahren arbeitet, und hat sogar ein paar Rekorde erzielt. Sein bestes Ergebnis waren 243 Punkte. Er war auch mal in einer betrieblichen Fußballmannschaft, das war zu der Zeit, als ich geboren wurde. Leider hat er sich seine Achillessehne angerissen und musste drei Monate mit einem Gehgips herumlaufen, danach war es das dann gewesen mit dem Fußballspielen. Seitdem sieht er lieber dabei zu, wie andere dem Ball hinterherrennen.

»Aber Nudeln magst du doch noch, oder?«, fragt Oma.

»Na klar, die werde ich immer mögen.«

Ich muss lachen. »Du glaubst gar nicht, wie oft ich ihm Nudeln kochen muss«, erzähle ich Oma. »Die gibt es fast jedes Mal, wenn er uns besucht.«

»Du solltest dir endlich eine Frau suchen«, meint Oma dann zu Papa. »Die kann dann für dich kochen, und du hättest ein bisschen Gesellschaft.«

»Nee«, entgegnet er. »Die würde mich nur davon abhalten, zum Fußball zu gehen und mir die Spiele im Fernsehen anzugucken. Ich bin schon zufrieden so, wie es ist. Gesellschaft hab ich genug. Ich gehe Chrischi besuchen und bin oft bei Ela.«

»Das ist aber nicht dasselbe«, sagt Oma. Und ich weiß, wie sehr sie sich eine neue Frau für ihren Sohn wünscht. Das tut sie schon, seit meine Eltern sich vor zwanzig Jahren haben scheiden lassen. Aber jeder lebt halt so, wie er will. Und das ist ja auch gut so.

»Oma, du hast Nudeln nie so gemocht, oder?«, frage ich sie, um das Thema zu wechseln.

»Nee!«, antwortet sie. »Als wir damals am Gardasee waren, wollten sie uns immer welche auftischen. Oder Pizza. Das hat Werner und mir gar nicht gefallen, und Artur und Grete auch nicht. Wir hätten viel lieber mal Kartoffeln gegessen, aber immer wieder kamen sie uns mit Nudeln.« Oma verdreht die Augen, und Papa und ich lachen.

Oma sieht Papa an. »Du hast einen ganz schönen Bauch bekommen«, sagt sie.

Papa lacht verlegen. »Ja, ich sollte wohl mal ein bisschen weniger essen.«

Ich finde seinen Bauch nicht schlimm. Er erinnert mich an Opa, der genauso einen runden Bauch hatte.

Zum Glück kommt Timo rein, um Oma frisch gewaschene Wäsche zu bringen, Papa ist also aus dem Schneider.

»Haben Sie einen guten Wein gefunden?«, fragt Oma ihn.

»Hab ich. Aber leider keinen griechischen.« Er lacht, und Oma lacht mit.

»Ist er denn trotzdem gut angekommen?«

»Oh ja!« Timo lächelt Oma verschmitzt zu.

Als er aus dem Zimmer ist, fragt Papa: »Worum ging es denn da eben?«

»Ach, das war nur ein Witz zwischen uns beiden.«

Papa grinst. »Flirtest du hier etwa mit den jungen Männern?«

»Du spinnst ja!«, sagt Oma empört, während ich mir ein Lachen verkneife. »Timo hat für seine Freundin gekocht und mich nach einem guten Wein gefragt. Da habe ich ihm griechischen vorgeschlagen. Du kennst doch das Lied.«

»Von Udo Jürgens? Ja, das haben Papa und du früher gerne gehört.«

»Genau. Und du solltest dich was schämen, mir anzudichten, dass ich mit irgendwelchen anderen Männern anbandeln würde.«

»Das war doch nur Spaß, Mama.«

»Ja, das weiß ich. Und trotzdem gehört es sich nicht.« Oma sieht zu dem Bild auf ihrem Beistelltisch, und dann zu dem auf dem Regal über dem Fernseher, auf dem sie und Opa zusammen zu sehen sind. »Ich habe niemals einen anderen Mann geliebt als deinen Vater«, sagt sie.

»Ach, Mama«, erwidert Papa und legt ihr seine Hand auf den Arm.

»Nein, wirklich. Es ist nicht so, dass ich niemals die Gelegenheit gehabt hätte. Nach Werners Tod haben mich einige Männer um ein Rendezvous gebeten, und ich hätte einen Freund haben können, wenn ich einen gewollt hätte. Das tat ich aber nicht.«

Ich glaube ihr. Weil ich weiß, dass sie niemals einen anderen in ihr Herz hätte lassen können. Einen anderen hätte küssen können. Einem anderen Gute Nacht hätte sagen können. Mit einem anderen am Küchentisch sitzen und Hans Albers oder Heidi Kabel hätte hören können.

Niemals einen anderen hätte lieben können.

Ihr Werner war immer der Einzige für sie und wird es auch bleiben.

Mein Gott, die beiden waren 45 Jahre lang verheiratet!

»Opa konnte wirklich froh sein, dich zu haben«, sage ich.

»Ja, das konnte er«, sagt Oma, und Papa und ich müssen schmunzeln. Weil sie es in diesem Ton sagt. Weil sie wieder gut aufgelegt ist.

Und dann schauen wir alle aus dem Fenster. Denn ein paar Schneeflocken fallen vom Himmel.

»Wann ist es denn Winter geworden?«, fragt Oma.

»Das kann ich dir auch nicht sagen«, erwidert Papa.

Wir reden noch ein bisschen weiter, Oma erzählt, dass ihre alte Schulfreundin Betty ihr geschrieben hat und dass Franz und Mona noch immer zueinander schleichen, dann verabschieden Papa und ich uns.

»Denk dran, dass wir dich am Dienstag abholen«, sage ich.

»Ja? Was ist denn da?«, will Oma wissen.

»Na, Weihnachten.«

»Schon?«

»Ja.« Papa sieht mich an, und dann wieder Oma. »Sollen wir vorne Bescheid sagen, dass du dann abgeholt wirst? Damit du es nicht vergisst?«

»Na, das vergesse ich doch nicht! Ihr braucht nicht Bescheid zu sagen.«

»Alles klar. Dann bis Dienstag. Ich komme mit Chrischi direkt zum Restaurant.«

»In welches Restaurant gehen wir denn?«, fragt Oma.

Papa blickt mich kurz so komisch an. Verwirrt vielleicht. Dann sagt er: »Zum Chinesen.«

»Der in Billstedt?«, will Oma wissen.

»Nein, Mama. Der hat doch zugemacht. Wir gehen zu einem in Wandsbek.«

»Ach so, ja. Jetzt fällt es mir wieder ein. Ich freue mich schon.«

Ich hole einen Zettel heraus und schreibe auf: *Weihnachten, Dienstag, Mittagessen 12:30 Uhr, Chinese in Wandsbek*. Damit sie es nicht wieder vergisst.

Papa lächelt ihr noch einmal zu, ich umarme sie, und dann gehen wir.

»Sie lässt ganz schön nach, oder?«, sagt Papa.

»Sie ist siebenundachtzig«, erwidere ich. »Damit haben wir wohl rechnen müssen.«

»Ich habe ehrlich gesagt nicht so schnell damit gerechnet«, sagt er. »Sie war doch vor zwei Jahren noch so fit.«

»Ja, ich weiß«, sage ich. »Ich habe auch gedacht, dass sie für immer so bleibt.« Ich gehe neben meinem Vater her. »Wir sollten dieses Weihnachten so richtig genießen. Wir wissen ja nicht, wie es nächstes Weihnachten aussieht.«

»Ja, da hast du wohl recht«, sagt Papa.

»Willst du noch mit zu uns kommen? Ich koche uns ein paar Nudeln.«

»Nudeln sind immer gut«, sagt er.

Ich hake mich bei ihm ein, und zusammen verlassen wir das Gebäude.

WEIHNACHTEN

Es ist Weihnachten. Als ich in Omas Zimmer komme, ist es leer. Ich kann erahnen, wo Oma gerade ist, und seufze laut. Und dann finde ich sie tatsächlich dort an, in der Cafeteria, wo sie sich mit ihren Freundinnen den Bauch vollschlägt.

Ich gönne es ihr ja, aber wir wollten doch heute mit ihr essen gehen. Ich hatte extra noch mal angerufen und Olga Bescheid gesagt, eben weil ich mir nicht sicher war, ob alles klappt.

Ich betrete die Cafeteria und gehe zu ihr. »Frohe Weihnachten, Oma«, sage ich.

Sie blickt auf. »Hallo, Ela. Frohe Weihnachten!«

Omas Freundinnen wünschen mir ebenfalls ein frohes Fest, und ich erwidere ihre Wünsche.

»Hast du vergessen, dass wir heute mit dir essen gehen wollten?«, frage ich Oma und sehe auf den Nachtisch hinunter, den sie gerade verputzt: Vanillepudding mit Himbeersauce.

»Oh, war das heute?«, fragt Oma verwirrt.

»Ja. Heute ist doch der erste Weihnachtstag. Hat Olga dich nicht daran erinnert?«

»Olga hat heute frei«, informiert Gisela mich.

Ich seufze innerlich erneut.

»Und was machen wir nun? Willst du trotzdem mitkommen?«, frage ich Oma, die zum Glück nicht ihre gewohnte

305

Jogginghose und einen alten Pulli trägt, sondern die zur Feier des Tages herausgeputzt wurde. Sie trägt eine schicke Hose, eine weiße Bluse und eine grüne Weste.

»Aber klar!«, sagt sie.

»Na gut, dann komm, Oma. Wir ziehen dir warme Sachen über. Es ist kalt draußen.«

Und dann gehen wir, während die anderen Oma neidisch nachsehen. Denn sie werden nicht abgeholt.

»Gut, dass du schon schick angezogen bist«, sage ich, als wir in ihrem Zimmer sind.

»Gestern war ich auch schick angezogen«, erzählt Oma. »Da haben wir unten im Festsaal gefeiert. Es hat jemand Weihnachtslieder am Klavier gespielt.«

»Das ist schön, Oma«, sage ich und versuche, meine Ungeduld nicht zu zeigen. Ali und die Kinder warten unten im Auto, unser Tisch im Restaurant ist für 13:00 Uhr reserviert. Ich hoffe nur, dass Papa und Chrischi dort eintreffen, bevor sie ihn an jemand anderen vergeben.

Ich sehe Oma fragend an. »Also? Welche Schuhe willst du anziehen?«

»Die Stiefel«, sagt sie, und wir machen sie fertig, so schnell es mir möglich ist.

Als wir eine Viertelstunde später das Auto erreichen, Oma in ihrer dicken Jacke und mit Mütze und Schal, auf die ich bestanden habe, steigt Ali aus, begrüßt Oma und verstaut den Rollator im Kofferraum. Ich helfe Oma auf den Beifahrersitz und schnalle sie an.

Die Kinder sind schon ganz hibbelig. Ich hatte Ali kurz auf dem Handy angerufen und gesagt, dass wir ein bisschen länger brauchen, und jetzt erkläre ich allen kurz die Lage.

»Oh schade«, sagt Leila. »Isst du dann trotzdem noch was, Oma?«

»Mal sehen«, sagt sie. »Ein bisschen was passt vielleicht noch rein.«

Eine Stunde später sitzen wir in geselliger Runde beim Chinesen. Papa und Chrischi waren zum Glück rechtzeitig da und haben uns den Tisch freigehalten, sodass wir jetzt die leckeren Speisen genießen können. Ich esse ein Gericht mit Pak Choi und Shiitakepilzen, Oma hat sich lediglich ein Dessert bestellt: gebackene Banane mit Honig und Vanilleeis.

»Hast du echt noch Platz, Oma?«, frage ich.

»Für Nachtisch immer.« Oma grinst schelmisch.

Ich will sie fragen, wie es Inge geht, weil ich sie beim Mittagessen nicht in der Cafeteria gesehen habe. Aber ich lasse es, weil das bestimmt bedeutet, dass es ihr nicht sehr gut geht, und ich Oma nicht wieder traurig machen will.

»Na, was habt ihr Schönes vom Weihnachtsmann bekommen?«, fragt sie die Kinder.

»Es gibt gar keinen Weihnachtsmann«, sagt Kimmy und lacht.

»Gibt es nicht?«

»Nein!«

»Na gut, was habt ihr denn dann von eurer Mama und eurem Daddy bekommen?«

Kimmy erzählt von seinem Lego-Set, und Leila zeigt Oma ihre neuen Ohrringe. Ich berichte ihr, dass Kimmy mir ein bezauberndes selbst gemaltes Bild geschenkt hat, und dass ich von Leila ein Gutscheinheft und Schokolade bekommen habe.

»Und was hat Ali dir geschenkt?«, fragt sie neugierig.

»Einen Kuschelpyjama und ein Buch.«

»Ja? Und was für eins?«

»Den einzigen Roman von Jane Austen, den ich noch nicht hatte. *Northanger Abbey*.«

»Du kannst wohl von Jane Austen gerade nicht genug bekommen, was?«

Ich muss grinsen. »Kann schon sein. Ich finde diese alten Zeiten einfach so schön. Wie romantisch damals alles noch war, was für Gentlemen die Männer waren ...«

»Na, das kannst du dann ja alles auch in deinem Roman beschreiben«, sagt Oma.

»Tue ich.« Ich lächle vor mich hin. Der Roman nimmt langsam Gestalt an. Und Umfang. Ich habe ihm den Arbeitstitel *Gestatten, mein Name ist Jane* gegeben. Mal sehen, ob ich ihn beibehalten darf, wenn ich einen Verlag dafür finde, oder ob die Leute dort sich einen besseren einfallen lassen. Dass das Buch tatsächlich irgendwo unterkommt, scheint mir jetzt gar nicht mehr so unrealistisch, denn ich glaube, es wird wirklich gut. Wahrscheinlich das Beste, was ich schreibtechnisch je zustande gebracht habe. Ich habe wirklich große Hoffnungen, und die gebe ich diesmal auch nicht so einfach wieder auf.

»Und du, Leila, magst du Bücher genauso gerne wie deine Mama?«, möchte Oma dann von ihrer Urenkelin wissen.

Sie nickt. »Ja, total. Ich habe gerade *Der Erdbeerpflücker* gelesen, das ist ein Jugendkrimi, und der war echt gut.«

»*Der Erdbeerpflücker* hört sich für mich gar nicht nach einem Krimi an«, sagt Oma. »Aber ich hab ja nicht viel Ahnung von Büchern. Ich habe nie viel gelesen, außer die BILD-Zeitung und meine Magazine – und Elas Geschichten.«

Oma nimmt einen Löffel Vanilleeis in den Mund, während das Thema jetzt von Büchern zu Fußball wechselt. Papa, Ali und Kimmy jammern über die Winterpause und erzählen sich von irgendwelchen Spielern, die für viel Geld die Mannschaft gewechselt haben.

Mein Bruder redet nicht mit, weil er wie schon erwähnt nicht viel für Fußball übrighat. Als die anderen eine Pause einlegen, fragt Oma ihn, wie es ihm geht.

»Gut«, sagt er und erzählt ein bisschen was von seinem Job als Mediengestalter, wovon Oma natürlich nur die Hälfte versteht.

»Und bei dir, Ali? Was macht die Arbeit?«, fragt sie dann meinen Mann, den sie mit der Zeit so liebgewonnen hat. Ich glaube, sie betrachtet ihn inzwischen als richtigen Enkel, und ich bin unglaublich froh darüber. Weil es nicht selbstverständlich ist, dass Menschen dieser Generation Dunkelhäutigen gegenüber so aufgeschlossen sind.

»Alles wie immer«, sagt er.

»Waren wieder berühmte Leute bei euch im Restaurant?«

Ali muss lachen. »Ja, einer. Und du kennst ihn!«

»Ja? Nun spann mich nicht auf die Folter!«, sagt Oma und sieht ihn neugierig an.

»Es war Scooter!«, verkündet Ali.

»Die ganze Gruppe oder nur der Sänger?«, frage ich.

»Nur der Sänger. Der, den Oma mal getroffen hat.«

Ich muss lachen, wenn ich an diesen speziellen Ausflug denke, den Oma einmal gemacht hat.

»Die Geschichte kenn ich gar nicht«, sagt Chrischi. »Erzähl doch mal, Oma.«

Und Oma holt aus. »Das war damals mit dem Seniorenverein. Sie haben uns mit einem dieser Doppeldeckerbusse durch Hamburg gefahren. Der Moderator Elton war auch dabei, kennst du den?«

Mein Bruder nickt.

»Ja, und der hatte ein Kamerateam mitgebracht. Er machte gute Stimmung, und dann stieg ein junger Musiker mit blondem Haar dazu. Wir kannten ihn nicht, er sang komische laute Lieder, und wir bekamen langsam das Gefühl, dass sie sich ein wenig über uns alte Leute lustig machten. Eine nette Erfahrung war es aber trotzdem. Und der Elton hat uns alte Damen am Ende sogar *schmucke Schnecken* genannt.«

Ja, das stimmt. Ich habe die Aufzeichnung im Fernsehen gesehen und sie damals sogar auf Videokassette aufgenommen. Das Ganze war wohl in Zusammenhang mit der *The Dome*-Musikshow gedreht worden, und es war wirklich eine Art Ulk, aber dennoch fand ich es cool, dass meine Oma im Fernsehen zu sehen war.

»Hat er wieder so verrückte Lieder gesungen, als er bei dir im Restaurant war?«, fragt Oma Ali.

»Nein, er hat nicht gesungen, sondern nur was gegessen.«

»Wen du alles bekochst«, sagt Oma beeindruckt.

»Ja, es waren schon einige Promis da. Die sind aber auch nur Menschen«, meint Ali.

»Na, das weiß ich doch«, erwidert Oma und wendet sich an Leila. »Wen würdest du denn gerne mal treffen?«

»Justin Bieber. Oder Rihanna«, nennt Leila ihren Lieblingssänger und ihre Lieblingssängerin.

Natürlich kennt Oma weder den einen noch die andere, aber das macht nichts.

»Und du, Kimmy?«, fragt sie ihren Urenkel.

»Ronaldo und Messi.«

»Das sind Fußballer«, erzählt Papa ihr.

»Ach so. Na, ich sehe lieber euch als alle Prominenten der Welt«, sagt Oma, und ich weiß, sie meint es so. Ihre Familie ist ihr am allerwichtigsten.

»Ach, Oma. Uns geht es doch genauso«, sage ich und

drücke sie sachte. Dann sehe ich, dass alle fertig sind mit Essen, und hole eine Tüte hervor. »Wollen wir Geschenke auspacken?«

Da ist Oma sofort dabei. Sie nimmt ein Paket entgegen und reißt das Papier auf. Kurz darauf hält sie eine Keksdose mit selbst gebackenen Plätzchen in der Hand, als Nächstes das neue Paar Hausschuhe und zuletzt eine von ihren Lieblingsjogginghosen, diesmal eine blaue.

»Oh, die werde ich Gerda nachher zeigen«, sagt sie. »Und ein paar Kekse werde ich ihr auch abgeben. Nur die in Herzform, die behalte ich für mich.«

Das ist gut, denke ich. Denn die in Herzform sind allein für meine Oma bestimmt.

KÜCHENTANZ

Silvester 1989

»Wie sehe ich aus?«, rief ich durch den Flur und nahm kurz darauf Werners erfreuten Blick wahr, als ich durch die Küchentür trat. Ich trug sein Lieblingskleid, das blaue.

»Fantastisch siehst du aus«, sagte er und zog mich zu sich heran, um mich zu küssen.

»Du alter Schmeichler«, sagte ich lachend und ging hinüber zum Küchentresen. »Haben wir alles beisammen?«

»Na, das hoffe ich doch«, erwiderte Werner.

Ich sah in die Tasche, in der sich eine Flasche Sekt, eine Tüte Chips und zwei Partyhüte befanden.

»Hast du deine Zigarillos?«, fragte ich und freute mich über das Lied, das gerade im Radio lief. Es war *Dich zu lieben* von Roland Kaiser.

»Aber klar. Die sind schon in der Jackentasche.«

»Na, dann sollten wir bereit sein. Hast du schon das Taxi gerufen?« Es war ein kalter Abend, und wir hatten beschlossen, statt mit der U-Bahn mit dem Taxi zu unseren Freunden Irma und Hans zu fahren, mit denen wir zusammen ins neue Jahr feiern wollten.

»Ich wusste ja nicht, wie lange du noch brauchst, um dich hübsch zu machen.«

»Na, jetzt bin ich fertig. Ich wähle die Nummer, ja?«

»Mach das, mein Schatz.«

Als ich an Werner, der auf seinem Stuhl am Küchentisch saß, vorbei in Richtung Flur ging, gab er mir einen kleinen vergnügten Klaps auf den Po, und ich musste erneut lachen.

Ich rief die Taxinummer an und bestellte eins zum Osterbrook 5, dann ging ich zurück in die Küche.

»Es kommt in einer Viertelstunde«, unterrichtete ich Werner.

Er grinste mich an. »Na, perfekt, da bleibt uns noch genügend Zeit, um uns zu amüsieren.«

»Was bist du wieder für ein Schlawiner«, sagte ich und zündete mir eine Zigarette an.

»Ich dachte, du wolltest aufhören?«, fragte Werner.

»Ach, heute ist Silvester, da darf ich wohl mal eine Ausnahme machen.«

»Natürlich darfst du das.«

Werner sah mich an, mit demselben Blick, mit dem er mich in den vergangenen fünf Jahrzehnten so oft angesehen hatte. Der Blick drückte Zuneigung aus und absolute Liebe. Wenn er mich auf diese Weise ansah, wusste ich, ich war die Einzige für ihn. War es immer gewesen und würde es auch immer sein.

»Waren das nicht schöne Weihnachtstage?«, fragte er, und ich versetzte mich eine Woche zurück.

»Ja, ganz wunderbar. Barbara hat heute angerufen und erzählt, dass sie die Fotos schon aus der Drogerie zurückhat. Sie lässt welche für uns nachmachen.«

»Das freut mich. Besonders die mit dem Weihnachtsmann sind bestimmt schön geworden.« Jürgen und Barbara hatten einen von diesen Weihnachtsmännern kommen lassen, die man für den Heiligabend engagieren konnte.

»Ja.« Ich musste lachen. »Christian hatte ja ganz schön Angst vor ihm.«

»Oh ja! Aber Ela wusste gleich, dass er nicht echt war. Sie glaubt wohl gar nicht mehr an den Weihnachtsmann.«

»Na, sie weiß ja auch, dass die Puppe von uns war.«

Ela hatte sich eine von diesen neuen Baby Borns gewünscht, denen man die Flasche geben konnte und die das Wasser dann wieder auspinkelten. Die passenden Windeln waren auch mit dabei gewesen.

»Ich bin ganz glücklich, dass wir ihr damit so eine große Freude machen konnten«, sagte Werner.

»Ja, das bin ich auch.«

»Aber jetzt lass uns mal auf den Abend einstimmen«, meinte mein Liebster dann, stand von seinem Stuhl auf und reichte mir die Hand.

Ich nahm sie, und sogleich tanzten wir durch unsere Küche, so unbeschwert, als wären wir noch Kinder.

Zu meiner Verwunderung stellte Werner das Radio mitten im Lied von Udo Jürgens aus, obwohl er *Aber bitte mit Sahne* doch so gerne hörte.

»Klaun, klaun, Äppel wüllt wi klaun ...«, begann er stattdessen selbst zu singen.

Ich musste lachen und stimmte ein: *»Ruck zuck övern Zaun ...«*

Und zusammen sangen wir: *»Ein jeder aber kann dat nich, denn er muss aus Hamburg sein.«*

Wir lachten noch, als der Taxifahrer klingelte. Und als wir beschwingt die Wohnung verließen und die Treppen hinunterstiegen, freuten wir uns auf einen ausgelassenen Abend.

Wieder einmal würden wir zusammen ein neues Jahr begrüßen, und wir freuten uns auf die nächsten gemeinsamen 365 Tage.

TRAURIGKEIT

Ich betrete Omas Zimmer. Sie sitzt am Fenster und schaut hinaus. Es sieht kalt aus, und das ist es auch. Ich bin froh, dass sie nicht raus muss, in den Supermarkt oder zum Friseur. Dass sie hier gut versorgt ist.

Das neue Jahr hat begonnen, und das düstere Wetter spiegelt Omas Stimmung wider.

Sie blickt auf und entdeckt mich. »Hallo, Ela«, sagt sie, und ich höre die Traurigkeit in ihrer Stimme.

»Hallo, Oma. Es tut mir so leid«, sage ich und umarme sie fest.

Oma hat mich gestern angerufen, um mir zu erzählen, dass Inge gestorben ist. Oma wollte sie wohl besuchen und hat ihr Zimmer leer vorgefunden. Irina sagte ihr dann, dass Inge in der Nacht friedlich eingeschlafen sei. »Ich blickte auf die Banane in meiner Hand und konnte nicht glauben, dass ich zu spät war«, erzählte Oma, und es zerriss mir das Herz.

»Danke, Ela«, sagt sie jetzt.

Ich setze mich zu ihr an den Tisch. »Wie geht es dir?«

»Nicht so gut. Ich bin traurig, dass Inge nicht mehr da ist. Ich hab sie so gern gehabt.«

»Ja, ich weiß. Ich finde es auch sehr traurig.« Vor allem, weil Inge keine Angehörigen hatte. Ich weiß nicht, ob es überhaupt jemanden gibt, der jetzt um sie trauert. Außer Oma natürlich.

»Eigentlich mag ich gerade nicht mal mein Zimmer verlassen«, sagt Oma. »Aber natürlich tue ich es trotzdem. Ich will ja nicht, dass Gerda und die anderen sich um mich sorgen.«

»Das ist gut, Oma. Das wird schon wieder.« Ich versuche zu lächeln, doch so richtig will es mir nicht gelingen. Weil ich meine Oma nur selten so erlebt habe. Ich weiß nicht, warum Inges Tod sie so mitnimmt. Sie hat doch so viele Verluste erlitten. Aber mit Inge war es irgendwie anders. Sie war so einsam und so hilflos, Oma hat sich ihrer angenommen und sich wohl auf eine Art für sie verantwortlich gefühlt.

»Weißt du, Ela, ich habe gerne bei ihr gesessen und ihr von früher erzählt. Und ich habe jedes Mal gespürt, wie sehr sie sich über meine Anwesenheit gefreut hat, auch wenn sie es mir nicht sagen konnte.«

Es schnürt mir die Kehle zu, ich kann nichts erwidern. Doch ich nehme Omas Hand und halte sie.

»Sie wird mir wirklich fehlen«, fährt Oma fort. »Ich hoffe, dass sie jetzt an einem besseren Ort ist und dort vielleicht sogar wieder sprechen, lachen und singen kann.«

»Ein schöner Gedanke«, flüstere ich.

Wir sind eine Weile still, dann erkundige ich mich nach Lotti.

»Die ist immer noch im Krankenhaus«, erzählt Oma, und ich hoffe zutiefst, dass Oma nicht so bald die nächste Freundin verliert.

»Ach, wollen wir mal nicht länger Trübsal blasen«, sagt Oma dann. »Traurig sein kann ich auch später. Erst mal möchte ich aber hören, was es Neues gibt.«

Ich kann nicht anders, als zu lächeln. Denn auch wenn gerade alles ziemlich traurig ist, habe ich doch auch Grund zur Freude: Ich habe meinen neuen Kurzroman dabei, den ich vor einigen Tagen im Selbstverlag veröffentlicht habe.

Ich reiche Oma das Büchlein, und sie betrachtet es. Darauf ist eine junge Kellnerin abgebildet, die einen Teller Burritos in der Hand hält. Der Titel lautet: *Hungry for Love – Zwei Burritos, eine Limo und ein Date, bitte.* Ich dachte, ich versuche es einfach mal wieder mit einer fröhlichen Lovestory, nichts besonders Anspruchsvolles, aber immerhin.

»Schon wieder was Neues?«, fragt Oma. »Wann schreibst du das denn nur alles?«

»Na ja, ich muss ja irgendwie über die Runden kommen, deswegen schreibe ich, wann immer ich kann«, antworte ich. Ich verschweige, dass ich in letzter Zeit oft bis zwei Uhr morgens am Schreibtisch gesessen habe. Denn das Jane-Austen-Buch hat mich irgendwie in seinem Bann.

Oma blättert und überfliegt ein paar Zeilen. »Ich werde es später in Ruhe lesen, ja?«

»Das würde mich freuen. Erwarte aber nicht zu viel, ja? Es ist nur eine lustige, kleine Liebesgeschichte. Wieder mal unter Pseudonym und wieder mal nur im Internet erhältlich.«

Oma sieht mich mit diesem Blick an, der sagt: *Stell dein Licht nicht unter den Scheffel.* »Es ist trotzdem toll. Und wenn dann erst dein großer Roman in den Buchhandlungen liegt, wird auch jeder deinen echten Namen kennen. Den bringst du dann doch unter deinem Namen raus, oder?«

»Auf jeden Fall!«

»Das ist gut. Und wenn du eines Tages das Verlangen hast, unsere Geschichte aufzuschreiben«, fährt Oma fort. »Dann darfst du das gerne machen.«

Ich starre sie an. »Wie meinst du das?«

»Na, unsere Familiengeschichte. Wenn dir mal nichts Besseres mehr einfällt, dann schreibst du einfach die auf.«

Ich bin mehr als nur ein wenig verwirrt. »Aber, Oma ... meinst du damit wirklich *alles*? Auch die Dinge, die du mir erst kürzlich erzählt hast? Die über den Krieg? Weil du die doch so viele Jahre mit überhaupt niemandem teilen wolltest.«

Doch Oma sieht mich an und nickt. »Auch die, Ela. Ich vertraue dir da voll und ganz. Du findest schon das richtige Maß. Wenn du dich eines Tages dafür entscheidest.«

Oma sagt nicht *falls*, sondern *wenn*, als wüsste sie mehr als ich. Und ich kann es gar nicht glauben. Dass Oma mir ihren Segen gibt, ihre Lebensgeschichte aufzuschreiben, ist einfach nur überwältigend. Weil ich doch weiß, was ihr diese Erinnerungen bedeuten.

Ich bin noch immer ganz sprachlos, als Oma aber schon wieder beim neuen Büchlein ist. »Ist das für mich?«, fragt sie. »Darf ich es behalten?«

Ich brauche eine Sekunde, um meine Sprache wiederzufinden. »Ja klar. Ich hab dir auch eine Widmung reingeschrieben.«

Sie öffnet das Buch erneut, findet meine Zeilen, und liest:

Liebe Oma,

ich wünsch Dir schöne Lesestunden!
Danke für Deine Unterstützung
und dass Du immer für mich da bist.
Ich hab Dich sehr lieb,

Deine Ela

Jetzt ist Oma gerührt und tätschelt meine Hand, bevor sie das Buch in ihren Rollatorkorb legt. »Später werde ich es allen zeigen«, sagt sie, und dann: »Kannst du Silke auch eins schicken?«

»Aber gerne.«

»Ich habe erst gestern noch mit ihr telefoniert«, erzählt Oma.

»Ja? Wie geht es ihr?«

»Gut, gut.«

»Und wie geht es sonst allen?«, erkundige ich mich.

»Gerda kann jetzt viel besser laufen. Und Timo hat seiner Freundin einen Heiratsantrag gemacht.«

»Ehrlich? Hat sie Ja gesagt?«

»Hat sie.«

Ich lächle, weil ich mich wirklich für ihn freue.

»Und was hast du heute noch vor?«, fragt Oma mich.

»Meine Mutter schaut später noch vorbei«, erzähle ich.

»Dann grüß sie mal von mir«, sagt sie. »Und komm mich ganz bald mal wieder mit den Kindern besuchen.«

»Wir kommen am Wochenende, okay?«

»Ja gut.«

Ich sehe Oma an, dass sie sich jetzt schon darauf freut.

»Wann ist es Zeit fürs Mittagessen?«, will sie wissen.

»Eine knappe Stunde haben wir noch.«

»Ach, na dann...« Oma sieht nun wieder aus dem Fenster. Sie wirkt ein wenig abwesend. »Heute gibt es ... Ich habe es vergessen.«

Ihre Traurigkeit tut mir in der Seele weh.

»Ach, Oma, nimm es nicht so schwer, ja?«

»Ich versuche es«, erwidert sie. Dann schenkt sie mir das kleinste Lächeln. »Im Grunde habe ich mich ja nie unterkriegen lassen. Habe immer irgendwie weitergemacht.«

»Ja, das hast du«, stimme ich zu.

»Auch damals, als ich nicht geglaubt habe, es zu schaffen...«

WEITERMACHEN

Es war nicht leicht nach Werners Tod, aber ich musste ja weitermachen. Irgendwie. Für die Familie. Für meine Freunde, die sich um mich sorgten.

Für Werner.

Er hätte nicht gewollt, dass ich im Kummer versinke. Er hätte sich gewünscht, dass ich weiterhin meine Marmelade koche, an den Seniorenklubtreffen teilnehme, auf Ausflüge mitfahre und meine Lieblingslieder singe.

Und genau das tat ich.

Ich ging mit dem Seniorenverein auf Reisen. Zur Tulpenzeit nach Amsterdam, wo wir uns Unmengen von Käse kauften, nach Prag, wo wir über die Karlsbrücke spazierten, und nach Budapest, wo ich mir eine von diesen Matroschka-Puppen aus Holz kaufte, von denen man mehrere ineinandersteckt.

Ich genoss die Momente in Gesellschaft so sehr. Meine Gartenbekanntschaften Alwine, Änne und Zora waren zu wahren Freundinnen geworden. Und Werners Schwester Hilde kam auch oft mit. Wir fuhren zusammen auf Kaffeefahrten und aßen Maischolle, Spargel oder Grünkohl, je nach Saison. Einmal brachten sie uns auch zur Reeperbahn, und wir besichtigten die Polizeiwache und lernten Olivia Jones kennen – das war ein Spaß!

Und dann, Ela, fuhren wir beide nach Paris. Es war immer

ein Traum von mir gewesen, die Stadt zu besichtigen, über die Mireille Mathieu und Bill Ramsey sangen - und jetzt wurde er endlich wahr!

Paris war toll. Am besten haben mir die Stadtrundfahrt, der Spaziergang durch Montmartre und die Bootsfahrt auf der Seine gefallen. Ich fand es zu schön, das Moulin Rouge zu sehen, Notre Dame und den Eiffelturm. Und einmalig fand ich es, als wir beide in einem Straßencafé saßen, *Café au lait* tranken und die vorbeilaufenden Franzosen beobachteten, die alle so elegant aussahen. Dort fühlte ich mich wohl, es war eine wunderbare Reise, die ich niemals vergessen würde.

Und ich wusste, ich wollte noch viele solch schöner Momente erleben, bevor ich mich zu ihm gesellen würde – zu meinem Werner.

FISCH

Ich sitze mit Oma und Gerda im Gang und unterhalte mich mit ihnen. Lotti ist aus dem Krankenhaus zurück und ruht sich im Zimmer aus. Die Gräfin setzt sich zu uns, und Oma zeigt ihr meinen neuen Kurzroman, der noch immer in ihrem Rollatorkorb liegt. Er verkauft sich besser als alles, was ich bisher veröffentlicht habe, zudem habe ich bereits ein paar grandiose Rezensionen erhalten – ich bin außer mir vor Freude.

»Das hat meine Enkelin geschrieben«, erzählt Oma.

Gisela nimmt das Buch und betrachtet es. »Da steht ja aber gar nicht deren Name drauf.«

»Das ist ein Pseudonym«, klärt Oma sie auf.

»Wozu braucht man denn ein Pseudonym?«, fragt Gisela naserümpfend.

»Viele große Schriftsteller haben unter Pseudonym geschrieben«, erzählt Gerda ihr. »Hans Fallada war zum Beispiel auch ein Pseudonym. Das hab ich mal irgendwo gelesen.«

Auch wenn ich keine Ahnung habe, wer Hans Fallada ist, bin ich Gerda dennoch dankbar.

»Ziemlich dünn«, meint Gisela noch und gibt Oma das Büchlein zurück.

»Ela schreibt auch gerade an was Längerem«, verteidigt Oma mich. »An einem richtigen Roman.«

»Aha. Und wovon soll der handeln?«

»Von Jane Austen«, sagt Oma, und ich weiß nicht, ob ich es gut finden soll, dass sie das ausplaudert. Andererseits, was soll Gisela schon groß mit dieser Information anfangen?

»Oh, von der habe ich mal was gelesen«, sagt Gerda. »Das war ja eine ganz große Schriftstellerin.«

»Ela wird auch mal eine große Schriftstellerin«, verkündet Oma.

»Ganz bestimmt wird sie das«, sagt Gisela und ich bin ehrlich überrascht, denn sie scheint es gar nicht ironisch zu meinen.

»Oh ja!«, sagt Oma noch mal mit Nachdruck. Sie glaubt wohl wirklich, ich werde die nächste Rosamunde Pilcher.

Rosi kommt vorbei und fragt nach Bonbons.

Ich wühle in meiner Handtasche und hole zwei heraus.

»Danke«, sagt Rosi, wickelt einen aus und steckt ihn sich in den Mund. Den zweiten stopft sie sich in ihre Hosentasche. Dann geht sie weiter.

»Ich freu mich schon aufs Mittagessen«, sagt Gerda.

»Es gibt Seelachsfilet, Kartoffeln und grüne Bohnen«, informiert Oma mich.

»Ich habe Fisch schon immer gerne gegessen«, sagt Gerda.

Oma nickt. »Ich auch. Auf dem *Dom* habe ich mir oft ein Fischbrötchen gekauft.«

»Ich mochte die mit Nordseekrabben immer am liebsten, und du?«, fragt Gerda.

»Ich die mit Brathering.«

»Zu schade, dass wir nicht einfach mal auf den *Dom* gehen und uns eins kaufen können«, sagt Gerda.

»Ja, das finde ich auch«, meint Oma. »Ich könnte auch ein paar Stück Schmalzkuchen vertragen.«

»Ist denn gerade überhaupt *Hamburger Dom*?«, fragt
Gisela.

Gerda und Oma zucken die Schultern.

»Das wissen wir nicht. Wir sind uns nicht einmal sicher,
welchen Monat wir haben«, meint Gerda belustigt.

»Wir haben Januar«, sage ich. »Und *Dom* ist wieder im
März.«

»Im März habe ich Geburtstag«, sagt Oma.

»Ich auch« sagt Gerda.

»Ela, kannst du uns dann nicht eine große Portion
Schmalzkuchen mitbringen?«, bittet Oma mich. »Dann
können Gerda und ich sie uns teilen.«

»Das wäre ja fantastisch«, erwidert Gerda.

»Ja natürlich«, verspreche ich und muss dabei an Omas
Geschichte denken, in der sie sich eine Tüte Schmalzkuchen
mit Uschi teilt.

Ich freue mich so für sie, dass sie auf ihre alten Tage noch
einmal solch eine beste Freundin gefunden hat. Eine, mit
der sie ihre Zeit verbringen, über alles reden und in Erinnerungen schwelgen kann. Solche Freundschaften sind
so wichtig, und so wundervoll. Ich habe ja bereits einen
Kurzroman geschrieben, der von einer Frauenfreundschaft
handelt, aber wenn ich jetzt darüber nachdenke, könnte
ich mir sogar vorstellen, eines Tages eine ganze Reihe an
Freundschaftsgeschichten zu schreiben. Und wenn ich mir
Oma, Gerda, Mona und die anderen Heimbewohnerinnen
so ansehe, könnten diese Geschichten sogar alle an einem
Ort spielen, im selben Haus oder in derselben Straße. Die
Möglichkeiten sind unendlich.

Pflegerin Irina geht an uns vorbei, und Oma hält sie an.

»Habe ich Ihnen schon den neuen Kurzroman von meiner
Enkelin gezeigt?«, fragt sie.

Irina lächelt. »Schon zweimal. Sie müssen wirklich stolz auf sie sein, was, Lisa?« Die Pflegerin sieht mich an, und ich merke, wie ich ein bisschen erröte.

»Oh ja, das bin ich«, sagt Oma und legt das Buch wieder weg.

Irina geht weiter, und die Gräfin nickt ein. Mona und Franz sitzen ein Stück abseits beisammen und halten Händchen.

»Du hast da einen hübschen Pullover an«, sagt Gerda zu Oma.

»Danke«, erwidert sie. »Blau kann ich gut tragen.«

Gerda lacht. »Ja, das kannst du.«

Marie kommt den Gang entlanggelaufen, ein Ziel vor Augen, das wir anderen noch immer nicht sehen können, und dreht am Ende um.

Mein Blick fällt auf den Platz neben dem Zimmer für das Pflegepersonal, wo Inge so oft gesessen hat. Jetzt ist er leer.

»Ich kann den Fisch schon riechen«, sagt Oma.

»Ja, jetzt, wo du es sagst«, meint Gerda. »Ich rieche ihn auch.«

»Ich freue mich wirklich sehr auf den Fisch«, sagt Oma.

»Ich mich auch«, sagt Gerda.

»Fisch hab ich nämlich schon immer gerne gemocht.« Oma lächelt vor sich hin, und ich freue mich ebenso für sie, dass es heute mal wieder welchen gibt.

Ich freue mich, dass sie sich noch immer über so simple Dinge freuen kann. Und dass sie hier an einem Ort ist, wo ihr wenigstens diese kleinen Wünsche erfüllt werden.

Ich sehe meine Oma an und lächle. Und sie lächelt zurück.

»Ich kenne einen neuen Witz«, sagt Oma dann.

»Na, erzähl doch mal«, fordert Gerda sie auf.

»Na gut. Eine alte Frau geht zum Arzt und sagt: ›Bitte,

Herr Doktor, Sie müssen mir das Treppensteigen wieder erlauben.‹ Fragt der Arzt: ›Und warum?‹ Sagt die alte Frau: ›Weil mich dieses ewige Rauf und Runter an der Regenrinne fix und fertig macht.‹«

Gerda prustet los, und ich muss ebenfalls lachen. Und meine Oma strahlt glücklich vor sich hin. Weil sie voll in ihrem Element ist und die Leute nach wie vor zum Lachen bringt.

Ich hoffe von Herzen, das wird sie noch eine sehr lange Zeit tun.

TSCHÜSS

März 2014

Meine Oma hat es nicht geschafft, hundert zu werden. Und doch hatte sie ein wunderbares Leben. Ein Leben voller Freude und Gesang, voller Fröhlichkeit und Liebe. Sie hat so viele schöne Momente erlebt, dass es mindestens zwanzig Bücher bräuchte, um sie alle festzuhalten. Und auch wenn Oma mir ihren Segen dafür gegeben hat, ihre Geschichte tatsächlich eines Tages aufzuschreiben, denke ich nicht, dass ich das machen werde. Ich glaube nicht, dass ich das könnte. Wahrscheinlich müsste ich beim Schreiben die ganze Zeit weinen und immer an die gemeinsame Zeit mit ihr zurückdenken. Andererseits will ich es auch nicht ganz ausschließen, denn wer weiß schon, was die Zukunft bringt? Lisa und Werner wussten so vieles nicht, als sie sich damals an dem Abend nach dem Kino zum ersten Mal küssten. Wie hätten sie ahnen können, dass sie ein ganzes Leben miteinander verbringen würden?

Ich stehe an ihrem gemeinsamen Grab und habe noch immer das Lied im Ohr, das letzten Monat auf Omas Beerdigung gespielt wurde. Wir haben uns für *In Hamburg sagt man Tschüss* entschieden, weil sie dieses Lied nicht nur gerne gehört und gesungen hat, sondern weil es meine Oma auch am besten widerspiegelt. Denn sie hat Hamburg geliebt, war eine waschechte Hamburger Deern – und wird es immer bleiben.

Es ist verrückt, wie das Leben manchmal spielt … Einen Tag nach der Beerdigung habe ich mich mit einer Literaturagentin getroffen, die mich unter Vertrag genommen hat und die mein Jane-Austen-Buch bei einem großen Verlag unterbringen will. Ich hoffe, sie schafft es, und falls es wirklich klappt, weiß ich, dass ich das alles nur Oma zu verdanken habe.

Während mir eine Träne die Wange hinunterläuft und auf die Stiefmütterchen fällt, die ich für Oma gepflanzt habe, denke ich an all die Momente, die wir zusammen hatten. Ich sehe meine Oma noch immer auf dem Sonnenstuhl in ihrem Schrebergarten sitzen, sehe sie Marmelade einkochen, und ich sehe sie in Paris in einem Straßencafé *Café au lait* trinken.

Ich lächle und bin froh, all diese Erinnerungen zu haben. Natürlich bin ich unendlich traurig, dass Oma nun nicht mehr bei mir ist, mir nie wieder Geschichten von früher erzählen kann und mir nie wieder sagen wird, wie sehr sie an mich glaubt. Doch ich bin auch froh, dass sie nach fast zwanzig Jahren endlich wieder mit dem einen Menschen vereint ist, den sie so sehr geliebt hat.

Nun stehen ihre beiden Namen auf dem Grabstein: Werner und Lisa – für die Ewigkeit.

»Danke für alles«, sage ich zu ihnen.

Ich schließe meine Augen und muss durch meine Tränen lächeln. Denn ich sehe die beiden im Himmel tanzen. Ich höre sie einander Witze erzählen, und ich höre sie singen.

Klaun, klaun, Äppel wüllt wi klaun …

DANKE

Zuallererst möchte ich gern meiner Oma Lisa und meinem Opa Werner danken, die mir so viele wundervolle Geschichten erzählt haben, dass es ausgereicht hat, ein ganzes Buch damit zu füllen, die mir Inspiration waren und die mich die wichtigsten Dinge im Leben gelehrt haben. Ohne sie wäre ich nicht der Mensch, der ich heute bin, und ich werde die beiden für immer in meinem Herzen bewahren.

Dann möchte ich gern meiner Lektorin Julia Fronhöfer danken, die gleich an diese Geschichte geglaubt und sie zum dtv geholt hat, und natürlich dem gesamten dtv-Team, das aus meinem Manuskript ein einzigartig schönes Buch mit einem großartigen Cover und einem unvergesslichen Titel gemacht hat.

Auch möchte ich meiner Redakteurin Daniela Bühl danken, die dem Ganzen den letzten Feinschliff gegeben und mir geholfen hat, das Beste aus dieser Geschichte herauszuholen.

Ein großes Dankeschön geht an meine Agentin Anoukh Foerg, dafür, dass sie mich zehn Jahre lang einfach hat schreiben lassen, dass sie an meine Projekte geglaubt hat und mir immer zur Seite stand. Du hast dir deinen Ruhestand wahrlich verdient, und ich wünsche dir noch viele fantastische Abenteuer – nun außerhalb der Bücher.

Danke an meine neue Agentin Marie Arendt, dafür, dass sie sich gleich von Anfang an so für mich und meine Wünsche eingesetzt hat. Ich glaube, wir werden ein sehr gutes Team werden.

Tausend Dank an meine wunderbare Familie. An meine Tochter Leila, die gleich ganz begeistert von meiner Idee war, ein Buch über unsere Oma Lisa zu schreiben, und die mich ermutigt hat, mich dieser großen Aufgabe anzunehmen. Danke an meinen Vater, der mir so oft weitergeholfen hat, wenn ich einige Dinge in meiner Erinnerung nicht mehr richtig zusammenbekommen habe, und dafür, dass er mir dazu noch so viele neue Details erzählt hat, die dem Buch unendlich gutgetan haben. Danke an meinen Sohn Hakim, der noch so viel mehr von Oma wusste, als ich gedacht hätte, und der jedes neu entstandene Kapitel als Erster gelesen und mir Feedback gegeben hat. Danke an meinen Mann Sibah, dass er mich in den schwierigen Momenten, die das Schreiben dieses Buches mit sich brachte, gehalten und meine Tränen getrocknet hat. Danke an meine Mutter, meinen Stiefvater Heino, meinen Bruder Christian, meine Oma Elfriede, meine Tante Angelika, meine Kindheitsfreundin Maike und an alle anderen, die einen Platz in diesem Buch gefunden haben, dass ich sie erwähnen durfte. Und danke an das wunderbare Heimpersonal und die zauberhaften Bewohner des Pflegeheims in Hamburg-Horn, in dem meine Oma ihre letzten Jahre auf so schöne und unvergessliche Weise verbringen durfte.

Ein besonders großes Dankeschön geht wie immer an die Buchhändler*innen, die dieses besondere Buch in ihr Sortiment aufnehmen, und an meine treuen Leser*innen, die sich auf diese etwas andere Geschichte einlassen. Ich wünsche mir sehr, eure Leserherzen auch hiermit zu erreichen – vielleicht noch ein bisschen mehr als sonst. Weil diese Geschichte mir so viel bedeutet. Weil sie so besonders ist. Weil sie meinem Leben entsprungen ist.